RECUEIL

DES ŒUVRES

DE

MESSIRE JEAN CHAPELON

RECUEIL

DES ŒUVRES

DE

MESSIRE JEAN CHAPELON.

RECUEIL
DES ŒUVRES

DE

MESSIRE JEAN CHAPELON,

PRÊTRE SOCIÉTAIRE DE St-ÉTIENNE ;

AVEC

L'ABRÉGÉ HISTORIQUE DE SA VIE,

ET

LES ŒUVRES

DE SON PÈRE ET DE SON AYEUL.

Animus gaudens ætatem floridam facit.
Prov. Ch. 17.

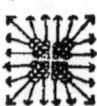

A SAINT-ÉTIENNE,

Chez Durand SAURET, Éditeur et Imprimeur,
rue de Bourbon.

1820.

ABRÉGÉ

HISTORIQUE

DE LA VIE

DE MESSIRE JEAN CHAPELON,

PRÊTRE SOCIÉTAIRE DE St.-ÉTIENNE.

Videbunt recti et lætabuntur ; et omnis iniquitas oppilabit os suum. Psal. 106.

C'EST rendre hommage à la ville , obliger tous les ordres de citoyens, faire plaisir aux pères de famille , honorer l'état ecclésiastique, rappeler aux vieillards un souvenir qui leur est cher, donner un sujet d'émulation à la jeunesse , et porter la joie dans tous les cœurs, que de leur faire connaître cet homme chéri , ce digne prêtre dont ils ont tant entendu parler, que leurs pères ont vu , que tout le monde estimait, que ses amis chérissaient, et qui a fait les délices de la société.

Cet homme célèbre parmi nous, vint au monde vers le milieu du siècle dernier , sur la fin de la minorité de Louis XIV , temps où l'État , lassé de troubles et d'intrigues, commençait à prendre une nouvelle face, à procurer la paix et l'abondance, à réveiller les sciences et les beaux-arts, et à assurer la tranquillité des peuples. C'est à cette époque qu'il faut rapporter la grande révolution qui arriva dans le ministère et dans les esprits. La secousse se fit sentir aux extrémités de la capitale, et notre poëte eut le bonheur d'en recevoir les heureuses impressions.

Il prit naissance dans une famille honnête, riche en vertus, médiocre en fortune. Son père possédait cependant une maison commode en ville, et un domaine (1) à la campagne : il se nommait *Antoine Chapelon*; il était maître et marchand coutelier. Son fils eut cette heureuse ressemblance de condition, ainsi que de simplicité et de candeur, avec le célèbre M. *Rollin*, recteur de l'Université de Paris; né dans la même profession, il avait le courage de le dire à la compagnie des grands et des princes. M. Antoine Chapelon eut trois fils et deux filles, dont notre poëte était l'aîné. Le second exerça quelque temps le métier de la guerre, vint ensuite travailler à la profession de son père, et fut le soutien de sa famille : il était bon et simple ; son air n'avait rien de spirituel ni d'animé ; c'est sur quoi

---

(1) Ce domaine s'appelle *Malmonte*. C'est pourquoi le père et l'aïeul du prêtre portaient le surnom de *Mamon* : c'est le nom que leur donne *Bobrun* et M. *de Monteille*.

son frère le raille dans cet endroit de la *Parade*, où il faisait la fonction de sergent de quartier (1).

Le troisième, alerte et vif, quitta la maison paternelle, comme nous l'allons dire. Il y revint ensuite, mais pour peu de temps. Bientôt son inclination inconstante le porta à aller exercer son métier de coutelier dans la ville de Naples, où il mourut. Les deux sœurs demeurèrent filles; l'aînée se nommait *Florie :* toutes deux étaient d'une simplicité remarquable : le poëte en parle dans ses vers, et principalement dans sa chanson XXXI. Le frère aîné, qui se maria, eut deux filles, dont une fut la mère de M. l'abbé *Coutier*, prêtre-sociétaire, aumônier des Religieuses Hospitalières, qui nous a retracé le portrait de son oncle, par son caractère enjoué, ses mœurs et sa piété. Je respecte la modestie du frère et de la sœur, qui sont vivans.

Messire Jean Chapelon fut élevé avec soin ; son éducation fut en quelque sorte au-dessus de son état; car ce n'était pas peu de chose pour des ouvriers en coutellerie, que de tenir un enfant au collége. Il fut instruit dans celui de Montbrison, gouverné par les prêtres de l'Oratoire ; il y profita des lumières et de la piété de cette congrégation savante. Il y fit de bonnes études, et fut toujours estimé de cette maison, comme il parut dans la suite lorsqu'on l'in-

---

(1) Mon frare l'y èrc-ben, avouay sa grand raguéry,
D'un air fort dégagi, drect coama una paléyry.

vita, à deux différentes fois, de faire la clôture de
deux thèses de philosophie dans le collége de Notre-
Dame-de-Grâce.

Ses études finies, jeune encore, ayant du temps
à lui, il sut en profiter avec avantage. Il prit du
goût pour les beaux-arts : la musique surtout fit ses
délices ; sa voix était belle, il chantait bien, jouait
avec goût de la flûte traversière : Lully fut son mo-
dèle, il savait ses opéra par cœur ; c'est sur ses airs
qu'il composa ensuite la plupart de ses noëls en
français. Pendant plusieurs années, il en réservait
un composé nouvellement, qui se chantait dans
l'Église paroissiale la nuit de Noël, accompagné de l'orgue. Il semble qu'on aurait dû conti-
nuer dans les paroisses cet usage édifiant, qui, outre
qu'il porte à la piété, garantit le peuple du sommeil
et du babil inséparable de la longueur des trois
messes. Ce n'est pas ici le cas d'appréhender aucun
inconvénient, en chantant dans l'église les louanges
de Dieu en français.

Lorsque le seigneur de la ville de St.-Etienne
entra dans l'église paroissiale, il est dit dans le poëme
de la *Parade*, qu'il y fut reçu avec un motet chanté
en grande symphonie. M. Chapelon était un des
concertans. Il s'est avisé de dire, contre sa modestie
ordinaire :

Met j'èra do concert, jugie si o se chantet,

pour dire que la musique fut exécutée supérieurement.

La poésie fut, pour ainsi dire, son élément naturel. Il la suça avec le lait de sa mère ; il l'apprit
dans les conversations et dans la lecture des ouvrages de son père et de son aïeul, car tous deux
étaient les poëtes de leur temps. On est étonné de
voir qu'il n'y a plus de poëtes à St.-Etienne, quand
on apprend qu'il y en avait plusieurs il y a deux
cents ans.

Pour bien entendre ceci, il faut remonter aux
temps dont nous parlons. Alors St.-Étienne était cir-
conscrit dans une enceinte fort étroite, qui se bor-
nait à ce que nous appelons le *Mont-d'Or*, le *Boulivard*, *Roannel*, *Poligniay*, et le quartier de *l'île*
qui comprenait quelques maisons à droite et à
gauche, placées entre le béal et le lit de la rivière
de Furens. Or, ce tènement était occupé par quelques marchands en détail, quelques bourgeois en
petit nombre, des revendeurs, des ouvriers, comme
forgeurs, menuisiers, fourbisseurs, couteliers, etc.
Les deux fabriques principales qui font briller le
commerce aujourd'hui, les armes et la soierie, com-
mençaient à peine à travailler.

Il est constant que tous ces gens-là n'étaient point
occupés ni acharnés à un travail opiniâtre comme
on l'est maintenant. Ils avaient du temps de reste (1),

***

(1) Il a paru que nos ancêtres avaient plus de temps à eux,
qu'ils n'auraient pas aujourd'hui. Ils portaient leurs vues du
côté de la piété ; ils firent nombre d'établissemens religieux :

qu'ils ne perdaient pas assurément ; ni au jeu , ni
dans les visites, ni dans les cabarets : ils l'em-
ployaient plus agréablement à composer des vers ,
tels étaient leurs délassemens. Les Muses leurs étaient
favorables, parce qu'elles sont filles du Repos et du
Loisir.

D'ailleurs, on vivait dans un siècle qu'on peut
appeler l'âge d'or (1) ; toutes sortes de denrées à vil

---

ces bonnes gens croyaient bonnement que c'était une bonne
œuvre de peupler la ville en y appelant des corps étrangers. En
effet, ceux-ci y vinrent en foule au moindre signe , attirés par
la salubrité de l'air , la bonté des habitans , et par la facilité
d'y vivre avec aisance. Dans un très-petit espace d'années on
vit s'établir les communautés qui y subsistent aujourd'hui.

En 1608, les RR. PP. Minimes.

 1610, les Dames de St.-Dominique.

 1618, les RR. PP. Capucins.

 1620, les Dames de la Visitation.

 1624, les Pénitens du S. Sacrement.

 1636 , les Dames Ursulines.

L'Hôtel-Dieu était déjà fondé en 1545. M. *Colombet* y plaça
en 1666 les Religieuses Hospitalières de Notre-Dame.

(1) Dans le courant de janvier de l'année 1666, le bichet
seigle se vendait 12 s. , et le froment 21 s.

En 1558 , le 12 décembre, « Noble *Jean Bourdon* , seigneur
» de St.-Victor-sur-Loire , la Fouillouse et Malleval, fit son
» testament, par lequel il donne et lègue aux pauvres de l'hô-
» pital , 12 setiers blé seigle , mesure de St.-Etienne, un cha-
» cun an , à perpétuité, et ce tout durant et pendant le temps
» que ledit bichet seigle excédera les prix et somme de 10 s. »

Il paraît , par cet exposé, que le blé s'était vendu ou pouvait
se vendre encore 10 s. le boisseau, et même au-dessus.

prix , les impôts très-modiques , la bonne foi éta‑
blie dans le commerce ; il ne fallait qu'être petit
mercier ou colporteur pour faire une grosse fortune :
un ouvrier médiocre se trouvait dans l'aisance en
travaillant quelques heures dans la journée. Des
gens si heureux ne pouvaient pas être tristes : aussi
voyait-on leur belle humeur s'égayer dans les charmes
de la poésie ; dans des descriptions simples , mais
agréables; dans des narrations puériles, mais ravis‑
santes , qui toutes portaient l'empreinte de l'allé‑
gresse et du contentement. On voit que *Bobrun* ,
dans *ses adieux* , regrette les charmes de la vie et
des vers de ses concitoyens , déplore l'avilissement
où la poésie est tombée, et dit tristement adieu au
Parnasse , qu'il place sur la hauteur de Poligniay ,
regardant le *Clapier* (1).

L'aisance est la mère de la joie , et la joie est la
compagne des Muses. Les ancêtres de M. Chapelon
avaient cultivé le talent des vers, comme il paraît
par leurs ouvrages ; ils le transmirent à leurs des‑
cendans. Notre auteur se trouva donc poëte par hé‑
ritage ; il le fut, comme un autre se trouverait riche
par succession : ce fut la nature qui le doua de ce
talent. Il le posséda long-temps sans soupçonner

---

(1) C'est par corruption de langage que la montagne de Po‑
ligniay, appelée autrefois le *Parnasse* , se nomme maintenant
Parnassa. Ce nom est bien honorable pour la paroisse de St.-
Etienne.

qu'il l'eût, et ne commença que tard à faire des vers. Peu soucieux d'un don (1) qui ne lui avait rien coûté, d'un talent qui était, pour ainsi dire, son patrimoine, dont il pouvait faire usage quand il lui plairait, il n'y porta pas même son attention. Il employa sa jeunesse à des travaux plus sérieux, à des études plus analogues à l'état qu'il voulait embrasser. Il consacra plusieurs années à une étude suivie de la théologie, puisée dans l'Écriture, les SS. Pères, les Conciles, et toute la suite de la tradition. De sorte qu'il passait pour être un homme très-instruit dans la science ecclésiastique, comme il l'était sans contredit dans la science des auteurs profanes et dans la connaissance de la belle latinité.

Il fut fait clerc vers l'âge de dix-huit ans : il était dans les ordres sacrés, mais non pas prêtre encore, quand, dominé par un désir insurmontable de s'instruire, d'embellir son esprit, d'étendre ses connaissances et se perfectionner par les voyages, il entreprit, comme tant d'autres grands hommes, celui d'Italie, capable de lui former le goût et accroître

---

(1) A l'âge de vingt-deux ans, *La Fontaine*, lisant une ode de *Malherbe*, sentit naître dans soi le feu poétique, et fit voir qu'il était poëte.

Le Correge, en considérant un tableau de *Raphaël*, après un long silence s'écria : *Anch'io son pittore* : et moi aussi je suis peintre.

M. *Chapelon*, sans sortir de la maison paternelle, pouvait dire : Et moi je serai poëte quand il me plaira.

ses lumières par la vue des chefs-d'œuvres et les prodiges des beaux-arts qui y ont établi leur séjour.

Mais moins avide de science qu'amateur de la sagesse, ce voyage fut consacré par la religion et par la piété; il fut à Rome à pied avec l'humilité d'un pélerin, quoiqu'il fût en état de faire la route et le séjour plus commodément, par les soins de sa famille. Le cœur d'une mère est le chef-d'œuvre de la nature : celle-ci, pleine de tendresse pour son fils, et ne pouvant supporter l'idée d'une pauvreté absolue, eut la précaution de coudre, dans l'habit de son fils, mais à son insçu, quelques pièces d'or dans un endroit et d'une manière qu'il ne pouvait pas manquer de s'en apercevoir. Il était déjà en Italie quand il s'en aperçut; mais fidèle à sa dévotion, il continua à sanctifier son pélerinage en marchant à pied et dans un esprit de pénitence.

Le jeune frère, que nous avons dit alerte et découplé, voulut résolument faire le voyage de Rome pour tenir compagnie à son aîné. Ils furent ensemble jusques dans la ville de Gênes : ce fut là que l'étourderie du jeune homme fit qu'il perdit son frère. Celui-ci eut donc le chagrin de se voir séparé de son cadet, jeune, sans expérience dans une grande ville, exposé à mille accidens par sa jeunesse et sa vivacité. Plusieurs semaines furent employées à tâcher de le découvrir; mais après l'avoir cherché long-temps inutilement, et l'avoir pleuré comme mort, M. Chapelon continua tristement sa route, et pensa à abréger de beaucoup le temps de son voyage.

Si quelque chose avait pu le consoler en quittant Gênes, ç'aurait été la rencontre qu'il fit de trois jeunes nobles Vénitiens qui voyageaient par curiosité : ils allaient à Rome; ils prièrent M. l'abbé de vouloir leur tenir compagnie ; ce qu'il accepta, non par goût, mais pour faire diversion à sa douleur. Son enjouement, sa conversation, sa manière de narrer, qui lui était propre par les grâces et le sel dont il l'assaisonnait, plurent infiniment aux trois jeunes gens et à leur gouverneur. Ils lui firent promettre de ne plus se séparer dans Rome, de leur tenir compagnie à leur retour, de se fixer à Venise avec eux, où ils lui assureraient un sort à l'abri de tout événement. Il le promit, et aurait tenu sa parole, sans la rencontre imprévue qu'il fit quelques semaines après.

Pendant cet intervalle, attristé, ennuyé de se trouver seul de son pays dans une ville immense, à trois cents lieues de sa patrie, il regrettait de l'avoir quittée, tant la patrie a d'attraits sur les cœurs. Il lui vint dans l'idée que l'église de St.-Pierre, attirant la curiosité de tous les voyageurs, ce serait en cet endroit qu'il trouverait quelqu'un de St.-Etienne, s'il y en avait un dans la ville de Rome. C'est pourquoi il fut tous les jours dans cette vaste basilique. Mais comment distinguer un inconnu entre un nombre infini de personnes? Il s'avisa d'un expédient

qui lui réussit. Il allait et venait dans l'église parmi
le peuple, en disant quelques paroles en langage
forisien. Il s'en trouva un qui l'entendit (1), et qui
lui répondit dans la même langue. Ah! c'est vous
que je cherche et que je trouve ; de grâce ne nous
quittons plus, car sans vous je serais mort d'ennui.
Cet homme, en effet, était un compatriote et un
voisin; ils devinrent inséparables, tant cet abbé
connaissait l'amitié, tant son cœur avait besoin
d'aimer.

Ce fut bien quelque chose de plus, quand, dans
le temps qu'il s'y attendait le moins, il vit venir à
lui son jeune frère, les bras ouverts, le serrant de
toutes ses forces et pleurant de joie. Celui-ci ayant
perdu son aîné à Gênes, ne s'amusa pas long-temps
à le chercher ; l'amour et sa vivacité naturelle lui
donnèrent des ailes; il se mit à courir, croyant que
son frère l'avait devancé, et il était arrivé à Rome
avant lui, où il avait fixé sa demeure chez un maître,
en qualité de compagnon coutelier.

Il ne fut plus question ni de Venise ni des Vénitiens. M. Chapelon leur fit agréer les raisons qui ne
lui permettaient plus de profiter de leurs offres ; il
prit poliment congé de ces messieurs, et après avoir
satisfait sa dévotion et sa curiosité, il reprit le chemin de sa patrie, accompagné de son frère et de

---

(1) Tout le monde sait quel était ce mot.

son nouvel ami, et revint dans sa ville, dans sa famille, à ses amis, dont il fit dans la suite l'ornement, la consolation et les délices.

Ce fut par une austère retraite, par des prières
ferventes, après avoir exercé les ordres inférieurs,
qu'il se prépara à l'ordination du sacerdoce, dont il
fut revêtu quelque temps après. Etant prêtre, il en
remplit tous les devoirs avec dignité. Le clergé et
la paroisse, édifié de son assiduité aux fonctions
ecclésiastiques, et de la décence avec laquelle il
s'en acquittait, l'invitèrent à prendre place dans la
société de Saint-Etienne, dans laquelle il fut installé
selon son rang, dans un temps où cette société,
toujours respectable, était illustrée par des hommes
rares, pleins de mérite, de savoir et de vertus, le
célèbre, l'immortel curé Colombet à leur tête. Il
fut reçu parmi ces dignes prêtres avec des transports de joie : sa sagesse leur était connue ; on ché-
rissait son caractère, on admirait ses talens ; la société crut acquérir un trésor en sa personne ; il fut
distingué, aimé, recherché du curé Colombet, qui
le regardait comme son frère et son meilleur ami :
cela seul suffirait pour son éloge ; car ce rare curé
savait apprécier les hommes, et les connaissait bien.

D'ailleurs, M. Chapelon étant sociétaire, en rem-
plissait toutes les fonctions avec décence et exacti-
tude. Il ne se mettait pas dans une stalle par manière d'acquit, pour regarder derrière soi, jaser,
dormir, marmoter son bréviaire, aller et venir de

la sacristie au chœur , du chœur à la sacristie , et
payer de son surplis ; mais attentif à son devoir ,
édifiant par son maintien , il chantait l'office parce
qu'il le faut chanter , et chantait tout , parce que
c'est une obligation : il le dit quelque part dans ses
ouvrages :

Par met je chantou tout , et ne met faussou pas.

Aussi entre les sociétaires, c'était à qui pourrait
lui faire plus d'accueil , lui marquer plus d'estime ,
lui témoigner plus d'amitié. Sa belle humeur, ses
saillies heureuses, ses contes amusans , étaient pour
la société les délices de tous les jours. Que faisons-
nous , disaient les sociétaires , quand quelquefois
M. Chapelon était absent, que faisons-nous ? Nous
ne digérons plus, nous ne respirons qu'avec peine ;
nous sommes de véritables morts : ah! qu'il paraisse ,
nous revivrons.

Ce fut environ vers ce temps que M. Chapelon
fut obligé de faire un voyage à Paris, dont voici
l'occasion. Il eut le malheur de perdre son père
étant fort jeune : on lui donna un tuteur dont il eut
lieu de se plaindre. Celui-ci ménagea si peu le bien
de la tutelle, qu'à la fin M. Chapelon , étant ma-
jeur, trouva que sa maison en ville avait passé dans
des mains étrangères sans savoir comment, et sans
que le tuteur sût lui-même en rendre compte.
D'ailleurs , madame Chapelon la mère restait toujours imposée à la taille, quoiqu'effectivement la

maison appartînt à un autre ; il fallait l'en faire décharger. Cette affaire, après avoir été plaidée quelque
temps à St.-Etienne, fut portée au parlement, et l'objet du voyage de M. Chapelon était de faire rentrer
dans l'hoirie la maison paternelle, et de faire au
moins décharger sa mère de la taille. Quant au premier objet, il ne pouvait avoir lieu qu'en entrepre-
nant un procès dispendieux et inquiétant, ce qui
n'était pas du goût de notre honnête ecclésiastique ;
quant au second, il fut envoyé au tribunal de l'élec-
tion de St.-Etienne, et il eut son plein effet, comme
on le voit dans une des pièces de notre poëte.

M. Chapelon fit donc le voyage de Paris, accompagné de quelques amis, qui furent fort heureux de
trouver un compagnon de ce mérite ; ils avaient en
lui de quoi charmer les ennuis du chemin, et ré-
pandre la sérénité sur leur voyage. Au reste, M. Chapelon était bien aise de voir cette capitale, brillante par l'éclat qu'y répandait la majesté du monarque régnant : elle était alors dans toute sa gloire
et sa splendeur ; elle était le rendez-vous du génie
et le centre des beaux-arts : tous les savans y ac-
couraient, y étaient encouragés et récompensés.

Quelle joie pour M. Chapelon de se trouver dans
le séjour des Muses, dans le sanctuaire des sciences,
de se voir le concitoyen des poëtes fameux, de
Malherbe, *Racan*, et du tendre *Quinault* ; d'y voir
Lafare, *Chaulieu*, *Bachaumont*, *Chapelle*, et tant
d'autres ; de respirer le même air, de se pénétrer de

leur esprit, et en quelque sorte s'approprier leur
talent! Il n'est pas douteux que s'il y eût fixé sa
demeure, il aurait eu sa place marquée à côté de *La
Fontaine*, à qui d'ailleurs il ressemble par tant d'en-
droits.

Il fit, pendant son séjour, plusieurs bonnes connaissances ; une entr'autres, qui lui fut très-hono-
rable et très-avantageuse, celle de M. *François
Gilbert de Chalus*, frère cadet de M. *Gilbert de
Chalus*, alors marquis de St.-Priest et seigneur de
la ville de St.-Etienne. Ils eurent plusieurs conversations sur l'état de ce seigneur disgracié, sur la si-
tuation où étaient les affaires de la ville, de quelle
manière la forme était régie et les biens administrés ;
comment s'exerçait la police, quels étaient les officiers du seigneur et les autres personnes en charge.
Les réponses sages et justes de M. Chapelon lui mé-
ritèrent l'estime, la confiance et l'amitié de ce seigneur : ils se prirent réciproquement en affection,
et la preuve n'en fut pas équivoque, lorsqu'après la
mort subite de son aîné, M. *François de Chalus*
vint à St.-Étienne prendre possession des droits qui
lui revenaient comme unique héritier de son frère.
On voit, dans la charmante épitre que M. Chapelon
lui adressa lors de sa première entrée, avec quelle
joie et quelle satisfaction ces deux amis se revirent.
Ce fut alors que notre prêtre, simple sociétaire, fut
nommé à une prébende par son ami. On ne sait pas
bien quel était ce bénéfice, ni sa valeur ; quel qu'il

fût, la main dont il le tenait lui était chère, et M. Chapelon se donnait avec plaisir le nom de pré-bendier.

Madame Chapelon la mère demeurait avec ses deux filles, dans cette maison qu'elle croyait lui appartenir : elle y avait établi une petite boutique de merceries d'un usage journalier, qu'elle vendait en détail, pour se procurer sa subsistance. M. Chapelon, voyant des difficultés insurmontables à pouvoir revenir sur cette maison, en donna connaissance à un ami de St.-Étienne, en y ajoutant une chanson symbolique, sans doute pour distraire sa mère, et lui procurer quelque tranquillité.

Il est vraisemblable que notre poëte aurait fait un plus long séjour dans une ville qui lui procurait tant d'agrément, et lui donnait lieu d'acquérir de belles connaissances, sans l'impatience ou l'ennui de ses amis, qui, après avoir terminé leurs affaires, s'empressaient à revenir dans leurs familles. M. Chapelon, dans quelques chansons qu'il envoya à St.-Étienne dans ces circonstances, raconte, d'une manière risible, comment chacun était affecté suivant son caractère, et par quelle espèce d'ennui ils étaient tourmentés.

Enfin le jour du départ fut arrêté, et chacun reprit avec joie le chemin de sa patrie.

Plus brillant, plus orné, plus content de lui-même, notre digne prêtre vint se rendre à sa société et à ses amis, c'est-à-dire, à tout ce qu'il y

avait d'honnête, d'aimable, et de distingué dans la
ville, et l'alégresse y rentra avec lui. Les voyages
l'avaient perfectionné ; il connaissait mieux les
hommes, jugeait mieux des choses, et sa piété contre
l'axiome commun, semblait en être affermie. Ce fut
alors qu'il se livra à son génie poétique, et qu'il
nous donna ses ouvrages, où l'on découvre l'innocence et la candeur de son ame, où l'on voit briller
les éclairs de son imagination, où la morale la plus
affectueuse et la plus gaie se fait admirer partout.

Un événement singulier qui le regarde, et dont
il fit part dans le temps à ses amis, mérite d'être
rapporté, tant à cause de certaines circonstances
particulières, que par l'influence qu'il eut sur le
reste de la vie de ce bon prêtre. A la suite de
quelque profonde méditation sur les vérités éter-
nelles, M. Chapelon fit un rêve, dans lequel il crut
être cité au tribunal de Dieu, pour y être jugé selon
ses œuvres. Tous les incidens de sa vie passent à
l'instant dans sa mémoire. Ce tableau a effrayé les
plus grands saints, et donnerait lieu à tout homme
de trembler. Celui-ci, qui ne se croit pas innocent,
s'humilie devant le Dieu juste et bon, qui punit le
crime, récompense la vertu et pardonne les faiblesses : il demande grâce et il l'obtient : ce Dieu
clément lui accorde trois années de vie pour réparer
les fautes et les ignorances de sa jeunesse. Il est peu
de chrétiens qui, pensant à leur salut, et réfléchis-
sant sur les grandes vérités de la religion, n'aient
eu quelquefois dans leur vie un rêve semblable. La

conscience délicate de notre bon prêtre en fut alar-
mée; et plein d'humilité, autant que de religion,
il fut déposer ses craintes aux pieds de son directeur, M. l'abbé de Soleysel, homme d'un grand
mérite, mais d'une piété extrêmement rude et austère, qui, au lieu de verser dans cette ame timorée
le baume des consolations, la flétrit davantage par
la manière dure et sèche dont il lui fit envisager cet
événement. « Vous traitez de rêve et d'illusion, dit-il
» au pénitent tremblant à ses pieds, ce que je con-
» sidère, moi, comme une vision extraordinaire
» et un avertissement sérieux, qui doit vous faire
» craindre pour votre sort à venir : vous avez laissé
» affaiblir la charité dans vous, vous n'êtes pas juste
» devant Dieu; tremblez que ce Dieu vengeur n'ôte
» votre chandelier de sa place : pensez à vous sé-
» rieusement; » et le quitte là-dessus.

Par quelle fatalité arrive-t-il que des ames simples
et honnêtes soient exposées à éprouver, de la part
des esprits durs et caustiques, des terreurs auxquelles
elles ne doivent pas s'attendre, ne les ayant pas mé-
ritées (1)? Par où M. Chapelon s'était-il attiré une

---

(1) « On serait volontiers porté à croire qu'il en est de la di-
» rection spirituelle comme du commerce ordinaire de la vie.
» Il faut une conformité de caractères, d'idées, de manière de
» voir et sentir, pour unir deux personnes : il faudrait de sem-
» blables relations entre le directeur et le dirigé, pour que ce-
» lui-ci pût épancher son ame dans le sein de l'autre; et l'autre,
» la recevoir dans le sien. Il faut que les ames s'entendent,
» qu'elles se connaissent, pour qu'elles sympatisent ensemble.

censure si amère? Ses écrits sont entre les mains de
tout le monde ; qu'on les lise , on verra que partout
ils respirent la gloire de Dieu, l'amour du prochain,
le bien général et particulier ; un attrait marqué
pour les bonnes œuvres , une compassion tendre
pour les misères publiques et le soulagement de ses
concitoyens : voilà ses ouvrages. Quant à sa personne
et à sa conduite privée, il était l'idole de son temps :
on aime l'homme de bien , le méchant est en exé-
cration. Un citoyen qui jouit de l'estime universelle,
qui compte autant d'amis qu'il y a de gens honnêtes,

» Si les caractères sont dissonans, au lieu de s'unir ils se heur-
» tent : c'est le fer et l'argile qui ne se lient point ; et dans ce
» cas les choses du salut , non plus que les affaires du monde,
» ne peuvent avoir un succès heureux. » (*Morale universelle* ,
tome II , *chap. 4.*)

Le prêtre *Poujet* osa se faire un mérite d'avoir parlé à La
Fontaine, cet homme de mœurs si douces , si innocentes,
comme s'il eût parlé à un scélérat : il se laissa entraîner à la
fougue d'un zèle ténébreux ; la postérité a apprécié ce zèle et l'a
blâmé. Toutefois les poésies de M. Chapelon ne sont pas les
contes de La Fontaine. Celui-ci se soumit à la pénitence qu'on
disait lui être due : et en effet, il devait quelque réparation au
public. Mais la mère de M. Chapelon et ses deux sœurs, qui
avaient toujours vécu avec lui, auraient pu dire , avec plus de
raison que la servante du fabuliste : *Hé ! qu'on laisse cet homme
en paix ; il est si bon, qu'il n'a jamais su faire un péché véniel
en sa vie.* Ce trait de ressemblance entre deux hommes de bien,
a un grand rapport avec la fable *des animaux malades de la
peste :* Les lions, les tigres, les ours y déclarèrent leurs forfaits,
tout est pardonné : un animal simple est sacrifié pour avoir
mangé un brin d'herbe.

dont les écrits sont autant recherchés que la personne, que tout le monde loue, et dont aucun n'a
à se plaindre : cet homme si simple et si bon, si
tendre et si bienfaisant, ne semblait pas devoir mé-
riter le blâme ni les réprimandes amères ; à moins
que ce ne soit un crime aux yeux de certaines gens,
d'avoir un caractère liant et d'être un homme so-
ciable.

Des mains des casuistes, M. Chapelon tomba entre
celles des malfaiteurs : avec cette différence, que
cette scène fut autant récréative que l'autre était af-
fligeante. Quelques faux frères (1), de la race de
ceux dont se plaignait S. Paul, écrivirent à l'officia-
lité la vie prétendue scandaleuse d'un homme dont
l'esprit et les talens étaient tous les torts. M. Chapelon fut mandé. Etonné et non fâché de cette nouvelle, il en fait part à M. Colombet, son ami de
cœur, qui en fut attristé. Cela n'est rien, dit M. Cha-

---

(1) « On a toujours remarqué que ceux qui écrivent pour
» faire de la peine aux autres, sont des âmes dures et massives,
» semblables à des automates dont les ressorts sont montés pour
» opérer tel effet et non pas tel autre : ils ne sont pas méchans,
» ils sont bêtes. Ce n'est pas par malice qu'un loup dévore un
» mouton, c'est qu'il est conformé de manière à le dévorer. Il
» est vrai que si ces âmes matérielles tombaient d'aplomb sur
» un pauvre innocent qui suit son chemin, elles l'écraseraient
» de leur poids : mais comme la masse est lourde, on voit de
» loin ses balancemens et on esquive le coup. (*Morale univers*,
» *tom. II, chap.* 8.)

pelon avec sa gaîté ordinaire ; sans doute monseigneur l'archevêque aura tué un cochon , et il veut me donner une fricassée. Le curé sourit de cette saillie, et souhaite un bon voyage à son ami. M. Chapelon se présente au conseil avec cet air de candeur et d'innocence qui déconcerte la malice et fait tomber la prévention. Le prélat sent, en le voyant, qu'on a surpris sa religion : quand l'ame est saine , le visage est serein , et l'honnête homme porte son honnêteté écrite sur son front. On vit M. Chapelon, et on l'aima ; il fut invité à dîner. Un des convives, empressé de mieux connaître cet homme, lui dit : On rapporte , monsieur , que vous vous occupez à faire des chansons (1) ? — Oui, dit-il, je fais quequefois des chansons. — Contre qui les faites-vous ? — Contre les ridicules, les insolens, les buveurs, les buveuses, etc. — Passe pour cela ; mais les honnêtes gens ? — Oui , quand ils sont mes amis, et je ne les fâche pas. — Et à moi ; dit M. l'archevêque, vous me feriez une chanson ? — Oui, monseigneur,

---

(1) Boileau se trouvant à la campagne, alla à confesse au curé du village, qui ne le connaissait pas. En le confessant il lui demanda ; quelles sont vos occupations ordinaires, monsieur ! — De faire des vers, répondit Boileau. — Tant pis, dit le curé. — Et quels vers ! — Je fais des satires. — Encore pis ; et contre qui ! — Contre ceux qui font mal des vers, contre les méchans écrivains, les vices du temps, les ouvrages pernicieux, etc. — Ah, ah, dit le confesseur, cela est autre chose : après.

si vous me le permettiez. -- Voyons, dit avec bonté le prélat. Le poëte fit alors un impromptu dont sa Grandeur n'eut pas lieu de se plaindre. Si vous les faisiez toutes comme celles-là, personne ne pourrait s'en fâcher. -- Ah! monseigneur, tous les fâchés et les fâcheux de St.-Etienne ne sont pas des archevêques de Lyon. Monseigneur Camille de Neufville et sa compagnie, esprits droits et équitables, reconnurent la probité de ce bon prêtre; on admira son esprit, on se loua de sa conversation; il revint comblé de témoignages d'estime et d'amitié, tandis que les esprits boiteux de son temps se mordaient les lèvres, et dévoraient en secret le fiel de leur jalousie (1).

On juge bien qu'un homme de ce caractère devait avoir des amis, il était digne d'en avoir; et ses amis étaient tous ceux qui avaient le bonheur de le connaître; son ame expansive captivait les esprits; son cœur allait au-devant des autres, et les forçait à venir se joindre au sien. Incapable de manége et de tracasserie, il ne se brouilla avec personne. Lorsque M. de Morange vint à St.-Etienne pour y établir une nouvelle église succursale, pour y fixer le nombre des prêtres sociétaires, pour poser les limites invariables et respectives des deux paroisses, les prêtres-

---

(1) C'est le sens de l'épigraphe au commencement de l'abrégé historique, *Videbunt recti*, etc.

sociétaires de St.-Étienne, au nombre de douze, vinrent former opposition à ces nouveaux établissemens, en alléguant des raisons qui ne furent pas trouvées justes. Mais M. Chapelon, dont les lumières allaient plus loin, reconnaissant l'utilité et l'avantage de ces pieux établissemens, n'eut garde de se joindre à ses confrères, ni de paraître jaloux d'une œuvre dont il connaissait l'importance et le besoin.

Dans ce temps-là il existait dans la ville de St.-Étienne un prévôt de maréchaussée, nommé *Caron*. Ce *Caron* était un homme dur, brusque, emporté, qui sous le moindre prétexte faisait arrêter et emprisonner les citoyens. Les affligés recouraient à M. Chapelon, à la persuasion duquel *Caron* lui-même était forcé de se rendre; mais la dureté de l'ame de celui-ci ne pouvant pas sympatiser avec la douceur de son adversaire, il fallut enfin se brouiller. Dans ces entrefaites, notre poëte composa le noël XV, dans lequel il fait comparaître tous les corps de ville. *Caron* se crut méprisé de ce qu'il n'avait pas parlé du prévôt et de sa brigade; il lui en fit porter ses plaintes; pour le contenter, le poëte ajouta le dernier couplet de ce noël, et le fit imprimer. Ce fut bien pis lorsque *Caron* entendit les enfans et les grands chanter à pleine tête dans les rues :

> Sortez de cette maison,
> *Car on* n'y tient pas garnison.

Il se crut insulté, outragé, il ne se possédait plus;

dans son emportement, il menaça le poëte de lui
passer son épée au travers du corps; peu s'en fallut
qu'il ne le fit traduire en prison. On avait beau lui
représenter que *car* et *on* étaient deux mots qui ne
faisaient rien à son nom : n'importe, se croyant vili-
pendé, il ne respirait que la vengeance. Il est bien
vrai que M. Chapelon y avait mis exprès l'équivoque, et qu'il était bien aise que *Caron* le sentît,
pour rabattre un peu de sa fierté; mais le poëte restait inattaquable en faisant voir sur l'imprimé *car*
et *on;* et pour marque qu'il craignait peu sa colère,
il lui répondit par la chanson XXVIII, qui est une
épigramme assez vive. Des amis communs, tous personnages de considération, furent les médiateurs
dans cette affaire, et la querelle, qui dans le fond
n'était qu'une querelle d'enfant, fut bientôt assou-
pie. Cependant le poëte ne put pas résister à la tentation de lui faire son épitaphe.

Quant à ses brouilleries avec Saint-Chamond,
elles vinrent d'un peu plus loin : elles avaient com-
mencé du temps de ses pères. Il n'est pas rare de
voir des villes, des paroisses voisines prendre des
travers, des antipathies, des aversions les unes pour
les autres, sans qu'elles-mêmes puissent en rendre
raison. Un peu de rusticité dans les manières, une
teinte ridicule dans la conduite, un événement risible et inattendu; voilà plus qu'il n'en fallait pour
exciter la veine poétique des Chapelon. Si les habitans de St.-Chamond eussent été alors aussi lians,

aussi doux, aussi aimables que nous les connaissons, on eût toujours été amis; et on se féliciterait d'en avoir toujours de semblables. Mais nos pères, plus sages que nous pour les mœurs, étaient plus secs et plus durs dans les manières; ils manquaient de cette politesse qui excuse les défauts, et de cette aménité qui gagne les cœurs. Il se fit des chansons badines qui ne sont pas toutes venues jusqu'à nous. Il nous reste celle du *mulet Patachaud*, composé par M. Antoine Chapelon père. Il paraît que nos voisins y furent trop sensibles, lorsqu'ils voulurent venger sur le fils, et d'une manière un peu trop forte, la haine qu'ils portaient au père. Quoi qu'il en soit, ces badinages se terminèrent par un couplet de chanson et par la mort d'un cheval. M. Chapelon, allant à Paris, dîna avec ses amis à St.-Chamond. Ses ennemis voulurent se venger sur lui, et crurent en avoir trouvé l'occasion. Se doutant de quelque malice, il fit mettre la selle et les harnois de son cheval sur un autre qui lui ressemblait, et dîna tranquillement. Le dîner fait, il part gaîment avec sa compagnie, salue d'une chanson ceux qui croyaient s'être vengés, et qui, dans leur surprise, virent le cheval de l'un d'entre eux, dont on avait effectivement coupé la queue, et qu'on trouva à demi-mort.

M. Chapelon eut quelques démêles avec le bureau de la Charité, qui prétendait exiger à la rigueur une contribution annuelle de la somme de dix livres. Ces offrandes, qui sont toujours volon-

taires, doivent être faites librement, et selon les facultés de celui qui les fait. M. Chapelon était pauvre, il ne le cachait pas; il avait sous sa charge sa
mère âgée, ses deux sœurs sans talens, et souvent
ses deux nièces qu'il nourrissait et entretenait du
seul produit de la société. Ce sont les raisons qu'il
expose à messieurs les administrateurs de ce temps-
là; et s'il parle à ces messieurs un peu librement,
s'il leur dit des vérités un peu dures, on voit qu'il
force son caractère; et que s'il eût eu à traiter avec
des hommes aussi coulans, aussi judicieux, aussi sensible que ceux qui gouvernent aujourd'hui, on serait allé au-devant de ses besoins, on l'aurait pré-
venu; et au lieu de le vexer pour une somme si
modique, on lui aurait offert secrètement des secours plus abondans. Toutes ces misères, qui dans
le fond ne sont pas grand'chose, et dont la charité
ne souffrait rien, ne laissaient pas que de fatiguer une
conscience aussi délicate que la sienne; le souvenir
de son rêve, les propos de l'abbé de Soleysel, son
goût décidé pour la vertu, l'amour de ses devoirs
comme prêtre, tout cela concourait à le faire renon-
cer aux vers, aux chansons, aux compagnies, à dire
adieu aux Muses, et à sortir du tourbillon du monde,
avec le regret d'y avoir été trop long-temps enve-
loppé. C'est alors qu'il se livra tout entier à son
goût pour le bien. Sa dévotion fut exemplaire, ses
bonnes œuvres furent publiques, son zèle fut vif et
persévérant. Borné à un petit nombre d'amis, tous

les pauvres devinrent les siens ; il leur rendait tous
les services possibles, par le crédit et l'ascendant
qu'il avait sur les esprits et sur les cœurs. Il assoupis-
sait les querelles, terminait les différends, tirait les
malheureux de l'oppression, leur procurait des douceurs, des adoucissemens, des aumônes ; il était leur
avocat, leur défenseur, leur protecteur, et voulait
qu'on le regardât comme tel : il était le consolateur
et le bienfaiteur universel ; il plaçait les uns à l'hô-
pital, d'autres à la charité, aux incurables, etc. Ni
le dégoût des malades, ni l'infection des hôpitaux,
ni l'horreur des prisons, rien ne retardait sa charité,
ni ne blessait sa délicatesse. Sa compassion s'éten-
dait à tout, et sa bienveillance aurait voulu tout
soulager.

Ce pauvre citoyen, chargé d'enfans et détenu
dans les prisons par l'intrépide Caron, fut élargi
par sa médiation envers les supérieurs de cet homme
intraitable, qui fut contraint de rendre le prison-
nier, malgré lui, à son épouse et à sa famille éplo-
rée. Cet autre, accablé d'infirmités et de misères,
qu'il recommande à M. de Caylus, seigneur de la
ville, dans un temps où il aurait dû, ce semble, parler pour lui-même ; il oublie ses besoins pour ne
penser qu'à procurer le soulagement des besoins
d'autrui. Telle est la pénitence volontaire et édi-
fiante que s'imposa cet homme de bien, qu'on a
voulu regarder comme coupable et licencieux : peut-
être d'autant plus méritoire qu'elle fut publique,

persévérante, et qu'elle s'étendit sur tout le reste de sa vie.

Nous touchons à ce temps de désastres et de malheurs de toute espèce qui vinrent accabler la ville de St.-Étienne dans les années 1693 et 1694. Ce fut alors que les entrailles de ce bon ecclésiastique furent émues, sa sensibilité n'y put pas résister : ce fut alors que sa belle ame se rendit visible, pour ainsi dire, et déploya tous les ressorts de son activité. Il avait quitté la plume par un motif de piété, il la reprend par le même motif, et compose ce poëme attendrissant, dans lequel il peint, avec les couleurs les plus touchantes, l'état déplorable où étaient réduits les citoyens par la cessation du travail, la cherté du pain, les fièvres pestilentielles, etc. Il remonte à l'origine du mal, il fait voir quelles en sont les causes, dont il en allègue deux principales, savoir : des étrangers, des inconnus, des gens durs ou de mauvaise vie, qui viennent s'établir dans la ville, y prendre autorité, y donner des ordres, agir en maîtres, et subjuguer le pauvre peuple. La seconde cause de ces malheurs est le défaut de police et la mauvaise administration des magistrats et des personnes en place de ce temps-là. Nouveau *Jérémie*, ne pouvant, par ses facultés personnelles, soulager ses concitoyens, il répand sur eux des larmes amères, il conjure le grand Dieu, qui d'un seul mot a créé l'univers, d'exaucer sa prière, et d'apporter quelques consolations à son peuple affligé; semblable à ce Jésus, qui, dans le temps que Titus assiégeait Jérusalem, se promenait sur les murailles, et criait de toutes ses forces : malheur à la ville, malheur à ses habitans, malheur à moi-même, et en prononçant ces derniers mots, tomba roide mort sur les remparts. Ainsi M. Chapelon, consumé de douleurs, et sentant trop vivement les maux de sa patrie, déclare qu'il craint beaucoup pour lui-même : voyant cette foule de cadavres qu'on voiturait sans relâche dans les cimetières, il disait : Hélas ! bientôt j'en augmenterai le nombre.

Entre les exercices publics de dévotion qu'il avait embrassés, il y en eut un qui fut frappant, et qui fut imité par le plus grand nombre des paroissiens, ce fut qu'il accompagnait régulièrement Notre-Seigneur, toutes les fois qu'on le portait en viatique aux malades, et il l'accompagnait toujours en surplis. Cet exercice arrivait très-fréquemment, surtout les deux dernières années de sa vie. Il en avait tellement contracté l'habitude, qu'il y assistait étant malade, ayant peine à marcher. Enfin cet homme, qui n'était pas immortel, fut attaqué d'une fièvre ardente, dont le transport se porta au cerveau : il entendit la clochette dans les rues, qui annonçait Notre-Seigneur; dans son délire, il saute du lit à bas, il fait violence à ceux qui le retiennent, il dit qu'il veut accompagner son divin Maître, il s'efforce d'aller en avant, et sans ses gardes-malades, il se précipitait par la fenêtre.

Rien de si touchant, rien de si attendrissant que
les derniers momens de sa vie : on voyait les élans
continuels qu'il faisait vers le ciel, en y levant sans
cesse les mains et les yeux. Ces derniers momens
furent une prière intérieure continuelle, et un sa-
crifice volontaire qu'il fit à Dieu de sa vie. Enfin cet
aimable citoyen, ce digne ecclésiastique, après avoir
vécu en sage selon le monde, mourut en chrétien
selon le cœur de Dieu, le 9 octobre 1695, âgé de
47 ans.

Cette mort couvrit d'un voile de deuil toute la
ville : la consternation fut universelle : on pleurait
dans un seul homme la perte de plusieurs : le bel
esprit, l'homme de lettres, l'homme à talens, le
bon ami, l'excellent citoyen, le bon prêtre; chacun
disait : j'ai perdu mon semblable. Avec lui dans le
même tombeau furent ensevelis la joie, les ris, l'enjouement, la fine plaisanterie, les talens, les beaux
vers; et ce qui est plus précieux, le don unique de
se rendre estimable et de se faire aimer. Depuis ce
temps, ce sombre voile a demeuré étendu, et semble
couvrir tous les esprits; il paraît qu'il n'est pas prêt
d'être levé; qu'il y restera encore, jusqu'à ce qu'une
main privilégiée le déchire.

Mais quand peut-on espérer de voir paraître cet
homme qui le remplace? Pour cela il faudrait qu'il
réunît plusieurs qualités qui se trouvent rarement
dans un même sujet. A ne considérer que son talent, ou plutôt le don de la poésie, les sujets gais,

amusans, M. Chapelon les rencontre, ils s'offrent naturellement à lui; les autres vont les chercher avec effort. L'ame, après la lecture de ses ouvrages, calme, reposée, et pour ainsi dire rafraîchie comme au retour d'une promenade embellie et riante, trouve en soi-même un contentement, un bien-être, et une disposition naturelle à vouloir que chacun éprouve le sentiment de joie et de belle humeur dont elle-même est pénétrée; satisfaction précieuse, dans laquelle on ne se trouve pas après la lecture de nos beaux philosophes, encore moins de nos pesans moralistes.

Sa morale, en effet, est celle du chrétien, purgée de toutes superstitons, épurée dans une ame douce, rectifiée dans un sens plus droit, embellie des couleurs d'une imagination aimable et brillante.

Cette foule de traits, présens au souvenir de tous ses lecteurs, ces expressions énergiques qu'on cite à tous propos, et qu'on répétera dans les générations futures; ces sentences simples et frappantes, qui ont passé en proverbes, tant elles sont pleines de sens; ces termes si à propos, si significatifs, qu'aucune langue ne peut rendre ni imiter; ces saillies inattendues qui frappent et qui demeurent imprimées dans la mémoire; tel est son caractère distirctif. Pour le connaître tel qu'il est, il ne faut pas le dire, il faudrait le copier.

Son génie propre à lui, est cette étonnante aptitude à se rendre présent, et nous faire assister à l'action

3

qu'il nous montre; de donner à chaque objet et à chacun de ses personnages un caractère particulier, dont l'unité se conserve dans la variété de ses narrations. On ne cite point d'exemple tiré de ses écrits, car il faudrait tout citer. Mais une source de beautés bien supérieures, c'est cet art de savoir, en ne paraissant vous occuper que de bagatelles, vous placer d'un mot dans un grand ordre de choses : presque tout ce qu'il dit élève l'ame, et la fait remonter à des idées grandes et sublimes.

Sans doute, M. Chapelon dut beaucoup à la nature, qui lui prodigua l'imagination la plus vive, la plus féconde, la plus variée, tous les traits de l'invention et de l'expression. Sans doute, l'homme le plus fêté de tous devait plaire à tous. Mais par combien de soins cet esprit n'avait-il pas été cultivé? Les beaux-arts, les arts aimables l'embellissaient encore : les voyages, le spectacle imposant de la ville de Rome, le coup-d'œil ravissant de la cour brillante de Louis XIV, la lecture des ouvrages des beaux-esprits de son siècle; tous ces objets divers et frappans, lui donnèrent cette élévation d'ame, ce sentiment du beau et du bon, et allumèrent le feu du génie que la nature avait déjà mis dans son sein.

Il a écrit dans sa langue naturelle, et il ne dut pas écrire autrement, parce qu'on n'en parlait point d'autre alors. De là ces expressions imitatives et pittoresques, qu'on ne peut traduire dans une autre langue ; parce que celle dans laquelle il a écrit, nomme des objets qui ne sont connus que dans ce langage ; parce qu'il exprime fortement ce qu'aucun autre ne saurait exprimer , qu'on affaiblirait ou qu'on détruirait par une traduction. C'est pourquoi on n'habillera jamais Montagne à la française , et c'est pourquoi on a anéanti Charon quand on a voulu lui faire parler une autre langue que la sienne.

Toutes les familles chrétiennes ont chanté et chantent encore les noëls de M. Chapelon : tous les gens de bien ont ses ouvrages en partie, qu'ils se font un plaisir de lire avec leurs amis ; tout le monde a son nom gravé dans la mémoire, et on le prononce avec vénération. Il ne manquait à cet homme que d'être mieux connu, pour que son nom fût imprimé dans tous les cœurs; il le fut dans son temps, il le sera à l'avenir. N'ayant pu être de ses amis , on s'honorera d'être son compatriote. Moi, citoyen obscur, mais sensible, je viens, près d'un siècle après sa mort, jeter quelques fleurs sur son tombeau : puisse un pinceau plus exercé et plus délicat , le peindre avec des couleurs plus fortes et plus brillantes , et mettre sous les yeux d'une ville honnête et savante, toute la beauté de son ame, la bonté de son cœur, l'éclat de son esprit, de ses talens et de ses vertus !

NOELS

EN FRANÇAIS,

A L'HONNEUR

DE

JÉSUS NAISSANT,

EN FAVEUR

DES ENFANS DE St.-ÉTIENNE.

Juvenes et Virgines laudent nomen Domini.

Que les jeunes garçons et les jeunes filles
louent le nom du Seigneur.

PREMIÈRE PARTIE.

1820.

~~~~~~

ÉPITRE

AUX JEUNES ENFANS
DE St.-ÉTIENNE.

CHERS ENFANS,

L'INCLINATION naturelle que j'ai pour vous, me porte aujourd'hui à vous faire un présent de quelques noëls dédiés à JÉSUS NAISSANT, de qui vous devez être les véritables copies. Votre jeune âge doit s'accommoder au sien ; commencez à compatir à ses souffrances, pratiquer son obéissance , son humilité , son respect pour ses parens, et mettez-vous sous sa divine protection. Comme votre vie doit approcher beaucoup de la sienne, qui était une vie de louanges et d'actions de grâces continuelles à Dieu son père, j'ai cru que le chant de ces noëls pourrait vous apporter une grande consolation et adoucir vos peines, si vous saviez en faire un saint usage. Recevez donc ce petit présent que je vous offre dans l'intention de donner quelque trève à vos soucis, quelque adoucissement à vos travaux, et quelque soulagement à vos inquiétudes. Je voudrais de tout mon cœur pouvoir vous tirer du pitoyable état où je vous vois quelquefois et que trop souvent. Je voudrais être aussi pauvre que vous, pour imiter de plus près la pauvreté de JÉSUS NAISSANT; mais vous et moi nous devons nous laisser conduire à sa divine Providence: considérez donc vos pauvres cabanes et vos petites boutiques comme une image de l'étable de Bethléem, où ce divin enfant a voulu naître par préférence: il se plaît encore à habiter parmi vous dans vos humbles chaumières; ne l'en chassez pas par vos désobéissances, vos querelles, votre indévotion et votre mauvaise vie. Priez-le exactement soir et matin; soyez toujours modeste en sa présence: embrassez avec joie, et de toute votre ame cette précieuse pauvreté qui fait éprouver la faim, la soif, le froid, la nudité; qui nous dépouille des biens dans cette vie passagère, pour nous combler des biens éternels dans le ciel. Je vous le souhaite comme à moi-même.

Adieu, mes chers Enfans;

Votre ami, J. CHAPELON, P.

NOEL Iᵉʳ.

Sur l'air : *Si je ne puis fléchir l'inhumaine.*

Pauvre mortel ! sois un peu sensible,
Pour le plus triste objet que la nature ait vu :
Ton Dieu se rend visible,
Paisible ;
Dieu se rend visible ,
Et tes crimes l'ont mis tout nu.
Vois avec quelle douceur
Il est prêt de te donner son cœur,
Vois avec quelle douceur
Il ménage ton bonheur !

Tu l'as maltraité
Par ta vanité ;
Avec trop de fierté,
Tu l'as maltraité,
Par ta vanité ;
Cherche ton salut dans l'humilité ;
Ne néglige pas ton devoir,
Il est de ton honneur de l'aller voir ;
Ne néglige pas ton devoir,
Il est toujours prêt à te recevoir.

NOEL II.

Sur l'air : *Ah ! jour heureux pour un cœur jeune et tendre.*

Ah ! l'heureux jour, l'heureux jour,
Que le Ciel nous procure !
Ah ! l'heureux jour, l'heureux jour,
Que nous donne l'amour !

Le Seigneur de la nature,
Vient faire ici son séjour :
Cœurs ingrats; que votre ame est dure;
Venez lui faire votre cour.
Ah! l'heureux jour, l'heureux jour,
Que nous donne l'amour !
Voyez comme il vient sur la dure
Chercher sa pauvre créature.
Ah! l'heureux jour, l'heureux jour,
Que le Ciel nous procure !
Ah! l'heureux jour, l'heureux jour,
Que nous donne l'amour !

Ah! quel devoir, quel devoir,
Pourrons-nous bien lui rendre !
Ah! quel devoir, quel devoir,
Pour le bien recevoir !
Quoiqu'il soit dans l'âge tendre,
C'est un plaisir de le voir :
Tout l'enfer ne peut se défendre,
Il faut qu'il cède à son pouvoir.
Ah! quel devoir, quel devoir,
Pourrons-nous bien lui rendre !
Ah! quel devoir, quel devoir,
Pour le bien recevoir !
Il est bien aisé de comprendre
Qu'il vient pour nous tout entreprendre.
Ah! quel devoir, quel devoir,
Pourrons-nous bien lui rendre !
Ah! quel devoir, quel devoir,
Pour le bien recevoir !

Ah! beaux esprits, beaux esprits,
Qui croyez tout connaître !
Ah! beaux esprits, beaux esprits,
Que vous serez surpris

Vous verrez un jeune maître
Qui censure vos écrits :
Au moment qu'on le voit paraître
Chacun vient lui donner un prix :
  Ah ! beaux esprits, beaux esprits,
  Qui croyez tout connaître !
  Ah ! beaux esprits, beaux esprits,
    Que vous serez surpris !
Adorez ce souverain Être,
Sans qui vous ne sauriez rien être !
  Ah ! beaux esprits, beaux esprits,
  Qui croyez tout connaître !
  Ah ! beaux esprits, beaux esprits,
    Que vous serez surpris !

NOEL III.

Sur l'air : *Lizon de la Lizette.*

  POURQUOI veux-tu, JANOT,
Faire la sourde oreille ?
Faut-il faire le sot,
Quand un Dieu te réveille ?
  Que ne dis-tu,
Voyant cette merveille,
Soyez le bien-venu !

  Cherche ton chalumeau,
Entonne ses louanges ;
Et dis, d'un ton nouveau :
Aimable Roi des Anges,
  Et la-la-la
Pourquoi parmi les Anges ?
Et qui vous a mis là ?

J'aperçois que JACQUET,
Suivi d'un camarade,
Avec son flageolet
Vient lui donner l'aubade :
    Et lu-lu-lu,
Mais dans cette parade
Il le va voir tout nu.

PIERROT attend le jour
Pour avoir l'avantage,
De battre son tambour
De village en village :
    Et ton-ton-ton,
La joie sur le visage,
Il fait le beau garçon.

MICHAUT fut curieux
De prendre une trompette,
Pour faire entendre aux cieux
Qu'il était de la fête :
    Ta-ra-ra-ra,
Il eut martin en tête
Tant que jour dura.

La petite CATIN
Porta son épinette
Et du soir au matin
Joua la chansonnette :
    Et frain-frain-frain,
Lizon de la Lizette
Pour le petit Dauphin.

CLAUDE prit un hautbois,
MENDARD des castagnettes,
MARCELLIN et FRANÇOIS
Portèrent deux muzettes ;

Et ta-ta-ta,
Deux cents bergeronnettes
Dansèrent sur cela.

Il n'y eut que BERTAUD,
Qui regardant MARIE,
Fut surpris comme il faut
De la voir si jolie :
    Et la-la-la,
Dit-il en sa manière,
Qu'est-ce que je vois là?

    Joli petit poupon,
Permettez-moi, de grâce,
De dire une chanson
Sur le son de ma basse :
    Et zon-zon-zon,
Sortez de cette place,
Venez dans ma maison.

    Suivez-moi, s'il vous plaît,
Quittez cette misère ;
Faites venir Joseph
Et votre bonne Mère :
    Et zon-zon-zon,
Nous avons de quoi faire
Pendant cette saison.

    Nous avons du bon pain,
Quantité de volaille,
Bon fromage et bon vin,
Et de plus quelque maille :
    Et zon-zon-zon,
Malgré bien de canaille
Nous vivons sans façon.

NOEL IV.

Sur l'air de la Gavotte :

Lou diable entendi la festa et y voli l'ala vay.

VENEZ, bergers et bergères,
Accourez tous à-la-fois,
Pour apprendre des affaires
Qu'on ne sait pas dans vos bois;
Quittez troupeaux et villages,
N'oubliez pas vos hautbois,
Venez rendre vos hommages
Au plus grand de tous les Rois.

Il fuit l'éclat et la gloire,
Et chérit l'abaissement;
Il ne fonde sa victoire
Qu'en votre établissement :
Toute la pompe du monde
Ne saurait gagner son cœur;
Quand il parle l'enfer gronde,
Et tout cède à sa grandeur.

Bien qu'il soit dessus les langes
Parmi la paille et le foin,
C'est lui qui commande aux Anges
Et qui s'en sert au besoin :
Il n'en veut qu'à votre crime,
Et vous pardonne en ce jour,
Se faisant votre victime
Par l'excès de son amour.

Approchez-vous de sa crèche;
Compatissez à ses maux :
Ne diriez-vous pas qu'il prêche,
Entre ces deux animaux?
Malgré l'hiver le plus rude
Il endure tout pour vous,
Votre seule ingratitude
Donne les plus rudes coups.

JOSEPH avec patience
Donne trève à son sommeil;
Admirons dans le silence
Les rayons de ce soleil :
Sa chère et divine mère
Semble faire injure aux Cieux,
En payant notre misère
Par ce trésor précieux.

Les faux dieux ni leurs oracles
Ne pourront rien contre nous;
Il fera voir par des miracles
Qu'il leur donne le dessous ;
Pour sauver sa créature
Il doit un jour faire choix
De la peine la plus dure,
Et mourir sur une croix.

NOEL V.

Sur l'air : *Une bergère l'autre jour.*

BERGERS, c'est bien aujourd'hui
Que le Ciel est votre appui;

Puisqu'il vous fait un présent
De son plus riche ornement;
Et qu'en vous donnant un Dieu,
Il naît dans un chétif lieu.

Ce Dieu, par une bonté
Conforme à sa volonté,
Pour vous retirer des fers
Donne la fuite aux enfers,
Et surmonte le péché
Qui l'a si long-temps fâché.

Admirable changement,
Sous la forme d'un enfant
Ce Dieu fait un tel effort
Qu'il triomphe de la mort,
La met en captivité
Et nous rend la liberté.

Entre deux vils animaux
Il se charge de nos maux;
Ils seront tous deux témoins
Qu'il pourvoit à nos besoins,
Et nous fera voir un jour
Tout l'excès de son amour.

NOEL VI.

Sur l'air : *Amour, que veux-tu de moi?*

MORTEL, que ton sort est doux!
Un Dieu s'est fait comme nous,
Un Dieu s'est fait comme nous,
Ah! ne te souviens plus de ta première offense :
Il mêle la douceur avec son innocence;
Ce n'est plus contre toi qu'on le voit en courroux.

Mortel que ton sort est doux !
Auras-tu bien l'assurance
De l'adorer à genoux ?
Mortel que ton sort est doux !
Un Dieu s'est fait comme nous.   *(Bis.)*

Bergers, prendrez-vous le soin
De l'assister au besoin,
De l'assister au besoin ;
Que vous serez heureux de quitter vos logettes
Et de pousser aux cieux vos tendres chansonnettes ;
Répandez-vous partout, et qu'on dise bien loin,
Bergers, prendrez-vous le soin
De réveiller vos musettes,
Et d'aller voir sur le foin
Le maître de vos houlettes :
Bergers, prendrez-vous le soin
De l'assister au besoin.   *(Bis.)*

O grands rois ! qui venez le voir,
Tenez-vous dans le devoir,
Tenez-vous dans le devoir ;
Venez, ne craignez pas d'aborder la masure
Où ce Dieu bienfaisant cherche sa créature,
Dans un dépouillement qu'on ne peut concevoir.
Grands rois, qui venez le voir,
Ce n'est pas dans la dorure
Qu'il prétend vous recevoir ;
Il fait une autre figure :
Grands rois, qui venez le voir,
Tenez-vous dans le devoir.   *(Bis.)*

Venez, esprits bienheureux,
Qui l'avez vu dans les cieux,
Qui l'avez vu dans les cieux ;
Après avoir connu sa grandeur et ses charmes,
Venez le voir souffrant, et fondez tous en larmes.

Disons tous d'une voix dans ce jour précieux :
Venez, esprits bienheureux.
Né craignons plus les vacarmes
D'un ennemi furieux,
Voyons cesser nos alarmes :
Venez, esprits bienheureux,
Qui l'avez vu dans les cieux,
Adorez-le dans ces lieux.

~~~~~~~~~~~~~~~~~~~~~~~~~~~~~~

NOEL VII.

Sur l'air : *Tyrcis disait l'autre jour.*

LE démon disait un jour :
Je fais fort bien mes affaires ;
Si ceci durait toujours,
Que deviendraient mes confrères ?
Notre pauvre palais serait bientôt rempli ;
Il faudrait à la fin tous décamper d'ici.

Il ne fut pas un moment
Dans cette folle pensée,
Qu'il connut un changement
Bien contraire à son idée :
Il découvrit de loin la majesté d'un Dieu ;
Il s'enfuit promptement et lui céda le lieu.

Ce Dieu se voyant dès-lors
Maître du champ de bataille,
Ne trouva pour tous trésors
Que du foin et de la paille :
Un âne avec un bœuf, un chétif logement
Qu'il prit pour son palais dès le même moment.

Quoiqu'il s'y plaça sans bruit ;
Les bergers lui font visite ;
Trois rois marchent jour et nuit,
Prévenus de son mérite :
C'est à qui fera voir le plus d'empressement
A ce nouveau vainqueur, dans son abaissement.

NOEL VIII.

Sur l'air : *Quand viendra-t-il, mon berger !*

QUAND paraîtrez-vous, doux Sauveur ?
Hélas ! tout veut avoir votre aimable présence :
Un seul moment de votre absence ,
Des plus charmans plaisirs arrête la douceur.
Quand paraîtrez-vous, doux Sauveur ?
Hélas ! tout veut avoir votre aimable présence.
Ah ! que nos cœurs sont en souffrance ,
De n'avoir pas ce bonheur.
Serons-nous toujours en langueur ?   *(Bis.)*
Vous savez de nos cœurs quelle est l'impatience.
Quand paraîtrez-vous, doux Sauveur ?
Hélas ! tout veut avoir votre aimable présence.

N'aurons-nous jamais un beau jour ?
O ciel ! vous nous flattez d'une douce espérance !
Pensez à notre délivrance ,
Et ne nous laissez plus dans ce triste séjour.
N'aurons-nous jamais un beau jour ?
O ciel ! vous nous flattez d'une douce espérance.
Faites-nous voir en assurance
Le Messie plein d'amour,
Pour lui témoigner tour-à-tour

Que tout notre bonheur,
Que tout notre bonheur
Dépend de sa naissance :
N'aurons-nous jamais un beau jour ?
O ciel ! vous nous flattez d'une douce espérance.

~~~~~~~~~~~~~~~~~~~~~~~~~~~~~~~~~~~~~

DIALOGUE.

JÉSUS NAISSANT ET LE PÉCHEUR.

Sur l'air : *Je ne vois dans vos yeux qu'une colère extrême.*

JÉSUS.

Je ne vois dans ton cœur qu'une froideur extrême :
Pécheur, quel traitement !
Après avoir quitté le lieu le plus charmant,
Je suis comme toi-même.
Ingrat, laisse-moi vivre en paix,
Je t'abandonne pour jamais.

LE PÉCHEUR.

Que ferais-je sans vous ? Quel supplice plus rude !
Vous m'accusez d'ingratitude ;
Faites-moi voir, Seigneur,
Les crimes que je fais ?

JÉSUS.

Ingrat, laisse mon cœur en paix.

LE PÉCHEUR.

Seigneur, je ne sais pas d'où provient mon offense :
Je suis enfant d'obéissance,
Je tiendrai ce que je promets.

JÉSUS.

Je t'abandonne pour jamais.

LE PÉCHEUR.

Seigneur, si mes parens vous ont fait quelque injure,
Je veux à mon égard attirer vos bienfaits.

JÉSUS.

Je fais tout pour ma créature,
Et ne vois qu'à regret que ton ame est trop dure :
Ingrat ! je te donne la paix,
Et te pardonne pour jamais.

~~~~~~~~~~~~~~~~~~~~~~~~~~~~~~~~~~~~

NOEL IX.

Sur le rigodon de Paris.

ÇA, mes amis,
En grand' réjouissance
Célébrons la naissance
D'un Dieu promis.
C'est aujourd'hui,
C'est aujourd'hui,
Qu'il vient en diligence
Nous tirer d'ennui.
Sa grande charité
L'a surmonté ;
Sa grande charité.
Il devient notre frère, prenant notre humanité.
Et quoi ! que faisons-nous ?
Allons donc tous
L'adorer à genoux.

Quand je le vois
Couché dans une crêche,

Et que mon cœur revêche
L'a mis aux abois ;
 Que son amour,
 Que son amour
Vient au mien faire brêche
Pour le mettre au jour.
C'est pour lors que je dis :
 Charmant taudis ;
C'est pour lors que je dis :
Le Dieu de la nature fait de toi son paradis.
Il vient placer sa cœur
 Dans ton séjour :
Ah ! l'aimable retour.

 Anges des cieux,
Qui voyez sa souffrance,
Quittez sans résistance
Ces aimables lieux.
 Votre devoir,
 Votre devoir,
Vous convie à descendre
 Pour le venir voir,
Si notre vanité
 L'a maltraité,
Si notre vanité ;
Accourons tous ensemble, et qu'avec humilité
Nous prenions un grand soin
 Dans le besoin,
De le sortir du foin.

 Tant de bienfaits
Méritent qu'il demande
Notre cœur en offrande
Et nos respects :
 N'épargnons rien,
 N'épargnons rien,

Sa douceur est si grande ,
C'est un si doux lien ;
Disons tous d'une voix :
 Grand Roi des rois ;
Disons tous d'une voix :
Pourquoi dans une étable mourir mille fois ?
 Ne valait-il pas mieux
  Rester aux cieux
 Que venir en ces lieux.

~~~~~~~~~~~~~~~~~~~~~~~~~~~~~~

NOEL X.

Sur l'air : *Roland en furie, nie ;* ou bien, *Ma petite Colinette.*

 UN ange dit à MARIE,
Belle , vous êtes choisie
 Pour mère d'un DIEU.
  La Providence
  Prend ce milieu
Pour couvrir l'innocence
De l'homme malheureux
Qui gémit en ces lieux.
Son malheur est prescrit ;
  Le Saint-Esprit
Prendra soin de ce mystère :
Vous serez vierge et mère ,
  Et votre foi,
En lui donnant un nouveau Roi,
Lui donne une autre loi.
Cette Vierge charmante
Met au jour l'Immortel;
Que tout le monde chante :
Noël, Noël, Noël.

NOEL XI.

Sur l'air : *Que le sort à son gré me déclare la guerre.*

QUE l'enfer aujourd'hui fasse voir sa furie,
Un enfant malgré lui se rit de son pouvoir.
    La mort qui nous ravit la vie,
Combat avec l'amour et se voit sans espoir.
    Ah! ciel, qui peut le concevoir?
    Cet amour gagne la partie,
Et nous met en état de ne jamais déchoir.
Que l'enfer aujourd'hui fasse voir sa furie,
Un enfant malgré lui se rit de son pouvoir !

Que je sens du plaisir auprès de la masure
Où cet amour naissant a choisi son séjour;
    Lui qui tient en main la nature,
Préfère ce taudis aux grandeurs de la cour.
    La nuit y ressemble un beau jour;
    Tout y plaît, tout y fait figure,
La justice et la paix s'y baisent tour à tour.
Que je sens de plaisir auprès de la masure
Où cet amour naissant a choisi son séjour !

Allez, princes chrétiens, vous soumettre à ses charmes;
Adorez sa grandeur dans son humilité,
    Donnez quelque trève à vos armes,
Il vous offre la paix pour une éternité.
    N'abusez pas de sa bonté ;
    Il veut seul répandre des larmes,
Et vous ouvrir son cœur tout plein de charité :
Allez, princes chrétiens, vous soumettre à ses charmes,
Adorez sa grandeur dans son humilité.

NOEL XII.

l'air : *Serons-nous dans le silence.* --- *Quand on rit et quand on danse.*

Amis, n'ayons plus de crainte
Et ne formons plus de plainte;
Voici le plus beau moment
Qu'ait eu le ciel et la terre,
Un Dieu termine leur guerre,
   Et se fait le garant
De notre premier différend.

Sur une botte de paille
Il vient livrer la bataille
Au monstre le plus hideux
Qu'on ait vu paraître au monde;
Quoiqu'il hurle et qu'il gronde,
   D'un ton majestueux
Il le chasse de devant ses yeux.

Pour marque de sa victoire,
Et pour comble de la gloire
Dont il jouit en ce jour,
Il conjure nos tendresses
De regarder les faiblesses
   Que lui cause l'amour,
Et de lui donner du retour.

Entre les bras de sa mère
Il s'adresse à Dieu son père,
Et par un soin fraternel,

Pour nous le rendre propice,
Il arrête sa justice,
  Se déclare mortel,
Et se fait pour nous criminel.

  Amis, rompons le silence,
Et chantons à sa naissance :
Dieu d'amour, Dieu plein d'attraits,
Protégez le Roi de France,
Donnez-nous en abondance
  Les douceurs de la paix,
Et ne nous délaissez jamais.

  Chassez toute la canaille
Qui nous met sur la paille ;
Qu'on ne voie plus de sergens,
De gabelle et de maltote,
Et que la secte huguenote,
  Avec tous leurs agens,
Ne trouble plus les bonnes gens.

  Faites, puissant Roi des anges,
Qu'à l'avenir les vendanges
Puissent remplir nos tonneaux,
Ainsi que notre rivière ;
Nous aurons la grâce entière,
  Et dans tous nos hameaux,
Nous dirons cent noëls nouveaux.

NOEL XIII.

Sur l'air : *Dans ces lieux tout rit sans cesse.*

L'on dit dans notre village
Que l'Auteur du monde est né ;
Chers amis, quel avantage !
Vit-on jamais un jour plus fortuné ?

Allons lui rendre visite ,
Saluons-le tour à tour ,
Et dépêchons au plus vite
De l'aborder pour lui faire la cour.

On dit même , chose étrange ,
Qu'il est couché sur le foin ,
Dans le recoin d'une grange ,
Abandonné d'un chacun au besoin.

Qu'il n'a dans cette misère
Et dans sa nécessité ,
Que le seul lait de sa mère ,
Qui meurt de voir ce fils maltraité.

Il est plié dans des langes ,
Parmi de vils animaux ,
Entouré de milliers d'anges
Qui voudraient bien mettre fin à ses maux.

Demandons-lui, je vous prie,
Puisqu'il est venu pour nous ,
Par les secours de MARIE,
De ne jamais enflammer son courroux.

NOEL XIV.

Sur l'air : *Adieu, petite Aminte.*

O Dieu! quelle aventure,
Le Seigneur de la nature
Vient entreprendre la cure
De nos maux !
Entre deux vils animaux,
Sa douceur,
Jointe à la faveur
Qu'il a dans le cœur,
Cherche le bonheur
De celui qui chercha son malheur
Auprès du serpent trompeur,
Qui lui fit perdre l'honneur
Et l'avantage d'être aimé de son Seigneur.

Je frémis quand j'y pense,
Tout mon cœur en est en trance,
Admirant dans le silence
La bonté
De ce Dieu de charité;
Car, hélas,
Venir ça bas,
Ne pouvait-il pas
Décider ce cas ?
Il n'avait qu'à présenter son bras
A la vue du trépas,
Pour nous tirer des tracas,
Et ne pas prendre en personne tout cet embarras.

Mortelle créature,
La tendresse te conjure
D'envisager la torture

Que ton Dieu
Souffre pour toi dans ce lieu.
Maintenant
Vois-le un seul moment
Dans l'étonnement,
Réduit pauvrement,
Et dis-lui, fort amoureusement :
Créateur du firmament,
Permettez présentement
Que mon cœur se consacre à vous entièrement.

Grandeur inconcevable,
Que je vous suis redevable,
Pauvre pécheur misérable !
D'un grand bien
Que j'ai par votre moyen.
Roi des rois,
C'est à cette fois
Que je reconnois
Votre douce voix,
Qui me dit de ne faire aucun choix
Que celui du rare bois
Qui vous doit servir de croix,
Et dont toute la terre doit suivre les lois.

~~~~~~~~~~~~~~~~~~~~~~~~~~~~~~~~~~~

NOEL XV.

Sur la Gavotte ou *la Menteuse.*

Amis, célébrons la naissance
Du plus grand Roi qui fut jamais,
Et marquons la reconnaissance
Que nous procure ses bienfaits.

Qu'on assemble les tambours
Pour en avertir les villages ;
Qu'on assemble les tambours
Pour en avertir les faubourgs.

Il faut se mettre sous les armes,
Et donner avis aux quartiers,
Qu'au Roi qui vient, si plein de charmes,
Il ne faut pas faire les fiers :
Donnons la chasse au chagrin,
Qu'il ne se verse plus de larmes ;
Donnons la chasse au chagrin,
Et commençons un joli train.

Qu'on n'entende que mousquetades,
Depuis le matin jusqu'au soir,
Afin que les autres bourgades
Tâchent à se mettre en devoir :
Conjurons notre pasteur
De lui faire nos ambassades ;
Conjurons notre pasteur
De lui témoigner notre ardeur.

Il est juste qu'il soit en tête
De tout le reste du clergé ;
Et qu'il offre notre requête
Avant que de prendre congé :
Moines et religieux,
Il faut que vous soyez de fête ;
Moines et religieux,
Venez le voir à qui mieux mieux.

Messieurs de la sénéchaussée
Sont tout prêts depuis ce matin,
Et vont en robe détroussée
Le connaître pour souverain :

Avocats et procureurs,
Tout paraît dans cette mêlée ;
Avocats et procureurs,
Tout vient lui faire ses honneurs.

Le corps des élus se dispose
A lui dresser un compliment,
Lequel n'a pour but autre chose
Que le bien public seulement ;
Ils se tiennent sûrs de voir
Qu'il est prêt d'appointer leur cause ;
Ils se tiennent sûrs de voir
Qu'il est prêt à les recevoir.

On dit déjà que l'ordinaire
Venait de prendre le devant,
Et qu'il s'apprêtait à bien faire,
Sitôt qu'il en a eu le vent.
Le juge qui le conduit,
Sait bien démêler une affaire ;
Le juge qui le conduit,
S'en tirera sans faire bruit.

Les échevins, prudens et sages,
En qualité de protecteurs,
S'en vont lui rendre leurs hommages,
Et s'assurer de ses faveurs.
Chacun pour un bon dessein,
En attend de grands avantages ;
Chacun pour un bon dessein
S'attend qu'il nous donne la main.

Qu'il fait beau voir la bourgeoisie
Avec leurs habits sérieux,
Le supplier qu'il remédie
Aux maux qui nous sautent aux yeux !

Oh! que nous serons contens,
S'il peut bannir la zizanie;
  Oh! que nous serons contens,
S'il peut chasser les insolens.

  Les marchands de chaque fabrique
Sont empressés pour l'aller voir;
Et jusqu'aux courtauds de boutique,
Tout se met fort bien en devoir.
  Il ne tiendra pas à lui
Que tout le monde ne fabrique;
  Il ne tiendra pas à lui
Qu'il ne leur donne son appui.

  Tous les ouvriers s'en vont en foule,
Accompagnés des paysans;
Qui porte un coq, qui, quelque poule,
Et qui mille petits présens,
  En lui disant humblement :
Grand Roi, notre bonheur s'écoule,
  En lui disant humblement :
Remédiez-y promptement.

  L'on ne voit que filles, femmes,
Courir au palais de ce Roi;
Demoiselles et jeunes dames,
Qui lui vont engager leur foi.
  Chambrières et serviteurs,
Tout court du meilleur de leur ame;
  Chambrières et serviteurs,
Tout en espère des douceurs.

  Quant aux dames religieuses,
Elles sont comme au désespoir,
Et s'estimeraient trop heureuses
De lui parler et de le voir :

Mais leur bonne volonté
Leur doit tenir lieu de visite ;
Mais leur bonne volonté
Se repose sur sa bonté.

Grand Roi, celui qui versifie,
Vient vous prier à deux genoux
D'avoir en gré sa poésie,
Et la regarder d'un œil doux ;
Il voudrait de tout son cœur
Qu'elle fût cent fois plus polie ;
Il voudrait de tout son cœur
Qu'elle plût à votre grandeur.

Monsieur le prévôt et sa suite
Ont bien voulu se présenter ;
Mais il a cru que leur conduite
Ne ferait que l'inquiéter :
Sortez de cette maison,
Leur a-t-on dit, mais au plus vîte ;
Sortez de cette maison,
Car on n'y tient pas garnison.

~~~~~~~~~~~~~~~~~~~~~~~~~~~~~~

NOEL XVI.

Sur l'air : *Si ma langueur pouvait finir ma peine.*

Que faites-vous,
Bergers, dans vos logettes ?
Que faites-vous ?
Ne craignez plus les loups :
Le Tout-Puissant
Prend soin de vos houlettes,

5

Et se fait enfant :
Il vient sans bruit
Donner un nouveau jour
Au milieu de la nuit.

Son entretien
Est tout plein de tendresse,
Son entretien
Ne tend qu'à votre bien :
Il vous fait voir,
Dans sa tendre jeunesse,
Qu'il a tout pouvoir,
Et qu'il saura
Vaincre ses ennemis,
Quand bon lui semblera.

Ce jeune Roi
Tient tout sous son empire,
Ce jeune Roi
Soumet tout à sa loi.
C'est à vos cœurs
Qu'il conte son martyre,
Voyant vos froideurs ;
Dépêchez-vous
De lui en faire hommage,
Puisqu'il est si doux.

Toute sa cour
Loge dans une étable,
Toute sa cour
N'a point d'autre séjour ;
Et par un soin
Tout-à-fait admirable,
Il voit nos besoins,
Chérissant mieux
Le trône de sa paille
Que celui des cieux.

Heureux bergers,
Suivez son équipage ;
Heureux bergers,
Il n'est plus de dangers:
Présentement
Son amour vous engage
A le suivre hardiment :
Le chapeau bas,
Adorez sa grandeur
Et ses divins appas.

NOEL XVII.

Sur l'air : *Cherchons la paix dans cet asile.*

NE craignons plus aucune guerre,
Un Dieu nous annonce la paix,
Et vient s'établir sur la terre
Pour demeurer avec nous à jamais;
Il ne tient plus en main la foudre et le tonnerre,
Et gagne tous nos cœurs par ses charmans attraits.

C'est lui qui conduit les planètes,
C'est le Seigneur du firmament,
C'est lui de qui tous les Prophètes
Ont annoncé l'heureux avènement ;
C'est lui qui doit un jour, par le son des trompettes,
Faire savoir à tous l'heure du jugement.

Croirais-tu bien, pécheur revêche,
Que l'excès de son grand amour
Lui fasse choisir une crèche
Pour te choisir un plus charmant séjour ?
Découvre-lui ton cœur, et vois comme il te prêche,
Qu'un véritable amour demande du retour.

Quoiqu'il soit plié dans les langes,
Dans la dernière pauvreté,
Que pense-tu quel nombre d'anges
Est prosterné devant sa Majesté ?
Tu seras tout surpris d'entendre les louanges
Que publie le ciel à sa nativité.

~~~~~~~~~~~~~~~~~~~~~~~~~~~~

NOEL XVIII.

Sur l'air : *Hélas ! la pauvre Claudine.*

BERGERS, quittez vos logettes,
  Profitez du beau jour ;
  Sur le son de vos musettes
  Entonnez tour-à-tour :
Bergers, quittez vos logettes,
  Profitez du beau jour.

Allez, allez d'heure en heure,
  Sans perdre un seul moment,
  Visiter la demeure
  Du Dieu du firmament :
Allez, allez d'heure en heure,
  Sans perdre un seul moment.

Voyez comme tout s'empresse
  Pour lui faire d'honneur ;
  Bannissez la tristesse,
  Voici votre bonheur :
Voyez comme tout s'empresse
  Pour lui faire d'honneur.

Prenez un peu de courage,
  Doublez vos passe-temps,
  Vous aurez l'avantage

D'un éternel printemps :
Prenez un peu de courage,
Doublez vos passe-temps.

Vivez en paix sur la terre,
Il vous tend ses deux mains
Pour terminer la guerre
Et sauver les humains :
Vivez en paix sur la terre,
Il vous tend ses deux mains.

Le ciel publie la fête
De sa nativité ;
Que rien ne nous arrête,
Crions tous, liberté :
Le ciel publie la fête
De sa nativité.

Joignez aux doux chœurs des anges
Vos aimables concerts,
Et chantez ses louanges
A grands gosiers ouverts :
Joignez aux doux chœurs des anges
Vos aimables concerts.

Sans que le Sauveur condamne
Un chant qui n'est pas neuf ;
Suivez celui de l'âne
Ou bien celui du bœuf :
Sans que le Sauveur condamne
Un chant qui n'est pas neuf.

NOEL XIX.

Sur l'air : *Pour être heureux, tendres amans.*

CHARMANTE nuit, heureux moment,
Où le procès du premier homme
Se vide dans le firmament,
Pour avoir mis la dent sur une pomme !

Maudit serpent, qui l'a privé
Du premier état d'innocence,
Si Dieu ne fût pas arrivé,
Le genre humain tombait en décadence.

La femme, par fragilité,
Consentit à ton imposture ;
Mais MARIE, par sa bonté,
Répare tous les maux de la nature.

Va-t-en, trompeur, dans les enfers,
Le séjour de ta vaine gloire :
Celui qui vient rompre nos fers,
Aura sur toi l'honneur de la victoire.

NOEL XX.

Sur l'air : *Cher ami, que mon ame est ravie !* ou *la marche de Galatée.*

QUAND je vois ce Dieu qui vient de naître,
Déclarer la guerre aux mécréans,
Soupirer sur nos déréglemens,
Et que l'homme ingrat n'ose le reconnaître,

Mon amour change de sentiment,
Et se rend à lui comme à son premier être :
Çà, mon cœur, redouble ton ardeur,
  Et cherche à plaire à sa Grandeur.

  Les bergers qui lui rendent visite,
Sont surpris de voir tant de beauté
Et l'éclat de tant de majesté
Dans un jeune enfant que tout l'enfer évite :
Jour et nuit ils font société,
Et c'est à l'envi que chacun d'eux s'excite
  A jouer, sur leurs charmans hautbois,
  L'éloge de ce Roi des rois.

  Quel plaisir, adorable MARIE !
Goûtez-vous dans cet aimable jour,
De vous voir la mère de l'Amour,
Et qu'en vous l'on voit finir la prophétie.
  Tout le ciel vous doit faire la cour,
Et l'homme, sans vous n'aurait pas le Messie :
  Sûrement, ce *fiat* précieux
  Nous place au plus haut des cieux.

NOEL XXI.

Sur l'air : *Non, vous ne m'aimez plus, bergère.*

  HA ! qu'est-ce que je vois paraître ?
Qu'est-ce qui me charme en ce lieu ?
Qu'est-ce qui me charme en ce lieu ?
  Serait-ce point la majesté d'un Dieu ?
  Serait-ce point mon nouveau Maître,
Qui vient à mes malheurs trouver quelque milieu ?

Ah ! qu'est-ce que je vois ?
Qu'est-ce que je vois ?
Qu'est-ce que je vois paraître ?
Qu'est-ce qui me charme en ce lieu ?
Qu'est-ce qui me charme en ce lieu ?

Quoi ! le pourrais-je bien comprendre,
Que ce même Dieu soit enfant,
Que ce même Dieu soit enfant,
Et que son cœur devienne triomphant
De tout ce qu'il peut entreprendre ?
Le ciel combat pour lui, c'est lui qui le défend.
Quoi ! le pourrais-je bien,
Le pourrais-je bien,
Le pourrais-je bien comprendre,
Que ce même Dieu soit enfant,
Que ce même Dieu soit enfant ?

Non, puisque mon Sauveur endure,
Je veux endurer comme lui,
Je veux endurer comme lui.
Je ne crains plus, auprès d'un tel appui,
Ni tout l'enfer, ni sa torture.
Mon ame en liberté peut chanter aujourd'hui :
Non, puisque mon Sauveur,
Puisque mon Sauveur,
Puisque mon Sauveur endure,
Je veux endurer comme lui,
Je veux endurer comme lui.

~~~~~~

NOEL XXII.

Sur l'air : *Boutons bas notre chapiau.*

Ça, pasteurs, réveillez-vous ;
Écoutez les concerts harmonieux et doux
   Que le Ciel va vous faire entendre ;
   Quittez vos vallons et côteaux,
   Et chantez sur vos chalumeaux,
   Qu'un Dieu vient vous défendre,
   Qu'un Dieu vient vous défendre,
   Qu'un Dieu vient vous défendre.

   Allez, allez promptement
Le chercher dans l'étable, et dans ce cher moment
   Adorez sa grandeur suprême :
   Jugez du pitoyable état
   Où l'a mis le pécheur ingrat,
   Et blâmez-vous vous-même,
   Et blamez-vous vous-même,
   Et blâmez-vous vous-même.

   Faites valoir votre amour,
Et dites-lui, Seigneur, voici l'aimable jour
   Que vous découvrez votre gloire ;
   Puisque vous venez triompher
   Sur les puissances de l'enfer,
   Nous chanterons victoire,
   Nous chanterons victoire,
   Nous chanterons victoire.

NOEL XXIII.

Sur l'air : *Pour avoir changé, croyez-vous être bien vengé ?*

Le premier parent
Parut un peu trop imprudent
Quand il mordit
Le maudit fruit
Que sa femme lui remit :
Aussitôt que le serpent l'eut séduit,
S'il eût eu l'esprit d'un homme sage,
Et ménagé son honneur,
Il eût, pour le moins, conservé l'avantage
Qu'il avait eu en partage,
Le ciel serait notre gage,
Et n'aurions éprouvé que douceur.

Sans sa lâcheté,
Un Dieu n'eût pas prémédité
Qu'un innocent
Vint promptement
Du plus haut du firmament,
Nous chercher dans un chétif logement :
O coulpe heureuse ! heureuse offense !
Nous devenons tous des dieux ;
Hélas ! nous n'aurions jamais eu l'espérance
De recouvrer l'innocence,
Sans l'adorable naissance
Du poupon qui paraît en ces lieux.

NOEL XXIV.

Sur l'air : *Du flon, flon, flon.*

PANDANT cette soirée
Les bergers de ces lieux
Ont chanté l'arrivée
Du monarque des cieux ;
Et lon lan-la laridon dondaine,
C'était à qui mieux mieux.

L'on entendait sans cesse,
Les flûtes, les hautbois,
Et tout courait en presse
Par vallons et par bois,
Et lon lan-la laridon dondaine,
Chercher le Roi des rois.

L'un veut être son page,
Cet autre son laquais,
Et celui-ci s'engage
A le suivre à jamais :
Et lon lan-la laridon dondaine,
Tout court à ses bienfaits.

L'un roule dans sa tête
Sont petit compliment,
Et l'autre s'inquiète
De le voir pauvrement,
Et lon lan la laridon dondaine,
Dans un tel logement.

L'un voyant sa demeure,
En paraît tout surpris :
L'un gémit, l'autre pleure,
Et tous sont fort contrits,
Et lon lon-la falira dondaine,
D'ouïr ses petits cris.

L'un amène son père,
Cet aimable grison ;
L'autre, sa bonne mère
Avec son enfançon ;
Et lon lan-la falira dondaine,
Tous marchent sans façon.

L'un perd la tramontane
De se voir sans emploi ;
Il prend le bœuf et l'âne
Et les traîne après soi,
Et lon lan-la falira dondaine,
Criant vive le Roi !

NOEL XXV.

Sur l'air : *Bacchus revient vainqueur des climats de l'Aurore.*

Un Dieu devient vainqueur de la chair et du monde,
Et tient dessous ses pieds tout l'enfer enchaîné :
Rien ne peut l'arrêter ; sa valeur sans seconde
Se déclare aujourd'hui pour l'homme infortuné.
Rien ne peut l'arrêter ; sa valeur sans seconde
Se déclare aujourd'hui pour l'homme infortuné.
Par un amour qui n'a point de semblable,
Pour son palais il choisit une étable,

Et se charge avec joie de nos infirmités.
S'il fait parler son cœur à nos ames rebelles;
 Et se plaint de nos cruautés,
  Mortels, soyons-lui fidèles,
  Écoutons ses vérités;
  Mortels, soyons-lui fidèles,
  Ecoutons ses vérités.

NOEL XXVI.

Sur l'air : *Des folies d'Espagne.*

PAUVRES mortels ne perdez point courage,
Un Dieu naissant vient calmer vos ennuis,
Et vous seriez toujours dans l'esclavage
Sans les secours qu'il vous donne aujourd'hui.

 Il a quitté le séjour de son père,
Pour ne chercher que celui de vos cœurs :
Pourrez-vous bien le voir dans la misère?
Ah! tout le moins partagez ses douleurs.

 Quoi! voulez-vous le souffrir sur la dure?
N'avez-vous pas quelqu'attendrissement?
Craignez, mortels, que toute la nature
Ne vous reproche un pareil traitement.

NOEL XXVII.

Sur l'air : *La beauté la plus sévère prend pitié d'un long tourment.*

AVANT que rien fût au monde
Le Verbe était toujours Dieu,
Et sa puissance féconde
N'avait jamais eu de lieu :
Il avait son existence
Dans le sein de l'Éternel,
Avec la même puissance,
Étant de même immortel ;
Mais l'Amour, par sa naissance,
L'a fait devenir mortel.

Pour mettre fin à l'offense
Du premier de nos parens,
Il vient sans magnificence
Au terme fixé des temps,
Converser dessus la terre,
Souffrir nos infirmités,
Faire une sanglante guerre
A nos sensualités,
Et sans lancer le tonnerre
Essuyer nos cruautés.

Mortel, qui sens le reproche
Qui s'élève dans ton cœur,
Fût-il plus dûr qu'une roche,
Approche de ton Sauveur.

Vois ce que fait l'innocence
Pour te mettre en sûreté ;
Prends horreur de ton offense,
Condamne ta vanité,
Et promets sans répugnance
D'accomplir sa volonté.

~~~~~~~~~~~~~~~~~~~~~~~~~~~~~~~~~

NOEL XXVIII.

Sur l'air : *Tranquilles cœurs, préparez-vous.*

CRUELS démons, que ferez-vous ?
Un Dieu vous déclare la guerre :
Qu'on ne vous voie plus parmi nous ;
Allez au centre de la terre ;
Et puisque votre orgueil vous a chassés des cieux,
Fuyez loin de ses yeux :
Et puisque votre orgueil vous a chassés des cieux,
Fuyez loin de ses yeux.

Fermez la porte des enfers,
Et ne courez plus à la ronde ;
Celui qui vient vous mettre aux fers,
Doit vaincre l'enfer et le monde ;
Donner des lois à tous, et par un saint effort,
Triompher de la mort :
Donner des lois à tous, et par un saint effort,
Triompher de la mort.

Tremblez devant sa Majesté,
Et faites cesser vos oracles ;
Ce Dieu, par son humilité,
Met sous ses pieds vos faux miracles.

Et doit porter sa loi, malgré vos soins divers;
Au bout de l'univers :
Et doit porter sa loi, malgré vos soins divers,
Au bout de l'univers.

NOEL XXIX.

Sur l'air : *Sombres bocages, etc.*

SAINTE masure,
Où mon Sauveur endure;
Sacré séjour
Du plus charmant amour :
Que votre gloire
Fait du bruit dans l'histoire :
Tous les mortels
Vous doivent des autels.

Créche divine,
Que le ciel illumine;
Cher fondement
Du nouveau testament :
Sans répugnance
Un Dieu dans le silence
Se fait plaisir
De vous vouloir choisir.

Toute ma vie
Vous me ferez envie
D'avoir l'honneur
Que vous fait mon Sauveur.
Dans son bas-âge
Vous avez l'avantage
D'être le lit
Que le péché lui fit.

Je vous conjure,
Par un si saint augure,
D'être pour moi
Le trône de sa loi :
Et que je puisse
Mourir à son service,
Ainsi que lui
Naît pour nous aujourd'hui.

~~~~~~~~~~~~~~~~~~~~~~~~~~~~~~~~

NOEL XXX.

Sur l'air : *Un tendre engagement va plus loin qu'on*
ne pense.

Voici l'heureux moment que le ciel nous délivre,
Amis, recommençons à vivre,
Un Dieu se fait garant pour nous.
Notre crime aujourd'hui ne saurait se poursuivre,
Puisqu'il vient répondre pour tous ;
Notre crime aujourd'hui ne saurait se poursuivre,
Puisqu'il vient répondre pour tous.

De toute éternité sa sagesse infinie
Avait prévu la tyrannie
Que nous causerait le péché.
Malgré nos ennemis et malgré leur envie,
Il tient tout l'enfer attaché ;
Malgré nos ennemis et malgré leur envie,
Il tient tout l'enfer attaché.

Pour un si charmant bien, allons en assurance,
Auprès de sa Toute-Puissance,
Nous prosterner à deux genoux :

6

Demandons-lui pardon de la cruelle offense
Qui l'a rendu semblable à nous :
Demandons-lui pardon de la cruelle offense
Qui l'a rendu semblable à nous.

NOEL XXXI.

Sur l'air : *L'on ne vit pas dans nos foréts.*

ANGES du ciel, que faites-vous
Dans votre charmante demeure ?
Votre soleil vient parmi nous,
Et nous l'attendons d'heure en heure.
Notre sort en vaudra bien mieux ;
Il veut, comme à vous, nous partager les cieux.

Un certain trait de vanité
Fit bien du fracas dans la gloire,
Votre chef fut précipité,
Nous en conservons la mémoire :
Et tous ses autres partisans
Sont cause qu'un Dieu nous prend pour ses enfans.

Vous aviez prévu le malheur
Que nous causerait une pomme,
Et vous vîtes un Rédempteur
Qui comme nous se ferait homme :
Pour compléter notre bonheur,
La chute des uns a fait notre grandeur.

Vous, qui devez porter partout
La nouvelle de sa naissance,
Faites de l'un à l'autre bout
Que tout soit en réjouissance;
Et qu'en ce jour si solennel
On chante en tous lieux Noël, Noël, Noël.

~~~~~~

NOEL XXXII.

EN FORME DE DIALOGUE.

Sur l'air : *Lizette, retournons aux champs.*

S. JEAN le Précurseur.

Ah ! le charmant bonheur pour moi,
Celui de voir aujourd'hui mon doux Maître !
Je l'ai connu, ce puissant Roi,
Long-temps avant qu'il dût paraître :
Ah ! le charmant bonheur pour moi,
Celui de voir aujourd'hui mon doux maître !
Venez, mortels, embrassez tous sa loi,
Je serai des premiers à m'y soumettre.
Ah ! le charmant bonheur pour moi,
Celui de voir aujourd'hui mon doux Maître !

S. SIMÉON.

Et moi vieux et pauvre grison,
Je vais mourir content en sa présence,
C'est le salut ma maison,
Et c'est ma dernière espérance :
Et moi vieux et pauvre grison,
Je vais mourir content en sa présence.
Mon doux Sauveur, dites-moi la raison
Qui vous a fait voiler votre puissance ?
Et moi vieux et pauvre grison,
Je vais mourir content en sa présence.

S. Jean.

Pécheurs, voici l'agneau de Dieu,
Qui vient pour effacer les maux du monde ;
Approchez-vous de ce saint lieu,
Dans une humilité profonde :
Pécheurs, voici l'agneau de Dieu,
Qui vient pour effacer les maux du monde :
Allez, allez, sans chercher de milieu,
Puiser dans sa grâce féconde :
Pécheurs, voici l'agneau de Dieu,
Qui vient pour effacer les maux du monde.

S. Siméon.

Grand Dieu ! qui pour des cœurs ingrats
Avez quitté le sein de votre père,
Quand je vous vois entre mes bras,
J'ai confusion de ma misère :
Grand Dieu ! qui pour des cœurs ingrats
Avez quitté le sein de votre père,
Je ne crains plus de courir au trépas,
Rien plus ne peut me satisfaire.
Grand Dieu ! pardonnez les ingrats,
Intercédez pour eux tous votre père.

NOUES

EN PATOIS,

A L'HOUNOU

DE

JESU NÉISSANT,

PAR LOUZ-EFFANS

DE VEZ SANTETIÉVE.

Juvenes et Virgines laudent nomen Domini.
Que lou gançon et le fille louyant lou nom d'o
bon Dio.

SECONDA PARTIA.

1820.

~~~~~~

AVIS
AUX EFFANS
DE SANTETIEVE.

PETITA MÉYNAT,

VEIQUIA un present que je vou foüay par voutre zétrenes, au det vou faire plézir parce qu'au l'éy bien convenablou par vous. Je vous foüay counutre la néyssanci do bon JESU dins iqueton mondou : je vou dio couma au l'éy porou, dépely, redut à la darréyri miséra, par vous apprendre qu'o déyde souffrir en patienci et sen ploura quand voüavéy fen, quand voüavéy fret, quand vouëles ma nurit et ma couchit : souventa-vou d'étre a son exemplou bien obeïssans à voutrou páre et à voutra máre ; à lous éydie din lour travoüay, et à ne ren dérouba ni à jamais dire de mesonges. Chanta iquelou noüais en travaillant dins voutra méy-

son, ou au carou d'o foüye, ou par le charréyre ; et
tandio qu'o lou chantari, vou ne jurari pas, vou ne
vou battri pas, vou ne fari pas lou petits belistres.
Vou vaut ben mio chanta de noüais que de joüie au
guillon, au creu, à la franda, à le moüéynie, de
faire de fuzais, de serpantau, de petar, de dansie
au tour d'un caramentran, et sur-tout de chanta
d'iqueli vilaine chanson que fant po, et qu'offonsont
lou bon Dio. Quand voutrou parent veyrant que vou
alla à la messa, au catecime, à l'ecola, que vou-ap-
prenéy bien à léyre et à preye Dio, y vous amarant
bion : et may met.

ADIO COUMAND.

﹡﹡﹡﹡﹡﹡﹡﹡﹡﹡﹡﹡﹡﹡﹡﹡﹡﹡﹡﹡﹡﹡﹡

NOUAI

Sus un air vio, tiry de la Grand'Bibla do Nouais.

Leva-te, Grabiay,
Et pren ton flageoulet,
Quoéyvetta ton chapay,
Et changi de coulet,
Je t'apprendréy una genta nouvella,
Vou n'y a ren de si bay,
    Grabiay
Vou n'y a gins de si bella.

    A not de vez lou séy
J'ayt-oui ne say quet
Que féyzi grand varéy
Au tour de vez chie met,
Vouéy-t-au sujet d'une joüaina pucella :
Vou n'y a ren de si bay,
    Grabiay,
Vou n'y a gins de si bella.

    Tout pucella qu'cy ley,
Il a fat un effant,
Que nous ère prouméy
Dempeu quatre mille-an :
Par assoupis una matrua querella :
Vou n'y a ren de si bay,
    Grabiay,
Vou n'y a gins de si bella.

Y diont qu'éy l'éy léen,
Dedins un chiratéy,
Que la plaivi et lou ven
Ant redut en grazéy;
Que son poupon lut comma-una chandella :
Vou n'y a ren de si bay,
        Grabiay,
Vou n'y a gins de si bella.

    Y n'ant par compagni
Qu'un anon et un bo,
Josept bien esbay
Lou quitte pas do zio;
Toute la not au l'a fat santinella :
Vou n'y a ren de si bay,
        Grabiay,
Vou n'y a gins de si bella.

    Lou bargi d'alontour
Surpréys d'iquai nouvay,
Davant qu'o s'esse jour
Ant quitta lour troupay,
Par ly chanta una chanson nouvella:
Vou n'y a ren de si bay,
        Grabiay,
Vou n'y a gins de si bella.

    L'ai faut véyre mouda
Una troupa de gen :
Chacun va ly pourta
Quauque petit présent;
Quand vous sarit qu'ima matrua farbella :
Vou n'y a ren de si bay,
        Grabiay,
Vou n'y a gins de si bella.

L'un ly porte de pou,
L'autre de fricandiau,
Benéy qu'éy tout hontou
L'y porte de tourtiau,
Tienne de noüéy, Quiorou de parvondella;
Vou n'y a ren de si bay,
Grabiay,
Vou n'y a gins de si bella.

NOUES II.

Sur l'air : *Ne volay ray d'iquai vin de pialousse.*

Sor do flourey,
Bailli met me garaude,
J'ai je créy le zebarliaude
Et soüai tout surpréy :
J'ai entendu
De gen que rabaravons
Comma de pardu :
J'ai entendu
De gen que dévizavont
D'un Dio que s'ey ye néissu.

Y diont nio ben
Qu'au l'ey dins una grangi,
Dins una misera-étrangi,
Sen secourt ni ren :
Et qu'un gro vio
Ly chôffe se menotte
A le larme aux yo :
Et qu'un gro vio
L'envorpe et lou rigotte
Dins un carou de lensio.

Tous lou bargie
Venont de la montagny
Et s'assemblont dins la plany
Par lou soulagie :
    Et vous s'éy dit ,
Qu'éy l'ant sçeu par un ange
Qu'au lous attendit :
    Et vous s'éy dit ,
Qu'éy l'an surrat lour grange
Et que tout a delougit.

    Vous faut savey ,
Qu'au l'ora bien d'étrenue ;
Qu'éy l'y portont de jalenne
De grand plein panéy.
    Et de léytiat ,
Et d'yeus et de fouyasse
Et quauqua rutia ;
    Qui de leytiat ,
Qui de plene bezace
De fruty la mio chuziat.

    Si-éigai bon Dio ,
Peu qu'au vint sus la terra
Pot betta fin à la guerra
Tout n'en viora mio.
    Le pore gen
Qu'attendont l'abondanci
Trouvarant de den :
    Le pore gen
Que perdront l'esperanci
Se reprendrant doucimen.

NOUES III.

Sur l'air : *Morguienne de vous, quel homme êtes-vous ?*

Y DIONT qu'o paréy
Ne sai qu'una étiala (1),
Den peu hier au séy
Sus iqueta viala;
Que deviendron nou!
Vou l'y a quaqu'anguiala
Cachiat iqui dessou.

Ne sarit-ou ren
Un movay presajeou?
Vou se trompe ben,
Tant seye tout sageou:
Piarrot et Francéy
Dins lou visinageou
N'en sont fort surpréy.

Lous uns ant jura
Qu'éy l'ayant creu véyre
L'étiala à grand quoüa
Darréy le peréyre,
Si vouéy-t-assurat,
Vou farat bay véyre
Ce que n'en sara.

---

(1) La comète de 1682. On ne lit plus les deux volumes que Bayle a composés à l'occasion de cette comète ; mais on chantera toujours le noël qui en parle.

Quand vous véide éiquen (1)
Sarra la cusina,
Vous ne marque ren
Que pesta et famina :
Et péu lou mouyen
D'avéz bouna mina
Quand vou patéy bien.

Lous uns diont qu'un Dio
S'ay fat sa visita,
Et qu'au l'éy ben nio
Tout à l'oposita,
Dins un matru cret,
Que fat la petita
Quand vou lou tint dret.

Y l'an nio ben dit,
Si vouëre créablou
Qu'au l'êre couchit
Au fon d'un étrablou,
Sus de fein purit,
Et si miserablou
Qu'au vou surprendrit.

Et qu'un certain gro
Piatat sus lou cranou,
Gardave lou bo
Aussi bien que l'anou
De l'endoumagier,
Vou n'éy pas un blamou
De craindre un dangier.

---

(1) Il le dit par dérision : il était trop au-dessus du vulgaire,
pour penser comme lui.

Que touta la not
Bargie et bargére,
Courriant lou galot
Avoüay lour farnéyre
Chargis de chiorot,
Vous fézy bai véyre
Peta lour zéclot.

Que trayant de fiaux.
Dins sa chapitella
De noüéys de tourtiaux
Avoüay de patella,
Et que cinq ou sey
Ayant l'écarsella
Plena de yieux fréy.

Vou n'y a qu'en entrant
Ant fat cent courbettes,
D'autrou que disiant
Milla chansonnettes,
Et vous n'entendit
Qu'obois et musettes
A dou pas d'íquit.

Chacun à son tour,
Selon sa pourtea,
L'y a fat un discour
En galimafrea,
Et en s'entournant,
Touta l'assemblea
Allave en chantant.

———

NOUES IV.

Sur l'air : *Si ma langueur pouvait finir ma peine.*

DIALOGOU

Entre Seigne Grabiay et Denna Jaquelina.

S. GRABIAY.

DIO-DON bon séy,
Coumare Jaquelina,
Dio don bon séy,
Fussia vou trenta-séy :
Que faide-vous ?
Vou m'avez bien la mina
D'etre couma nous :
D'enpeu tanto,
Vou-l'y a de grands affaire
Ou le gen son so.

D. JAQUELINA.

Seigne Grabiay,
Que l'y a-t-ou don de novou,
Seigne Grabiay,
Que l'y a-t-ou de nouvay ?
Vou met preye
Tant de véy que vous trovou
De vous ennouye,
Dide m'en po,
Conta met lous affaire
Quo veya tanto.

S. GRABIAY.

Iquetta not,
Tout lou mondou golave,
Iquetta not,
Tout criave cot-à-cot :
Véyci l'effan
Que Dio nous préparave
Vou l'y a trey mill-an,
Au l'éy venu,
Ma si-au s'en retournave
Sarions tou pardu.

D. JAQUELINA.

De qu'en effant
Ey tout qu'éy devizavont,
De qu'en effant
Devizavont ty tant ?
Se m'éyt éyvi
Vou-avez dit qu'éy charmavont
Par lour biau déyvi,
Ey-lou d'iquay
Que det fondre lou mondou
Et n'en faire un noüvay.

S. GRABIAY.

Voüéy ben d'iqu'ai,
Ma ce qu'éyt admirablou,
Voüey ben d'iquai
Ma ce qu'éy de plus bai :
Qu'au l'éy couchit
Din lou fon d'un étrablou
Sus de fein purit,
Aupres d'un bo,
Et d'un petit bourisquou
Que l'y farant po.

7

D. JAQUELINA.

Helas, bon Dio !
Vou m'ota la parola ;
Hélas, bon Dio !
Pot tay pus être mio.
Vou met paye
De quauque faribola
Par vous dénoüye ,
Si-o m'en creya
Vou l'éria vitou quarre
Et me l'amenaria.

S. GRABIAY.

Touchie la mén ,
L'affaire ey deja faiti;
Touchie la men ,
Vou lou véyri demen.
Si-éy venou fou ,
Prenéy-de met par l'anou
De noutrou Seignou ,
Lou trataréy
Couma-eiquai de ma fena
Ou je ne pouréy.

D. JAQUELINA.

Qu'o se prou dit,
Si vous faut quaque chosa,
Qu'o set prou dit,
Vou-éy deja tout charchit :
N'avons d'yeux fréy ,
Aussi fréy qu'una rosa,
Un grand plein panéy;
Sen plus tarda
Fayde l'y mes excuse ,
Et me l'amena.

~~~~~~~~~~~~~~~~~~~~~~~~~~~~~~

NOUES V.

Sur l'air : *Michaut, secouyet mé quio sio touta plena de fé.*

ETANT venu dó cie,
Un chacun vint vous caréssie,
Vou n'ey pas resounablou
　　Qu'o demouri
Din lou fon d'un étrablou
　　Bon à meri.

Lou porou paysan
Vant être voutrou partisan :
Vous ori lour étrenna
　　Do fin parméy,
Si-éy l'ant quauque jalena
　　Au jalenéy.

Lou maître coudurier
S'assemblont par vous habilier;
Y vous vant faire véyre
　　Dou milla piat,
Aviza le lizére
　　Do plus biau drapt.

Lou chapelier vindrant,
Que ne sant couma-éi sy prendrant
Par vous ourna la téta,
　　Et vous preye
D'être de voutra fêta,
　　Si vou-agreye.

J'ai veu de gran matin
Lous officier de Sant Crepin,
Que se faiziant querella
Par vou charchie
Quauque moda nouvella.
Par voutrou pie.

Bichon lou boulangie,
Et tous lous autrou do méytie,
Vou fant una paneta
Que n'en vaut séy,
Faity avoüay de floureta
Et de yeux fréy.

Vou l'y a lou patissie
Que vous volont faire migie
D'un patie de méynageou
Qu'a fat *Quiorou*
Qu'éy tout de fouilletageou
Et de bon goût.

Degorgeou avoüay *Marquet*,
Jourjon, *Montagni* et *Crepet*,
Vou portont vingt bouteille
De bon vin vio,
Maqu'o sovi le treille
De dizimio.

Tous lous maîtres monto
Lou canounie, lou zémoulo
Vou contarant lour larme
Et lour chagrin,
Faide valéy le zarme
Qu'ayant préy fin.

Vou véyri lou chaplo,
Piquo de rapes et trampo;
Y n'ant ren que lour trempou
    Par gagni-pen,
Hélas! bon Dio, je tremblou
    Qn'éy l'ayant fen.

    Lon maître coutelie
Ant resoulu de vou preye
D'empachie que lour marqua
    Ne se feréy :
Conserva bien la barqua
    Si vous vouléz.

    Lou maitre marechaux
Qne sant que vou êtes sen chevaux
Ne courdrant pas grand risqua
    De vous monta
Déipeu qu'una bourisqua
    Vou det pourta.

    Lous autrou fargeron
Vous érant véyre à cartéron;
Envouye sus galera
    L'ou dépondut,
Que charchon la misera
    Quand tout la fut.

    Par tous lou rubandie
Y n'ant que l'arma à vous ballie;
Y crêvont sus l'ouvrageou
    Et jour et not,
Et n'ant plus lou courageou
    De faire un cot.

Lou tialaire sant tou
Qu'o ressembla un porou-hontou,
Y vou porton de tiala
    De genti lin,
Vou n'y a pas din la viala
    Que set plus fin.

    Le lingéyre vindrant
Que ma fin vou rigoutarant;
Y vou vant betta lestou
    Couma un vassio;
Lour paquet sont tous prêtou
    Et mai lou mio.

    Tous lous autrou méytier
S'assamblont din chaque quartier,
Jusqu'à le revendéyre
    Qu'en resoulut
De pourta le panéyre
    De lour perut.

    Tous noutrou manelier
Vant passa la not au clouchier,
Dio sat couma le cloche
    Vant éssourlie,
Nemond bat le taloche
    Par s'essayer.

    Effant tant dézirat,
Peu qu'o zavez deliberat
De venir sur la terra,
    Souva le gen,
Preserva-nou de guerra
    Et de surgen.

~~~~~~~~~~~~~~~~~~~~~~~~~~~~~~~~~~~~

NOUES VI.

Sur l'air : *Mes chers amis, pour vivre il faut*, etc.

Assa, méynat, assa tour-à-tour,
 Véycit lou fin point do jour,
Assemblon-nous, allons véyre un miraclou,
Iqueta not vouéy neyssut un effant
Vou n'y a pas son paréy, ni lou plus charmant.

N'avons entendu lous anges do cie
 Qu'eveillavont tous lou bargie,
Jamai j'ai veu tant de rejouissanci;
Vou n'entendit que concert d'instrumen
Vou-esse dit qu'o l'y-ait quauque enchentamen.

Nous lous veyons que pren lou repo,
 Aupres d'un anou et d'un bo,
Parméy lou fein, lou fumier et l'ourdura;
Lou bon JOSEPH marmote aupres de set,
Qu'éy ben tant étouna qu'au fat grand regret.

Depachons-nous, vous l'y faut charchie
 Qu'auqu'endret par lou placie:
Au fat pida din lou fon d'una crépi,
Tout mare-nud sen aidi ni secour;
Lou brouillar ou la fret l'y farant quauque tour.

Un modit vent l'y bette son corps
 Qu'au n'en vat lichie la mort,
Vou ne l'ay veu ni planchie ni mayére;
Sa pora mare tache a l'acota,
Et se bagne de joie quand au vo teta.

Que farons-nou par lou rigouta?
Vou ne faut ren chipouta,
Den peu qu'au vint par sova tout lou mondou,
Cotizon-nous par lou sourtir d'ici,
N'etout pas de reyson qu'au set bien sarvi.

Contentons-lou de ce qu'au voudra,
Tant qu'au s'ay demourara ;
Et si vou-éy vrai qu'au set maitre do zanges,
Demandons-l'y qu'au se souvene un jour
De nous faire mena din son bai sejour.

~~~~~~~~~~~~~~~~~~~~~~~~~~~~

NOUES VII.

Sur l'air : *d'Obé.*

Venéy, méynat, venéy treitou,
Venéy véire noutron Seignou,
Dins lou fon d'un étrablou,
Obé,
Que fat la guerra au diablou,
Vou m'entendez bé.

Iquay coquin par nou trompa
Nous dounet un matru repa,
Que cozet bien de pena
Obé,
A Adam et sa fena,
Vou m'entendez bé.

Par n'avez tata tant se po
Un auge lou passet de fo,

Do Paradis terrestre,
  Obé,
Onte cy voudriant bien être
  Vous m'entendez bé.

  Lou mauloup set la coulation
Que tant nous cause d'affliction;
  N'avons ren eu que guerra,
    Obé,
Et par mer et par terra,
  Vous m'entendez bé.

  Par se trop pressa de migie
Lou mourçay lour coulet bien chie;
  Y vouliant toujours viore,
    Obé,
  Ma la mort lou fat siore,
  Vous m'entendez bé.

  Déypeu qu'ey firont iquai cot,
N'avons bien payt lour écot;
  Y viquiant de lour rente,
    Obé,
  Ore tout nous tourmente,
  Vous m'entendez bé.

  Lou mondou-éy tant farcy d'impo,
Que vou n'at ni pay ni repo;
  Tou lou jour vou s'en farge,
    Obé,
  Par de consience large,
  Vous m'entendez bé.

  Bon Dio, que s'ay êtes venu
A ce qu'cy diont tout mare-nu,

Faide qu'équela racy,
Obé,
N'aye ni lieu ni placy,
Vous m'entendez bé.

Faide en sorta que lou marchands
Ne roniant ren aux artisans;
Que lous chefs de poulici,
Obé,
Exerçant la justici,
Vou m'entendez bé.

Faide en sorta que lou surgen
Ne tiontant plus le pore gen :
Et que voutra néyssanci,
Obé,
Aduze l'abondanci,
Vous m'entendez bé.

Faide que votra poreta
S'oppozéyze à la vanita
De le fene et le fille,
Obé,
Que bettont le famille,
Vous m'entendez bé.

Faide encoure, noutrou Seignou,
Qu'en vendant lour fringa tout sou,
Par habillie lou porou,
Obé,
Que s'ay semblont de morou,
Vous m'entendez bé.

Faide que tous lous paléingun
Ne tournant plus faire lou lun;

Et qu'éy queta retraity,
Obé,
Lour serve de défaity,
Vous m'entendez bé.

Faide que noutrou manelier
Allant plus souvent au clouchier:
Et que noutre cadatte,
Obé,
Ne seyant jamai platte,
Vous m'entendez bé.

Inco qu'o sey poramen
Vou s'ay trouvari tant de gen,
Que vous sont camarada,
Obé,
Et qu'ant la mema obada,
Vou m'entendez bé.

Veiquia par que votron amour
Nou dounara quauque bay jour;
Faide qu'o set tout-ôre,
Obé,
Nous vous allons tous siore,
Vous m'entendez bé.

~~~~~~~~~~~~~~~~~~~~~~~~~~~~~~

NOUES VIII.

Sur l'air : *Tu disais que tu m'aimais, menteuse.*

QUE faide-vous, belitrailly,
Aupres de voutrou troupiau,
A ronfa dessus la pailly,
Etendus couma de viau:

Qu'o ne fassi tour à tour,
   Pirailly, pirailly,
Qu'o ne fassi tour à tour
L'entrat d'un Dio d'amour.

   Vou faut qu'o séy sen têta
Et pire que de lourdau
Par ne pas faire la fêta
Et la faire couma-au faut;
Prenez voutron tambourin
   Bien vitou, bien vitou,
Prenez voutron tambourin
Et souna tous lous vizin.

   N'essoubla pas le muzette,
Le fleutes ni lous obois,
Sus voûtres cancarinette
Faide entendre par lou bois:
Ty n'ores que l'enragie
   Gand diablou, grand diablou,
Ty n'orez que l'enragie,
Dio s'ai vint hébargie.

   N'entendez-vou pas lous Anges
Que sont dessus sa méyzon,
Que fant peta le louanges
Et dépit de là séyzon:
L'etiala que vous paréy
   Vou-mêne, vou-mêne,
L'etiala que vous paréy
Vou-mêne iqui-ente au léy.

   Sio vou veya sa misera
Et couma au se veu redut,
Un fourçat qu'éy sus galera
N'éy pas plus porou et plus nut;

Sa mare bien empachiat
   L'envorpe, l'envorpe ;
Sa mare bien empachiat
L'envorpe dins un piat.

   Vou-n'y a dins sa chapitella
Qu'un po de pailly et de fein,
Et qu'auque matrua farbella
Par lou para do serein ;
Ente au garde lou repo,
   Biau seigne, biau seigne,
Onte au garde lou repo
Pres d'un anou et d'un bo.

   Lou bon Joseph que l'acante
Et qu'éy tout transy de fret,
De po que l'anou se viaute
Ne bouge d'opres de set ;
Appoüy sus un baton
   D'agrêvou, d'agrêvou,
Appoüy sus un baton
Que vat jusqu'au menton.

   Pourta l'y par son étrena
Chacun un genti present ;
Si-o n'avez rai de jalena
Pourta lou giaux salament ;
Et que voutron compliment
   Lou charme, lou charme,
Et que voutron compliment
Lou charme entéyriment.

   Dide ly de bouna guerra,
Mon Dio, que veney do cie,
Par demoura sus la terra
Afin de nou mio placie ;

Nou vou quittaron jamai,
De graci, de graci,
Nou vou quittaron jamai
Qu'o ne douni la pay.

~~~~~~~~~~~~~~~~~~~~~~~~~~~~

NOUES IX.

Sur l'air : *De la bourrée d'Auvergne.*

Véyci lou jour
Que faut charchie de muzette,
Véyci lou jour
Que faut faire noutra cour :
Qu'o n'entende qu'obois, que fleute, que trompette.
Vouéy tout assura
Que Dio éyt-arriva.
Féyson ly son entra
Peu que l'amour s'ay la tra.

N'êrions tréy-tous
Dins la darréyri misera,
N'êrions tréy-tous
Dins un état bien fachoux :
Lou porou pere Adam non cozet la galera
Par avez mourzu
Lou mourçay deffendu,
Et nous sarions pardu
Si Dio n'êre descendu.

Par acouta
Lou discours d'una pateta,
Par acouta
Ce qu'éy ly voulit conta;

Au ne fit que tâta d'una pouma platetta
Et se trouvet préy
Par una bouna véy,
Et plus sot qu'un panéy
Au s'en mourzit bien lou déy.

Iquai mau cot
De sa desobeïssanci ;
Iquai mau cot
Nous bettoit tous en écot :
Voüa fallu qu'aujourd'heu un Dio prene néyssanci
Et qu'au l'aye expres
Tenu l'enfer de près ,
Purgit noutrous excès
Et gagni noutron proucès.

Au s'éy betat
Dins una pora figura ,
Au s'éy betat
Dins un pitoüyable-état :
Sus un troussun de fein au bay méy de l'ourdura
Onte au l'éy sen cret
Que fary grand regret ,
Lougit bien à l'étret ,
Transi de fen et de fret.

Mardiat véiquiat
Ce que noutron pechit cause ,
Mardiat véiquiat
Noutra superba veingiat.
Allons tous promtament s'infourma si-âu repose ;
Jettons-nous à sou pie
Et peu courrons charchie
Chie quaücun do quartie
Un endret par lou lougie.

Demandons ly
Que nous fazéize la graci,
Demandons ly
De benir le fleurs da-ly,
Et qu'au chasse à jamai Calvin et mai sa raci,
Et qu'équetou-itio
Si vouéy vrai ce qu'éy dio,
Davant qu'au dize-adio
Au l'aye la buchi-au quio.

NOUES X.

DIALOGOU

ENTRE UN ANGE ET UN PATRE DE MONTAGNI.

Sur l'Air : *M'avez quittas, l'astoureletta.*

L'ANGE.

BERGER, ta paresse est étrange,
Et tu dors bien tranquillement;
Va-t-en voir au fond d'une grange,
Ton Souverain logé bien pauvrement;
Il recevra ton petit compliment
Avec un visage d'ange.

LE PATRE.

Sabe pas co que voulèz faire;
Parque m'enpatchiaz de dourmi?
Qu'au siaz-vou? Vau souna mon paire,
Dizèz si siaz paren vou ben ami,
Aven sujet de craindre l'ennemi,
Car souven nous fay mautraire.

L'Ange.

Ne crains rien d'un ami fidèle,
Je viens annoncer ton bonheur:
Point d'ennemi, point de querelle,
Ce Souverain est si plein de douceur,
Qu'il est tout prêt à tirer du malheur
Ta pauvre ame criminelle.

Le Patre.

Ne me boustaz pas zen coulèro,
De quau crime m'accuzaz-vou?
Ay be prou tchargeo et prou misero
Sen tcharchia mau autra part que vez nou;
Et n'y a véyzin par bé que siat jalou
Que me troubéyze à l'espero.

L'Ange.

Il ne te parle point de chasse,
Il ne chasse que ton péché;
Ce serait de mauvaise grâce,
Après l'avoir cruellement fâché,
De n'être pas à tout le moins touché
De le voir dans la disgrâce.

Le Patre.

Yo m'en vau bridaz ma bourrisquo,
Dizez me, per (1), en faut anaz,
Quant éy neut l'an court souven risquo,
En tchaminant de se rompre l'ou naz,
Yo n'en saray quitte per m'entournaz,
Et vous dire avalisquo. (2)

---

(1) *Per*, maitre, monsieur.
(2) *Avalisquo*, l'aventure.

8

L'Ange.

Tiens, va-t-en droit à ce village,
J'aurai le soin de ton troupeau,
Tu verras en pauvre équipage,
Ce que le ciel a de bon et de beau,
Et tu verras ton Dieu dans un berceau
Qui te tire de l'esclavage.

Le Patre.

Vou m'apprenez uno nouvello,
Que me boustet en pensamen;
Per qu'un Réy prendre ma querello,
Et se vinguet loutzia si pouramen,
Lou voléy plus dinz aquay loutgiamen,
Que vene en ma tchapitello.

L'Ange

Il ne veut point de ta demeure,
Il ne demande que ton cœur;
S'il languit, s'il plaint et s'il pleure
C'est à dessein de faire ton bonheur,
Et c'est pourquoi, dis lui : mon doux Sauveur,
Je suis à vous tout-à-l'heure.

Le Patre.

Grand Dioz, que vous siaz admirablo,
Coutchiaz prez d'un aze et d'un bio:
Vous siaz grand, ma siaz redoutablo;
Et me tiraz léy larmos do douz yo;
Venez vous zeu promptamen embe yo,
Vous saray bien redevablo.

A MONSIEUR
DE SAINT-PRIEST,

La parméri véy qu'au venit dins Sante-
tieve prendre poucession de sa terra.

Le 9 juin 1682.

A LA FIN nous véyront revenir lous biaux jours ;
Lou malheur, que qu'au set, ne dure pas toujours :
La mer se quaize ben apres una tempêta,
Apres lous jours ovriers, vou vint lous jours de fêta.
Si-o n'ère que question de pâtir tout son so,
Le gens s'assoumariant ou se roüariant de co.
Assurat, la patienci amene toutes choses,
Et vou n'a pas toujours d'épines par de roses.
La grêla ne chat pas toujours au mêmou endret,
Et lous jours de chaloux venont apres la fret.
Enfin, si-o nou fallit viore sens esperanci,
Lou mondou tombarit bien vitou en décadenci.
Mas, lou bon Dio que sat noutres necessitais,
S'arrange au bout d'un tion à noutres vouloutais.
Couma-au nous a tous fat d'una mêma farena,
L'hommou ly coute autant que ly coute la fena.
Au sat ce que nous faut : et nous sêmou aveuglat
De voulez résounas sus ce qu'au l'a reglat.
  Si-o ne merit jamai , voû prendrit de mesures,
Par évita lous cos, ou do moins les injures.
Mas ! la Mort que n'a pas lous yos si fins que met,
Nous harpe quand éy vo , sens nous dire par-quet.

Y bette tout d'accord , y finiéz le querelle ;
N'a t-y saisit quauqu'un ? l'autrou se renouvelle.
Véiquia ce qu'éy l'a fat dempeu bien po de jours :
Y fat toujours iquen , et zo farat toujours.

   Dides : essias-vou creu qu'équela ganipella,
Qu'éyt aussi décharna qu'una vielli haridella ,
Vous fusse alla charchier au fin fond de Paris ,
Et vous en débusqua par vour faire *marquis !*
Je souai-ben bien fachi de monsieur voutron frère ;
Quand je pensou à sa mort, iquen me desespere.
Mais quand je pensou aussi que n'oront lou bonheur
De vous poüaire appella toujours noutron seigneur,
Je soüai ben tant jouyoux quo zo pot pas may être :
Voü-éy-t-una verita , créyde met, foi de prêtre.
Lou tion m'a mai dura de vous avez pas veu ,
Que si j'ai resta tréy jours sens avez beu.

   Aussi, dret que j'ai seu qu'o zaya passa Roanna;
J'ai-t-éu un tarrabat au fond de ma fontana :
J'èra ben si jouyoux de vous véyre venir ,
Que semblava-un poulin qu'o ne pot pas tenir.
J'allio dins cent endrets charchier quauque vitura ,
Que me poüesse sarvir, par un jour , de montura.
Lou bon Dio parmetti, car je féysin pida ,
Que rencontrou un chavoüai tout sella , tout brida ;
Et ce que me rendit la chanci plus hérousa,
Son maître me menet jusqu'à vers la *Fouillousa.*
Ente , quand je vous vio je tresaillo de joüay ,
Sau-pas que m'empachet de vous sotas au coüay.
Vous me fites l'hounoux de me traire un œillada ,
Et met profondament je vous fio la coulada :
Je creïns qu'o diria : fourra - lou présounier;
Cependant iquai jour vous me fite aumonier.
Vous aguites pida de l'abbé *Castelane* (1) :

---

(1) On l'appelait quelquefois en badinant l'abbé de Castelane , à cause de son voyage à Rome.

Et peu vous savez-ben qu'o n'éy pas lus que glane :
Jamais au reglanet, vous n'éy pas son méytier,
Véyquiat lou darréy cot qu'au vo-t-être rentier.
Ne met demanda ren ; je vous passou quittanci,
Ne volou ren de vous que voutra bienveillanci :
Je vous sioréz par tout, et sarez plus jouyoux
Que Sant Pierra ne fût seguant noutron Seignoux.
N'apprehenda jamais que je vous réneyéza,
Demanda ce qu'éy souai, quand j'amou quauqua bréyza
Si-o voulia m'accouta, vous farin un recit,
Et vous dirin doux mouts que se sont jamais dit (1).
Ma vou vaut mio fiala quauque véy que tout dire ;
Nous semmous dins un tions qu'o n'entend que ma-dire ;
Voüéy qui s'attraparat, chacun joye au plus fin,
Et voüéy una vartu de trompa son visin.
Vous que ne manquas pas de belles counussances,
Vous sori quauque jour iquelles manigances.
Vous n'avéz pas besoin d'avéz un curato,
Quand voü-a trente ans passats, vou-éy exempt de tuto.
Si-o vouléz ménagie voutrous petits affaires,
Vous oris mai d'hounnou, et mai mio de que faire :
Lengun ne sora pas ce qu'o zori reçeu,
Et ne coucharant pas tout ce qu'o zori beu.
    Bon-Dio, que soüai jouyoux quante je poyou véyre
Lous *petards* (2) do chatay que courrons la charréyre !
La mort lous a déniat en prenant lou défunt ;
Mas dins un méy vou dous, n'en sorons quauque fun.
Coumma voü-êtes ennemi d'iquela *ricandaina*,
Lou loup, par un matin, n'en farat quauque traina ;

---

(1) Quelqu'avertissement sur le grapillage qu'on faisait des revenus desa terre.

(2) Il appelle *petards* les mauvais régisseurs, les *grippes-sous*, qui faisaient leur demeure dans le château, et qui vexaient les amphitéotes.

Ou ben si lou bon Dio n'en vo prendre pidat,
Y sarant lous piliers de noutra charitat.

Par mafigua, MONSIEUR, lou cie qu'éy pitouyablou,
Nous pouït ren douna de plus considerablou
Qu'un si bravou seigneur, tant qu'o zette estima,
Tant par le vielles gens, coumma par la méyna.
Aussi chacun attend qu'o regli la justici,
Et qu'o sori betta bon ordre à la poulici.
Que voutrous officiers remplirant la préyson
De certains *bandouliers* pires que lou pouéyson,
Que ne fant pas lou péy, que raugniont le mesures,
Et prenont noutrou liards en nous chargeant d'injures.
Vou n'essoublari-pas de bien faire étreillier,
Quatrou cents *galapians*, qui arrètont lou gibier;
Et nous fant mingier le troéytes un po trop chieres,
Autrament y saran courrus à cos de pieres.
Que si monsieur Joly l'y vo tenir la mo,
Y sourtirant d'ici avant qu'o set demo.
La veuva, l'ourphelin vóus prendrant par lour père;
Lous-porous, tour-à-tour vous dirant leur misère;
Toutes les braves gens vous érant caressie;
Et vou-n'y-a ren que met que vous poïde abaissie.
Si-o voulias faire ici batir quauqua chapella,
Je l'ay éyréz par vous dire messa nouvella;
Voü-éy-t-à-dire, MONSIEUR, par ne pas barguignier,
Que je vous sarviréz si-o-vous-plaît d'omonier:
Je comptou sus iquen, je vivou-en esperanci.

Prevenons un moument la grand rejouissanci
De tous lous habitans sus voutron arriva,
Je dio ce que jai véu, je nai ren inventa.
Un tau empressament vou fit assez comprendre
Qu'o sai-êtes adouira si vous voulez m'entendre.
Jamais véz Sant Chamon n'ent-rai fat de *charguet*
Qu'approuchéyse do notrou, y sont trop mal adret.

Noutron bravou major, sur la fin de sa coursa,

Ménageoit mio son tions que l'argent de sa boursa.
Au l'ère si content de vous pouüaire embrassier,
Que voutron *Castillan* (1) lou pensait chopissier.
Je me ressouventio dins iquela aventura,
Do bon vio *Siméon* de la sainti-écritura,
Que bramave tout fort, tenant noutrou Seignou,
Que sous yos l'ayant veû, et qu'au merit jouyou.
Vou n'entendia par tout que cos d'arquebusades.
Lou deuil vous déroubet cinquanta serenades;
Et ce qu'éy de plus bay la fena d'un farjo,
Quand éy vous vit passa déchargeoit deux grand co.
Lous Messieurs *Tezenas* avoüai leurs couleuvrines;
En vous faisant hounnoux brisavont le verines :
Et si vou-êsse dura, trenta vielles méysons
Tombavont pia-à-pia comma lous artisons.

　Iquen n'éy pas lou tout, vou n'éy ren que l'étrenna
Vous véyri lou plus bay si-o-zadude una fenna ;
Sur-tout si Dio voulit que vou-essia un garçou,
Vous s'en dévisarit de la bella façon.
Dio vaille que vou-arrive, et que zo pocha véyre,
Vou l'y a ben prou de met par courdre le charréyre;
Et faire balanian dins toutes les méysons,
Par betta tout en train lous hommous, lous garçons,
Je n'orin pas besoin qu'*Etienne* courratéyse,
Qu'au l'aille campana, et qu'au zo barbeléyse ;
A que sarvirit-ou d'affichie de placard;
Courdréy de bon matin, à méy-jour, sus lou tard,
Et faréz mai de brut si qu'aucun m'o demande,
Que si éy l'ayant sounna la campana de *Mande.*
Tout lou mondou sorat ma bouna volonia,
Et que je ne dio ren qu'en plena liberta.
Y diont qu'o s'ay sari par cinq ou séy semanes.
Souventa-vous, si-o-plait, do porou gro *Chavanes* (2),

---

(1) Cheval d'Espagne.
(2) Ce trait d'humanité fait bien d'honneur à M. Chapelon : il décèle une belle ame, un cœur excellent. Le poëte interrompt

La gouta la redut à tréyna doux batons,
Vou-faut que lous yos véz au marchéyse à tatons.
    Adio-coummend, MONSIEUR, Dio nous fasse la graci
Qu'o nous pouchi léyssier quauqu'un de voutra raci :
Et qu'apres cinquante-ans vous pouchi devenir
Aussi gaillard que met, et vous y mantenir.

---

sa joie, il s'oublie lui-même pour intercéder en faveur d'un citoyen affligé. Il n'est pas douteux que M. *de Chalus* n'ait eu égard à une demande si juste, si désintéressée, et faite par un homme qu'il estimait.

L'ENTRAT SOLENNELLA

DE MONSIEUR ET DE MADAMA

DE SAINT-PRIEST,

DINS LOUR VIALLA

DE SANTETIEVE.

POUËMOU.

PAR J. CHAPELON, FOURISIEN,

1820.

AVERTISSEMENT.

MESSIRE François de Chalus hérita du marquisat de Saint-Priest, auquel la baronnie du Forez était attachée, et de la seigneurie de Saint-Etienne, par la mort de messire Gilbert de Chalus, son frère aîné, qui décéda à Saint-Etienne, rue Tarentaise, dans la maison appelée maintenant Charité vieille, le 30 mai 1682 : M. Colombet, curé, lui fit faire des obsèques magnifiques.

A peine messire François de Chalus, son cadet, qui demeurait à Paris, eut appris la mort de son frère, qu'il partit en diligence, et arriva à Saint-Etienne le 9 juin suivant : il y entra sans suite et sans appareil : il y prit possession de sa terre, et fut reconnu, par tous les ordres des citoyens, pour marquis de Saint-Priest, seigneur de Saint-Etienne, et premier baron du Forez. Il fit connaissance avec M. Chapelon, dont la réputation faisait du bruit ; il l'honora dans la suite d'une affection singulière et d'une constante protection.

Il épousa, sur la fin de l'année 1687, demoiselle Catherine-Françoise Desfriches de Brasseuse Persigny ; et l'année suivante, le 8 février 1688, il vint, accompagné de son épouse, visiter sa bonne ville de Saint-Etienne ; ils y furent reçus avec des transports de joie ; car les citoyens de cette ville ont toujours chéri, aimé, adoré leurs seigneurs : leur cœur s'ouvre à l'allégresse la plus universelle, quand ils ont le bonheur de les voir et de les posséder quelques instans. On fit à celui-ci une entrée solennelle, qui passera à l'immortalité avec le poëme de M. Chapelon.

~~~~~~~~~~~~~~~~~~~~~~~~~~~~~~~~

A MONSIEUR

FRANÇOIS DE CHALUS,

MARQUIS DE St.-PRIEST,

SEIGNEUR DE LA VIALLA DE SANTETIEV,

PARMÉY BARON DE FOUREY.

Monsieur,

L'envéy que jai toujour eû de me conserva voutre bienveillancy, m'a fat prendre la deimingéyson, couma vòüey assez naturel à le gen de mon méytie, de faire betta sou la pressa, lou détay de tout ce que s'éy passa de particulier à voutron arrivat dins iqueta vialla.

Couma o niat gairou d'endret que nous pouchant disputa lou pas, j'orin creu de faire un do biau pechit que se set jamais fat, si je m'era essoublat dins un paréy rencontrou.

Vou m'avéy d'autra part trop temouny d'amitié, par ne pas faire un effort sus met-mêmou, et faire véyre à la pousteritat, que j'ai descrit en mon langageou tout ce que lou mondou dérit savéy en bon françoy.

Vou liait de meritou que sont tellamen escondut,

qu'o ne s'en parle qu'après la mort : d'autrou dont
on'ey jamais parlat; et d'autrou que paréysson avouay
tant d'éclat, que voüeyt impoussiblou de n'en jugie
fidellamen, ny de lous envisagie sen demoura tout
interdit : de mesmou que qui voudrit avisa lou souléy
de trop pres, prendrit les éybarliaude.

Qand je me souay hazardat de faire savéy par-tout
lous huonous que vous zavez receu de voutrou bons
habitans, et la dizieme partiat de ce que s'ey fat par
vous et par Madama à voutrou entrat solennella, je
n'ay que fat tourneye autour de la chandella couma
un parpallon qu'at envey de se breula le zalle. J'ai
bay demoura lou zio vœur tout lou sandinou jour
par aguétié deçai delai tout ce que se passave, quand
je n'orint eu otant qu'Argus, y n'oriant pas abondat.

Aussi, Monsieur, je me soüay léissi condure à ma
têta, que n'a pas toujour ben condut. Dio vollie que
j'aya bien rencontrat par vous et par met. Je sau ben
que lou po que j'ai dit n-éy pas de mesonges; je n'ai
pas bezoin do quinze-vingt par témoin; vous se l-ye
trouvat de gens que ne gâtont gin de bericlou; et
lou médizants mêmou, tous médizants qu'ey seyant,
sont tomba d'accord que voüere bien allat, et qu'éy
n'ayant plus veu la semblabla chosa.

Vous ne sera pas la darréyri, avouai l'aidi de
noutron Seignou. Que si Madama poüyt dins quauque méy faire betta un ciróu vez Sant Lionar (1),
vou se farit ben inco quauque chosa de genty.

_____

(1) Sur un ancien bénitier de pierre à l'entrée de la porte de
l'église de Saint-Étienne, il y a un vieux tableau tout effacé où
était peint un saint Léonard appliqué contre le mur; anciennement les femmes en travail d'enfant faisaient brûler un cierge
devant ce tableau, jusqu'à ce qu'elles fussent délivrées. Par là
M. Chapelon a voulu dire, que si madame faisait un enfant, on
verrait encore d'autres fanfares.

Vous me pardonnary, Monsieur, si je parlou avouai tant de franchiza ; si o m'aya bien repréy par lou passat, je ne farin pas à m'en siventa ; mais vou counusseyde ben que voüeyt un effect de l'inclination que j'ay par vous : vouoria bay faire lou vert et lou sec, que je saréy toujour lou mêmou : quand vouéy néissut boussu, vou zo éy touta sa viat. Que si je ne poüin pas publicament dire ma penséa, je farin couma Midas, hazar d'avéy d'oureillé d'ânou.

Vou trouvary, Monsieur, milla défaut dins iquetta description ; je dirin niobeu may, car vou lou savéy mio counutre que non pas met ; mais ne faide pas, sio plait, semblant de lou véyre tralure, car je vou zassurou que voüat état fat à la coüéyty ; et vous savéy que la besougny d'iquela façon, ne fat gairou d'hounou à son maître.

Si quauque autrou s'ere méylat de m'écharnie, je l'y orin léissit la carta blanchy ; mais couma leingun n'at eu tant de temeritat que met, je me soüai veu lou maître do champ de batailly, et j'ai passa mon chant couma lou roussigno.

La graci, Monsieur, que j'ai à vous demanda, vouéy de faire encréyre à le gens qu'o vat prou bien ; car si vou gougïe tant se po la têta, vou m'alla décuchie, et tout lou moudou gougearat la têta couma vous. Empachie lou par iquai cot de se déylouye lou coüai, et léyssie me prendre avouai plaisir et tout lou respect que vous éy deû, la qualitat,

MONSIEUR,

De voutron très-humblou, obeíssant
et affectiona serviteur,

CHAPELON.

APPROBATION.

Nous, Docteur en arpens de terre,
Maître mesureur de ce lieu,
Certifions, sans jurer Dieu,
Eloigné du pot et du verre,
Qu'on ne voit rien dans cet écrit
Qui ne soit tout rempli d'esprit,
Et n'éternise ta mémoire.
L'on chantera, voyant ton nom,
Qu'il n'y a qu'un MATRAT pour plaisanter et boire,
Et pour écrire, un CHAPELON.

MATRAT.

AUTRA APPROUBATION.

De tous tions dedin ta méyzon
Lay séy trouva de vers, de rima et de réyzon :
Vouéy un don épanchit dessus touta ta racy.
Ton frare éy lou darréy que va chéyre en deffau:
Enseigny-lou si bien, que noutra populacy
Dizéize à l'aveny : *lou mourtie sint lou zau.*

CASE.

L'ENTRAT SOLENNELLA

DE MONSIEUR LOU MARQUIS

DE SAINT-PRIEST.

POUËMOU.

Muza, vouéyt aujourd'heu qu'o faut de bon-de-quet
Jaquetta notron so couma de parrouquet,
Dire noutre réizon, monta sus lou Parnasse
Et lay chuzi nou dou, le douéy parméyre place.
Preye lez autre sieu aussi bien qu'Apollon (1),
De quitta leur croupay et descendre au vallon,
Par chanta l'arrivat de noutron nouvay maître
Qu'éyt aussi dessirat qu'un prince zo poche être.
   Bon Dio, que de pleysir n'-oront tout à la véy !
Quant vous se gale un jour, vous s'en sint tout un méy.
Vou l'y a prez de trent'ans que tous noutrous affaire
Se sont pas si bien fat couma-éy se pouyant faire;
Lou charmant sieclou d'or de noutrous paregrans
N'éy pas venut ver nous que sémous lours zefans.

---

(1) Le Parnasse, séjour des Muses, était sur la montagne de Polignay, et M. Chapelon demeurait au-dessous, à l'endroit appelé le Boulivard.

La moda a bien changit, vou n'éy plus de galorou ;
Tau qu'ere bien contont se trove au rang do porou ;
Par n'avéz pas songit de faire lour devéy,
Vou n'y a prou qu'an mingi lour pen blanc lou parméy.
Nou nou sêmou trouvat, sen seigneur, sen justicy,
Sen curat, sen argent, sen iorma de poulicy :
La plupart an vicu couma de palengun,
Véiquia dont éy venu l'origina do lun.
Ore par un bonheur que lou cie nous gardave,
Nous veyron revenir ce que s'éy se passave :
Quand lou souléy s'éycond vou n'éy par toujour,
Au lut à la Saint Jean et mai lou petits jour ;
Apres un long hyver, lou printion pren sa placy,
Vou ne pot pas toujour marchie dessus la glacy ;
Sio n'ère rai d'itio lou porou méyssiounnie
Quittariant lour voulou par changie de méytie ;
Et si nou n'ayant pas lou prescns de l'otonna
Tau qu'ame bien lou vin trouvary l'aigua bouna.
Vou se faut consoula, chaque chosa à son tour,
Ce que plait aujourdheu n'agrée pas toujour.

Quant un homou sus mer a fat un long vouyageou,
Dret qu'o bette lou pie sus lou bord do rivageou,
Au cret que lou caillo boujont sou sous talou,
Que tout lou mondou vire et va à requiolon ;
Quauque pasren apres se chambe se rassuront,
Sa veuva se remct, et tant que sou zio duront,
Au regarde à plaisir ce qu'aut l'aït quitta,
Et s'en donne o cœur jouay si au zo za regretta.

Veiqui qu'éyt à poprès l'état d'iqueta vialla ;
Lou meillou tissaran n'yant pas bien fat lour tiala ;
Chacun ère seigneur, et chacun vaichie set
Coumandave souvent à de plus vio que set.
Lou cie qu'a prevenu tous iquelou dézordre,
Farat qu'à l'avenir vou s'ai orat quauqu'ordre ;
N'allons tous remonta sus noutron grand chavau,

Essoubla tout iquen et rire couma o fau.
A veyre lou bourgeois, vou ne pot ren attendre
Qu'a prendre de plezir ce qu'en s'en pourra prendre :
Tout s'ay yet afferat jusqu'o moindre artisan,
Tout s'ay se bette en frais qu'o n'iora par un an.
Bien qu'éy nous reprouchiant que nou séyons le vogue
Noutron orbiatan vaudra toute lour drogue.
Lengun n'entreprondra ce que n'entreprondront,
Et nou vindron à bout de ce que nou voudront.
Tous noutrous ennemis ne sont que de canailly,
Que n'ant jamais ren fat que valéize una mailly.
Tenéy, véycit dou mout de tous lour passation,
Et dide couma met qu'on n'éy ren que de fion.

Quinquaina de Vialar.

Coumonçon par Vialar, et veyon lour quinquaina,
Vou n'éy ren qu'un brouillar de noutre pretentaina.
Par quinze ou seize so, y dressont un chatay
Avoüai quatre ou cinq po planta sus un péyssay,
Garni de papier peint, ourna d'una gileta
Onte lou païsan se fant la chambaleta ;
Et vou véide veni quinze ou vingt charboutie,
Montat sus de chaveaux que ne sont pas entie,
Armat d'un gro burlet par tomba lour machina ;
Que s'étreillont souvent de la mema racina,
Esperant de gagnie lou prix qu'éy destina ;
Iquen se fat jamai que quand éy l'ant dina.
Enfin par tout regal y vou prendrant doüéy viaule ;
Un petit tambourin et un garçon que fiole,
Et à défaut d'iquen lou violon ou l'obois,
Et gaulont tant lour so qu'éy n'en perdont la voix.
Vouéy à qui piquara dins iquela defaity
Quauque alezan breulat, ou quauqua vielli beity
Que n'a ren que lou zo envourpat dins la pay,
Louta faiti-a partu couma-un matru grivay.

Que sont tous éyreinta et qu'oriant bien la mina
D'être encore trop chier dins un tion de famina ;
Et quant o n'ya quaucun qu'ey un po mio nury,
Lou fein lour coute ren avant qu'au set sey.
Veiquia qu'ey à po près la figura certaina
Qu'ey vou pourin douna parlant de la quinquaina.
Tournons prendre lou fi dé ce que j'ai tracy,
Et tachons de finir couma j'ai coummency.
Vouéy vrai que j'ai bien prou de peinture à vous faire,
Mais ne disont qu'un mout do porou Chambounaire.

Pelaut do Chambon.

Y souliant tous lous ans abattre lou pelaut,
Iquen ére l'itio quant vou féysi bien chaut.
Y preniant tréy tambour par faire lour fanfara,
Vou n'entendit partout que brama para-gara,
Apres s'etre assembla lous uns ayant lou soin
De quitta la casaqua et d'autrou lour parpoin,
Et ô son d'o tambour y féysiant cent figure
Que j'ai veu contrafaire au benatru *Ségure.*
Un jour, se dizit ay, davant que coumoncie
D'abatre lou pelaut et de lou tiranchie,
Un certain coutelier que venit de la guerra
Prenit lou tréy tambour et lou couchet à terra ;
Au gaget qu'a piéd joint au lou sotary tous ;
Vouéy vrai qu'ô lou sotoit, mais ô n'en crevet dous.
Foüay, se lour dizit tai, je n'o voulin pas faire.

Charguet de Sanchamon.

Allons vez Sanchamon, laissons lou Chambounaire,
Que nous appellons *Mitte,* et vouéy avoüai bon dret,
Car sen notre mitane y crevariant de fret.
Veyons de lour charguet toutes le zaventures ;
Je n'attendou ren min qu'una chargi d'injures.

Vou ne faut pas toujour dire la verita ;
Et si éy n'en dio qu'un mout je saréi bien tionta.
Y creyont de raillie et de nous entreprendre,
Un fin contra un plus fin a pena à se défendre ;
Je deffio Sanchamon et tous sous environs,
D'etre si dénieysis que noutrou fargeyrons.
Quant éy fant lour *charguet* y sont bon tant en féyri
Qu'éy semblont lou foulet de charéyri en charéyri ;
L'un porte un vio mousquet, l'autrou un estramasson ;
L'un, fauta de fusil, un pistoulet d'arson ;
L'un pren un mousqueton et l'autrou un arquebusa,
Par tua de parpallons ou ben quauque larmusa :
Vou lour faut tout un jour par se pouaire amassa,
Et quant éy sont ension je vous laissou-a pensa.
L'un en se revirant moche son camarade,
Un autrou tantequant tire à la debondada,
Charge trop son fuzi, fat creva lou canon,
S'emporte tous lous dés et quauque véys la mon.
Vou se passe jamais lou declin de la fêta
Sen faire d'estrapan sus quauque pora têta :
Lou maitre chirurgien l'ay sont pas sen veya,
Vou n'y a toujours quaucun que demore estroupia.
Allons vez lou chatay, veyons lous en besougni,
Y fant dins un moumant cent contou à la cigougni,
L'un vante son boudrier, l'autre son coutelar,
Un autrou son habit qu'éyt aussi gras qu'un lar :
L'un adut son chapay tout garni de péylure,
Et fat un ceinturon avouay de chaveleure ;
D'autrou par enchary bettont sur lou chapay
De plumets de papie couma faisit *Lioday.*
Un jour de lour frary je n'en vio un au tréyvou.
Que bourrave un mousquet avouay l'alla d'un couéyvou
Vouère éiqui lou plézir de lou veire empachi
De la tourna sourti d'onte au l'aït fichi.
Couma vous n'y a toujour que manquont de cabochi,
Vou l'ai sen trouvet un qu'en touchant la guinochi

Soufflet en memou tion dedin lou bassinet,
Se l'y arrapet lou na, et lou coupet tout net.
   Vouéy prou par iquai cot, veyons d'autre fanfare,
Vou l'iat pro bons effans, mes vou l'ay at pro u nare;
Vouéy par tout couma iquen ; nous n'avons ben
           quauqu'un ,
Ma sio lou connu pas voüéy t-à causa do fun.
Tous noutrous environs fant cinq cent gaillardize
Que n'aventont pas bien et que chacun méprise;
A forci d'etre lat, iquen vous saute ô zio ;
Quand vous ne sari que loys de vez furio.

Charguet de Santhéand.

J'ai veu vez Santhéand lou jour d'o patrounageou
Qu'éy pourtavont a bras tout lou long do vialageou
Iquai qu'êre lou réy de Saint Pantaleon,
Et l'alavont placie sous lou parméy veyon,
Onte y fiolavont tant durant touta la fêta,
Qu'o n'y ait lou dou tier que premiant ma de têta.
Et vous falit souvent emprinta de brancar
Afin de lou juchie dret qu'o se fazit tar.
Je vous ennouyarin d'iquele bagatelle
Si-é féysin lou detai de toute le querelle
Qu'arrivont mai d'un cot davant que se couchie :
Lou prevo zo sat ben et may tous sous archie.
Je n'orin jamais fat si je voulin tout dire :
Vous fat may de pidat que vous ne fat pas rire :
Enfin n'en parlons plus, léyssons lou tau qu'éy sont,
Et revenons trouva noutrou bons fargéyront.

Fanfara de Santetieve.

Lous parapatapan que couront le charreyre
Say betont tout en jouai jusqu'à la revendeyre :
Tous lou jour sont de lun den peu près de dous méy,
Lou travouai que se fat ne cache pas lous déy.

Jamai jour de ma via je ne vio tau faréypi,
La misera do tion aït leva la crépi.
Ore, à véyre le gens, tout se vo distingua,
Et jusqu'au mindre ovrier tout tache de fringua :
Lengun ne rêne plus, n'avons bannit lé larme ;
Vou ne véide ojourdheu que de fort belles arme,
Dé belles banderolle et de biau ceinturons,
Et peu que se venant mouqua do farjeyrons :
De chapiau tou bourdat, de charmante zépées,
De zabits galounats et de belles livrées ;
Et la plupart d'iquen avouai de biaux plumets,
Fringarant iquai jour milla véy mio que met.

Outra lous artizans vou l'y a de gens de marqua,
Qu'ant seu touta lour via bien gouverna la barqua ;
Grand nombrou de marchands et de richous bourgeois
Que sarant mio monta que non pas Saint François.

Vou séy pas pluto seu que MONSIEUR arrivave,
Qu'o fally véyre un po couma tout s'empressave
A gronda lour tailleur par avéy lours habit,
Jugie si lou drapier n'ant pas eu de debit.
Lou fin bai parméy cot que n'aguimou nouvella
Que la pachi êre faity- avoüay MADAMISELLA,
Voüesse dit que le gen eriant tomba do cie ;
Tau qu'ere bien goutou tachave à reguincie.
Messieurs lou échevins quan tous bouna cabochi,
Assemblont lous bourgeois ô son de la grand clochi,
Vou fut dabord conclut qu'o falit l'y envouye
Quaucun qu'esse l'esprit de savez s'en tirie.
Monsieur PLATON fut préy par iquela-ambassada,
Que courit vez Paris l'y faire la coulada,
Et l'y exprima la joüai que tout aït sintit
Que Dio l'esse pourveu d'un si bravou partit.
Couma tout éyt alla selon qu'éy deziravont,
Et qu'éy sont fort content de ce qu'éy demandavont,
Tout s'éy piquat d'hounou par pareitre iquay jour,

Et chacun en un mout l'y vo faire sa cour.
L'ordre que s'éy dounat dins tous lou penounajou
Fat véyre qu'o n'éy pas de cossio de vialagou.
Vouéy vrai qu'éy l'ant pardu lour plus richou trésor,
Et qu'éy l'ant au besoin entarra lour major,
Qu'ere un houmou d'esprit, qu'entendit bien la carta,
Et que n'a jamais ren fat à larta balarta.
Iquela mala-mort leur fit dabord sungier
A Monsieur DARBUZI, qu'éy un bravou guerrier,
Que sat bien coumanda, que sat tirie l'épeia,
Et qu'a sarvi lou Réy fort lontion à l'armeia,
Fort bien préy de son corps, qu'a lou cœur bien placi,
Que s'éy si bien condut que ren ne l'a tachi,
Que s'éy pas anoublit au metier de Saint Yves,
Ma qu'a trouva son nom din de vielles archives;
Et ce qu'éy de plus bai, que s'éy seu maintenir,
Quand de plus grand seigneur ant eu pena à tenir.
Sito qu'o fut nouma chef de noutra melici,
Voisse dit que le gens machavons d'aiga-lici;
Tout ère si content qu'au fusse coumandant,
Qu'éy liant mai fat d'hounou qu'au parméi président.
Couma au l'éy accuillant et qu'au fat bien le chose,
Qu'au ne baillave par d'épines par de rose,
Chacun ère content de son hounetetat,
Et tous liant obey avouai fidelitat.
Vouéy lu qu'a fat l'hounou de touta noutra fêta,
Sen lu vou n'ere pas de besouigny inquo prêta.
Auzo ranget si bien le douéy parméire véi,
Que quand MONSIEUR zo vit, ô s'en lichet lou déi.
Jamai jour de ma via je ne vio taus affaire;
Quand lou rey s'ai vindrit, que pourions-nous mai faire?
Vou pourri ben arma quauque-po mai de gen,
Mas non pas mio chuzis ni plus superbamen.
Vou n'y a rai de seigneur que poucheize en sa terra
Faire en si po de tion una si genta guerra,

Etre si tôt sarvi, trouva tant de piatons,
Tant de belle veïes et tant de mousquetons.
Lou bravou par qui voüéy éy d'un sang fort illustrou,
Dont tous lous devancies éiriant dins un bai lustrou,
Siéy sçaïn lou blazon, couma n'y entendou ren,
Davan qu'assure éisson zo déchifarrin ben :
Suffit qu'au pot conta vingt seigneur dins sa racy,
Quant toujour coumanda sur noutra populacy,
Qant éu de biaux amplois, et lu qu'éy lou darréy
A ben autant d'esprit que lou fin bai perméy.
Voüere de gens de cœur, de gens de renoumea,
Quant eu de regimont en lour proprou à l'armea,
Qu'ant garda fort long tion lou comtat de Jaréy,
Et lous parméys barons do barons de Fouréy ;
Qu'ant fondat l'abbeyéz et qu'ant eu l'alliancy
Do plus bravou seigneurs que seyant dins la Francy.
Lou MARQUIS d'aujourd'heu n'a t'ai pas ben chuzit ?
Vou dirit que lou cié l'a toüjours ménagit.
Au vint-à-bout de tout, au liquide sa terra,
Tout lou mondou lou vo, lengun ly fat la guerra,
Et la DAMA qu'au l'at a tant d'agréamen,
Qu'éy gagne tous lou cœur par son engajamen.
Sus toutes se vartus il ey fort charitabla,
Et sort d'una méyson qu'ey fort considerabla ;
Veiquia ce que n'en sau ; zo zapella-vou ren ?
Si je n'en saïn mai je vous zo dirin ben.
Si-ey lour eu fat d'hounour voüaire bien rézounablou,
Un seigneur couma iquay n'a guairou de semblablou.

Tournons vez mou mouton : et véyons lou drapiaux :
J'entendou la méynat que criont : ah, qu'éy sont biaux ?
Y lou portont benéy ; tout gagne vez l'Iliéysi,
Quauqu'un se marfondrat, ou va prendre un puréysi ;
Le gens se chauchont tant qu'o se pot pas virie,
Lou tambour, lou zobois vant tous nous éssourlie ;
Je me saqou-à-travers de tous lou mousquetairou,

M'avançou jusqu'au chœur, onte éÿ ne restio guairou,
Et monsieur COULOMBET avoüai la chappa au coüay,
L'aspergès à la mon, et de l'autra un drapay,
Lour lou benéyt tous, lour lou trat sus l'épala,
Chacun lou saluët, et tout s'entorne en viala.
L'ourganiste jouyet dous ou trey zairs mignon,
Et le cloches tandio sounavont par lou tion.
Les autre compagnies firont la mema chosa,
Avouay lour biaux drapiaux aussi fréys qu'une rosa,
Tout alloit saliüa lou major DARBUZI,
Et chacun vez chie set allet bêre à lizi.

DETAI
DE LE COMPAGNIES,

AVOUAI

LA DEVIZA DE CHACUNA.

COMPAGNIE DE LA COLONELLE,

DITE LA VILLE,

OU LA DOMINANTE.

DEVISE.

Je suis prête à verser mon sang
Pour l'illustre seigneur de qui l'on fait la fête ;
Et si quelqu'un prétend m'en disputer le rang,
Qu'il vienne, et nous lui ferons tête.

Lou vettiemou fioréy, jour de noutra faréypi,
Chacun fretet se dent de la coüa d'una séypi :
Que dio-jou ? lou matin chacun aguit lou soin
De se faire la barba et s'échara lou groüin :
De prendre son biaudrau, d'être alerta et bienlestou,
De bère quatrou co et de se tenir prêtou.
Et l'ordre do major pourtave qu'à méy-jour
Vou falli tous moudar et siore lou tambour.
Sio fut dit vou fut fat. D'abord la Coulounella
Vat au prat de Marquant planta la santinella,

Enseigny depleya en battant son tambour,
Au son de lous obois que joüavont toujour.
Lou jujou DE MONTEILLE avoüai sa diméy piqua,
Marchave lou parméy d'un marchie de pratiqua.
Son aussecol doura, son plumet au chapay,
Una cointuri d'or plus bella que dorpay :
Jamai je l'aïn veu dins una tau mélea :
La pluma quauque véy s'accorde avoüai l'épea ;
Au vou-ajustet si bien qu'au se trouvet parméy
Par n'etre dins l'emploi que d'en peu quauque méy.
PLOUTON, parméy sergeant, fat en l'art militairou,
Lou seguit tantequan et ne s'éloget guairou,
Au meritave ben d'etre plus avanci,
Mes quand vou devint vio vouey toujour méprisi.
Lou quatrou capouraux, et de bella jouéynessa,
Lou seguiant pas à pas sen engeandra tristessa.
Et vect do mio poulis gardavont lou drapay,
Tous farcis de rubans et la pluma au chapay.
Si je voulins conta toute le bragardise,
Lou biau drau, lou bai lingeou et le belle chamise,
Que j'ai veu de mou zio, tant de say que de lay,
Vou me foudri seix méy par n'en prendre lou biay.
L'enseigny LARDERET n'aït pas préy d'espargi,
Vou n'y aït que tréy jour qu'au l'ère dins sa chargi.
Mais couma au l'a bon air et bien d'agréamen,
Au s'en acquitet bien par un commoncimen.
Vou n'éy pas tout à cot maitre dins une sciency,
Qui n'a pas si bien fat voüa ben préy en patiency.
Peu tous lou demourant marchavont-à petit pas ;
Que lou sergeant CHAPAY ne desondrave pas.
Enfin, M. TOULON venit en grand prestancy
Qu'ère un maitre jurat dedins sa lieutenancy ;
Par un MAIRE de viala au moutret d'un plain saut
Qu'au saït maneyer les armes couma-au faut.

COMPAGNIE DE ROANEL,

OU

LA FOUDROYANTE.

DEVISE.

Je porte partout l'épouvante,
Je traîne après moi le canon,
Et je fais gloire de mon nom
Lorsqu'on m'appelle Foudroyante.

Apres iquen Roanel coumencet à lou siore,
Et monsieur Tezenas fit venir lou bon-viore;
Chacun lou parméy cot veyant sa compagny,
S'attendit de trouva de bella vilany;
Mais vou niaguit de préy, et tau que lou blamave
Ne fit pas ce qu'au fit ni se qu'au se pensave.
Je ne souai pas paït par dire ce qu'éy dio,
Et vou m'éy ben parmé de dire ce qu'éy vio.
Lou véyqui que venit avouai sa dimé-piqua,
Aussi fier que *Cujas* qu'ère homou de pratiqua,
Poudra couma un galand, genti couma un ecu,
Segut de son canon que mêne prou de bru;
Sou quatrou capouraux lou mousquet sus l'épala,
Ne dezondravont pas lou restou de la viala;
Et tranta séyx cadets, lou plumet au chapay,
Ant repara l'hounou do quartier de Roüanay.
Le gens bento créyriant que vouéy de faribolles,
Siey lour ayant pas veu lour belles banderolles,

Et tous lous attiriaux dont éy se sont sarvit,
Suffit que vou se scat et que MONSIEUR zo vit.
Lou lieutenant VINCENT seguit la calvacada,
Et courit do parméy faire la saluada.
Un po couma échevin, un po couma officier ;
Vou ly saït bien bon de si bien coummencier.
Quand je vio son habit garni de fanfarluche,
Je dizio tantequan isson n'éy pas de buche ;
Lou galons d'argent fin doublat et redoublat
Se bettons pas par ren et sio n'a pas de blat.
JEAN PETIT lou seguit qu'ère dins son bai lustrou,
Pina couma un minon et que fazit l'illustrou ;
Tout au fin pres de set un cadet do quartier
Que samblave un bouëytoux à lou veyre marchier ;
Tout ère propramen en habit, en livrées,
En gentis mousquetons et en belles zepées,
En plumets, en galons, en lingeou, en biaux boudrie,
En charmants ceinturons, et milla autra veïe.
Lous sergens iquai jour avouai lour zallebardes
N'èriant pas de farjo ni de feyso de gardes ;
Y l'èriant éveillis couma de zéquoirio,
Et lours chavio tous gris lou faisiant pas ren vio.
Par monsieur BENEVANT au prenit tant de pena
Qu'au n'en pensoit quitta sous effans et sa fena.
Et monsieur DELOVIN ère si échoffat,
Qu'o fallit de chalay, autrament vouère fat.
Douze grands estafiers avouay de partuzanes
Feziant de tion en tion lou méytie de le canes ;
Vîtits en Armenien tout au tour do drapay,
Qu'aït bien la façon de n'être pas nouvay.
Iquai que lou pourtet, qu'ère monsieur JAVELLA,
Ere si bon garçon que ly foüai pas querella,
Au me fachet un po ; que l'y a tou-a résouna ;
Par la parméyri véy vou ly faut pardouna.

~~~~~~

COMPAGNIE DE L'ISLE,

OU

LA CHARMANTE.

~~~~~~~~~~~~~~~~~~~~~~~~~~

DEVISE.

Je serai toujours la Charmante,
Et ce nom n'a rien d'étranger,
Car l'on ne peut m'envisager
Qu'avec une mine riante.

APRES Rouanay seguit l'ISLA la plus charmanta,
Et qu'a état sur-tout la plus divertissanta.
Monsieur PICON, parméy gaillard couma un vassio,
Se fit tout mugueta, si vouéy vrai ce qu'éy dio.
Avoüai son esponton et tant de bouna gracy,
Qu'au merite d'avéy tout l'hounou de la placy.
Lous petits et lous grands pouyant pas s'empachie
De ly courdre au davant par lou veyre marchie :
Aut l'aït si bon air qu'en toute la charéyre
Vou entendit que le gens diziant venéy tous véyre,
Ha! quo l'y avente bien, que vouyé bien son metier,
Un homou couma iquen se pot jamais payer.
Au l'ame lou pleyzirs, au charche lou galorou.
Apres set vou veya quatrou pendar de morou,
Grand couma de piquier que n'en ren élogit
Par omenta l'éclat d'iquela compagnit,
Avouay de mousquetons couma de carrabine,
Que feziant de taux pets qu'ey rompiant la verine.
Ma fin vouëre charmant, et le gen que voüant veu
Se souvindrant un jour de la fêta d'enqueu.

Lou quatrou capoureaux tous de la mema tailly;
N'ayant pas lou groin fat couma prou de canailly;
Vou fallit veyre éiquen et tous lou parmey rang
Aussi bien arquetats que de princes de sang :
Et RONZIL LOU POUPON, dins iquela parada,
Fit mio que qui que set, valéy le saluada.
D'abord que sous amis l'iotavont lou chapay,
Au fazit tantequan tourneyer son drapay.
Et fort adréytimen au fit veyre à MADAMA,
Sen chanta par béymol, qu'au sait bien sa gama.
Son pere d'autrou la tenit sa gravita
D'un air majestuou plein de civilita,
Que se sat faire hounou et qu'a bien bouna pely,
Si-au passe par vilain que me coupant l'oureilly.
Monsieurs PICON, RONZI, sont tous doux assura
Que cent ans apres lou vou s'en devizara.
Lou sergeant GOURGOUILLAT d'en peu la saintan-
       toinou
S'éy ben tant tourmenta qu'au n'éy devenu jouainou,
Et lou jouainou FAYON la si bien seconda
Qu'o n'y a eu mai que d'un que se l'y sont trompa.

~~~~~~~~~~~~~~~~~~~~~~~~~~~~~~~~~~~~~~~

COMPAGNIE DE RUE-NEUVE,

O U

L'ÉCLATANTE.

~~~~~~~~~~~~~~~~~~~~~~~~~~

DEVISE.

L'éclat et la grandeur m'accompagnent partout;
J'enchaîne la fortune et traîne la victoire,
Et puis de l'un à l'autre bout
Dites que j'ai toute la gloire.

Je vous diréy dou mout de la charréyri nova :
Et tous si bien prouva qu'o ne faut plus de prova.
Couma vouéy lou quartier qu'a lou plus de bourgeois,
Il êriant iquai jour sur lou bai pié françois.
Lous véiquia tantequan que seguiront la placy
D'un air toutafat fier et plein de bouna-gracy,
Avoüai d'habillament superbament garni ,
Et lou plus biau boudrier d'aucuna compani.
J'ai ben veu quauque véy faire de caravanes,
Mais vous falit adonc véire lour partuzanes,
Lou plus biaux mousquetons que j'aïa jamai veu,
Ant sarvi d'ournament à la fêta d'enqueu.
Jamai tant de plumets, jamai tant de livrées :
Vou n'apartint qu'à nous d'alla par les armées :
Tant de soudar bien fats , et que n'ayant pas po,
En sourtant do combat , d'être parci de co !
Je ne saïnt pas bien qu'ère lour capitaine :
Mais dabord que lou vio, vou lou bon Dio m'entraine,

Voüesse dit qu'au l'aït fat trante-ans lou méytier,
Et vou l'y siave mio qu'a grata lou papier.
Eytou-vous? dizio-jou, veyant sa diméy-piqua :
Léyssie-me à d'autres gens exerça la pratiqua.
J'ai dit, en vous veyant, et vouéy la verita,
Que lou Réy n'aït pas d'officier mio planta.
Vou m'a tout ébay, je ne saïnt que dire,
Mais vouéy de longiment que vou-êtes un bravou sire,
Et tous lous DEVERNÉY sant ferus d'iquai ma;
Qu'éiquen se dit tout plon de po de trop brama.
Monsieur BLACHON venit en fort bouna poustura,
Que n'aït de sa via fat una tau figura :
Habilit proprament et tres bien harqueta;
Je lou counussin pas si bien j'era tionta.
Monsieur CARRIER LOUVOIS dins iquela parada
N'aït pas empruntat d'habit de mascarada;
Au l'ère si lichy et si proprou en drapay,
Que jamai mou dou zio n'ant ren veu de si bay.
Par faire ce qu'au fit au n'a pas son semblablou;
Si éy parlava-autrament, je sarin miserablou.
Que quet vou l'y coûtet au se moque d'iquén,
Au fat tout par hounou sens étogie l'argén.
Lou sergent ESPARRET, avoüay sa grand bedaina,
N'arit pas état bon par courdre la quinquaina;
Mais a lou véyre éiqui avouai son compagnon,
Inquo qu'au set groulut au pareissit mignon.
Vouéy vrai qu'au saït bien tenir la brida réydi.

~~~~~~~~~~~~~~~~~~~~~~~~~~~~~~~~~~~~~~~

COMPAGNIE DE RUE-FROIDE,

O U

LA PRUDENTE.

~~~~~~~~~~~~~~~~~~~~~~~~~

DEVISE.

Je n'agis que par bon conseil,
Je prévois d'un sujet si la suite est douteuse :
Je suis partout bien glorieuse ,
Quoique mon nom n'ait pas du rapport au soleil.

PEU sén apres je vio que la charréyri fréidy
Coumencet à fiala segant lous officie :
J'entendou lou parméy qu'ère monsieur CARRIE,
Lou plumet au chapay avoüay sa catalana,
Que menet bravament touta sa caravana,
Avouai bien de fiertat, et par un vio grizon
Que fit tout ce qu'au fit avouai justa reizon :
Touta sa compagni qu'a état fort nombrousa
Ere sus lou bon pied et fort avantageousa.
Lous plus biaux mousquetons ant passa par lour déy,
Et faiziant de tau pet qu'un n'en valit bien séy.
Lou quatrou capouraux avouai la serra fila
Se féziant distingua parmi prés de dou milla.
Je vous lou noumarin si voëyre de besoin,
Y l'aïant tous bon air, incoure mio bon groin.
Quinze vou vingt cadets, couma vou pouaïde créyre,
Se faiziant aviza par toute le charréyre :
Et tout lou-demourant que n'ère pas tant sot,
Ant fat à mon éyvi ma fin mai qu'o ne pot.

10 *

Vouëre tout proprament, autant qu'o zo poche être;
Créyde me si-o voulez, car je ne soüai pas traitre.
Monsieur lou lieutenant, qu'éy l'ainé BELLACLAT,
Dins iquela-occasion a bien paït son plat.
Son habit êre bay et mai se garnitures,
Vouëre tout en or fin et en belles moulures ;
Mai que d'un m'ant trompa par la parméyri véy,
Vous me plaït si bien que n'en fio tout surpréy.
Son *cadet* au bai méy lou drapay sus l'épala,
S'en acquitet fort bien sen faire cria l'anguiala ;
Vouëre un do plus gentis, d'un satin blanc et néy,
Plein de fleurdalis d'or par davant et darréy.

Je vio sai qu'un tailleur qu'aït pro bouna gracy,
Que demore se diont tout aupres de la placy;
Mais le gens diziant tous qu'au l'aït grapilit
La plupart d'o galons qu'èriant sus son habit.
Vou l'y aït dou sergent qu'ant tous dou de sarvissou,
Que lour zant bien éydit dins tous lous éxercissou ;
BOUCHET avoüai JAFRAI, que ne sont pas manchot,
Et que se parariant apres lou parméy cot.
Sourtons d'iquai quartier et changeons de charréyri;
Aussi bien vou zo faut dire tout a partéyri.

~~~~~~

COMPAGNIE DE LA RUE DE LYON,

OU

LA CONQUÉRANTE.

DEVISE.

Je suis fille de la fureur,
Je brave le danger et je suis formidable,
Partout où l'on me voit je me rends redoutable,
Et mon nom seul donne de la terreur.

QUAND tout iquen fut loin, lou quartier de Lyon
Coumence a défila sans se faire guignon;
Y l'èriant bien vect vingt et bento d'avantageou,
Tous dè gens d'appetit et de gens de courageou.
Jamais vou n'aït veu lou meilloux fantassin;
Un dimey cartéron n'en valit vingta cin.
Que siert-ou de piaillier, vou faut faire justicy,
Jamai, jour de ma via, je ne vio tau milicy;
Y l'èriant tous néissut lou mousquet sur lou coüay,
Lengun lous orit préy par de gens de travoüay.
Sen ren faire de tort aux autrous penounajou,
Lou lyon iquai jour fit bien son presounajou :
Au l'ère secondat de monsieur PIERREFORT,
Que contentet tréytous sen se faire un effort :
Qu'ère tres bien tournat et qu'aït l'air de plaire
A qui vou-apartenit de faire lous affaire :
Je laissou son pourtrait, chacun sat ce qu'au l'éy,
Que si quauqu'un s'en plaint au sara lou parméy.

Au l'aït de cadets qu'aïant fort bouna mina, &
Qu'êriant d'autrou soudar que non pas la marina :
Lou parméys nous ant préy couma-à l'ala d'un bois,
Au lieu que olus darréys êriant de lions grivois.
Jamai garde de corps, jamai gin de gendarme
N'aguiront couma lous le plus royalles armes.
Quand vou s'ajuste bien vou-n'éy jamai trop chie,
Iquai par qui vouéy fat s'en sorat revenchie.
Lou quatrou capouraux faiziant bien lour figura,
Et lou quatrou d'arréy n'êriant pas ren d'ourdura.
Par zo dire en un mout, et vou pas ennoüye,
Tout réüssit si bien qu'o pot pas se paye.
Je vio lour lieutenant habilit couma un prince,
Que n'êre pas si drut qu'un poulin que reguince.
Iquen allave bien si-au l'esse deguéynat ;
Vou faut, quand vouéy soudar, être determinat.
L'ainé monsieur Rouzet, din son nouvel officou,
A faire do drapay n'êre pas tant novicou.
Je voudrins dins centans qu'au fusse au memou-émoüay
Quand le gen nous véyriant, bon Dio qu'o sarit bay.
Lou gro Choméi se diont avoüai son halebarda,
Criave de tion en tion : mous effans prenéy garda ;
Vou ne faudri qu'on ren par vous tous damagie,
Dama, quant voüeyt-adret vous se faut menagie.
Gourgouliat son segon preni garda-à la marchi.

~~~~~~

COMPAGNIE DE POLIGNAY,

O U

LA FATIGANTE.

~~~~~~~~~~~~~~~~~~~~~~~~~~~~~

DEVISE.

On ne me surprendra jamais ;
Je vas , je viens , j'agis , je veille , je tracasse,
Et ne trouve point de bonace
Au sein d'une profonde paix.

TANTEQUANT Pouleniay vint en bella demarchy,
Et par être un quartier décriat couma lou loup,
Vou fut lou fin parméy que zo devançoit tout.
Lou vio monsieur PUPIER leur fut bien necessairou,
Au marchave parméy, fier couma un secrétairou,
Dins una gravita que sintit l'officier,
Aussi gai qu'un vassio quand au vint de fiancier.
Durant préz de dou méy au n'aguït ren en têta
Que lous héroux moumans d'iquela pora fêta.
Vouëre tout son pléyzir, vouëre touta sa jouay;
Quant au fut pres de met je l'y otio lou chapay,
Au me l'otet aussi, et selon la rubriqua
Au me fit un salut avoüai sa dimépiqua.
Je n'ai pas entrepréy de méprizie lengun;
Mais vou l'y siave bien si vou siave à quauqu'un.
Apres sous doux tambours et son jouyo de fifre
Veyniant lou capouraux et pres de séy vingt pifres,
De grands, de passagrands, et tous bien proprament,
Tant en biaux mousquetons qu'en biaux habillament

Mon frare n'ère ben, avoüai sa grand ragouéry,
D'un air tout dégagit dret couma-una paléyry.
J'ai parla de plumets, de galons, de boudrie,
Tous lous autrous quartiers ayant de partuzanes
Qu'oriant parci lou fer et non pas de fontanes.
J'admirio Pouleniay en regardant lou cie,
Y l'oriant, Dio nou gard, mento parci l'acie.
Lou lieutenant GRIVAY, avoüai sa mina fiera,
Avizave le gen fermou couma-una piera :
Au soutenit fort bien iquela qualita :
Je ne soupposou ren, vouéy bien la verita.
Ce que me surprenit vou fut monsieur THIOLÉIRE,
Par un jouainou-officier vou lou féizi bay véyre ;
Bento jour de sa via au ne s'ère essaït
A passa lou drapay si bien couma auzo fit.
Je créignin bien par set, et tirava bien pena,
Voüallet bien couma au faut, et St. Jean bouna-étrena.
CIZERON et JACO, lou sergent de quartier,
Sen rai bailler de co se firont au méytier.

Arrivat de Monsieur et de Madama.

Tout iquen defilet apres la Coulounella,
En attendant MONSIEUR aussi bien que sa BELLA.
D'abord qu'o fut rangit et separat en dous,
Vingt ou trenta tambours tintamarrairont tous,
Lous fifres, lou zobois betavont le zoureilles
Couma qui le zorit pres d'un essein d'aveilles.
Lou major que courit par zo tout bien éigua,
Vit pareitre MONSIEUR et sunge à l'harangua.
Au virondet par-tout, fit prépara les armes,
Jamai lous habitans ne viront taus vacarmes.
Roüanay qu'aït tréynat se boüete et son canon,
Coumencet de tirie sen dire voüay ni non :
Tantequan que MONSIEUR approuchet la milicy,
Lou major l'haranguoit et touta sa justicy.

MADAMA sur loû champ aguit son compliment ;
Lous uns lou diziant haut, et d'autrous douciment.
Tout iquen fut segut d'una bella déchargi
Que vou-entendit, se diont, plus loin que vez la fargi.
La viala et lous chamins êriant pleins d'étrangier
Que s'en tourneront tous sens oza jangouilier.

Quand MONSIEUR aguit veut que tout êre en hel ordre,
Au pique son chavouay et chacun sen dezordre.
Lou seguit pas à pas jusqu'à dins son haustau,
Autrament vez chie set, à parla couma-au fau.
Dret qu'éy furont entra din lour viala orfelina
La foula de le gen lour fazit perdre mina ;
Y s'ébranchavont tous par lou véyre passa,
Et se chochavont tant qu'o poüit pas poussa.
Le fenetres par tout êriant pavie de mondou ;
Quand l'un dizit j'ai chau, l'autrou criave je fondou.
Je me soüait-étouna couma prou de planchier
Ne firont pas lou saut d'iquai de *Bachelier.*

Or donc par revenir à MONSIEUR et MADAMA
Y vouliant en entrant véire vez noutre Dama,
Et monsieur lou cura que n'en fut avarti
Avoüai l'etola-au couai et son bai surpeli
La prenit par la mon, segut de plusieur prêtre,
La menet preyer Dio et rendre graci-au Maitre ;
L'y fit véire un corps saint qu'o l'éyat den peu po :
Y béizet le relique, et tout ganet de fo.

Apres qu'éiquen fut fat y remonte en l'éitéiri
Et fut dins un pas ren vez lou prat de la féiri ;
Diquy par ren apres y furont vez chiez-lous
Ou tout êre ravi de lou véire tous dous.
MADAMA que voulit plaire à la populacy,
Montret ben tant d'éclat et tant de bouna gracy
Qu'éi charmave le gen et bettet tout en jouay.
J'êra tout vis a vis que n'aïn gin d'émoi,

Qu'a véire lou soudar faire la saluada,
Et béissier leur drapais en faisant la coulada,
Yquen se fit douéi véi et jusqu'a sus lou tar,
Chaque cot de mousquet semblave un vrai petar.

Lou lendemen matin, couma-o coumence à véire,
Lou tambour êriant tous par toute le charréire ;
Tout se torne équipa de la bella façon ;
Qui n'aït pas bien fat saït mio sa liçon.
Lou major resoulit de n'en faire douéy bandes,
Toute douéi bien sarrais, et toute douéi bien grandes :
Iquen fut trouva bon, et MADAMA en sourtant
Marchet entre elle douéi par alla véz la grand :
Vou'éi t-iqui qu'o trouvet de gen de bouna mina,
Par être tous sourtis d'o fond de la mourina,
Vou s'entend do soudar non pas d'o zofficier.
Dio ! que de mousquetons vou s'entendit tirier.
Je n'aïnt jamai veu una plus bella allea,
Vouëre tout d'espalier que pourtavont l'épea,
Tout garni de galons, de plumets, de rubans
Aussi biaux par darrei qu'éi l'êriant par davant.
Le cloche êriant en train, l'ELOY carrillounave,
De tous lou maneillie pas un ne se fossave ;
Lou jour d'oparant y l'aïant tant souna,
Que lou porou *Minguet*, n'ère tout enréina.

Dret que MADAMA fut aupres de la Parrochi,
Monsieur lou cura vint qu'aït viti sa flochi (1),
L'haranguet un moumant, la fit entra dedin,
L'y dizit quatrou mout que n'en valiant bien vint ;
Lou jour d'oparavant au l'aït fat miraclou,
Au parle quant o vo aussi bien qu'un oraclou ;
Cent véi, milla véi mio qu'équelou d'autre véy,
Qu'êriant tous interdits, sots couma de panéi.

_____

(1) Son surplis.

N'eriont bien cent temoins et tous irréprouchablou,
Que sustindrant par-tout qu'on y a pas son semblablou,
Au lour fit à chacun un discours bien tourchit
Que valit dix loüi d'or à faire bon marchit.

Or donc par revenir à noutra cathedrala ;
Jeandot (1) couma éi l'entret joüet la Prouvençala ;
Autramen saiqu'un air qu'ère un air a dancier,
Je m'en sivantarai davant que me couchier.
Son orgua-iquela véi jouaïve touta soula ,
Et noutrou muzicien firont petas lour goula :
A chanta de moutets durant qu'éi l'ai restet :
J'êra de l'opera , jugie si-o se chantet.
Si to qu'o fut assut , y se tournet redure ,
Qui l'aït amenat la voulut recondure :
Y vit en memou état tout ce qu'ei l'aït veu ,
Et zo trouvet plus bay à ce que je n'ai sceu.

Et entrant vez chie set vou l'y-aït de que rire ,
Je n'o décriréi pas, que n'o zai pas veu faire ;
Suffit que vous se fit una chiera de réi ,
Et que vous n'ère pas de peintura-en paréi.
Messieurs lous échevins lou séi qu'éi l'arriveront ,
Lous traiteront si bien que tous s'en contenteront ;
Iquen sont de festins onte ô ne manque ren :
Jamet se surpasset , vou m'entendeide ben.
Tout lou reste do jour noutrou pourto d'épea
Ne firont que drugier et faire la lipea ;
Je ne dio pas lou cart de ce que s'éi passa,
Vouori fat revenir un porou trapassa.
Betta vous dins l'esprit ce qu'o venéi d'entendre ,
Et qu'en y a cent véi mai que n'y-ai pas poüié
        comprendre ;
Tant plus je voüai revant, tant plus j'o trouvou bai ,
Je décurou toujour ne sau que de nouvai :

---

(1) L'organiste,

Vou l'y a dix milla-endrets que par un tel affaire
Se sariant tous rûnat et n'y oriant pas pouéi traire;
MADAMA et mai MONSIEUR se sont bien contenta
De nous vére tous plains de bouna voulonta.
Je laissou le couloux de toutes le livrées,
L'éclat do mousquetons, l'émail de le zepées,
Lou page et lou laquiaux de tous lous officie,
Lou dittons do drapiaux et cent galantarie.

DEVARTISSAMEN

DOUNA

A MONSIEUR ET MADAMA,

PAR

LOU BOURGEOIS DE SANTETIEYE.

NOPCE DE VIALAGEOU.

QUAND vous ne sari que le nopce de vialageou,
Porou caramentrant tournet prendre courageou,
Tranta joüainous cadets que s'èriant assemblat
Sur la fin do charna assuïront lou plat.
Y s'habilleront tous couma de gro palegre
Do quartier de Lyonnéy ou d'o quartier d'Alègre.
L'epouza (1) aït lou groin couma un échaufaliet,
Le viaille de coulou d'un petit vin paillet;
Son epoux (2) qu'êre-estret et dret couma una latta
Ere plein de rubans jusqu'a sus sa crevatta :
Tous lous autrous vassio qu'êriant do memou train
N'ayant pas la fasson de paleyer de fain.

(1) La fille Erard.
(2) Berardy.

Vouëre tout mélangi, vou l'y-aït de bargeire,
Dous ou tréy vio barbons avoüai lour méynageire :
Lour seigneur êre en têta et sa donzella-aussi,
Tout iquen doux à doux êre fort bien placy.
Durant quatrou ou cinq jeur vou lou féizi bai véyre
Sus lou son dos obois vironda le charréyre,
Avoüai dou tambourins qu'entendiant bien iquen :
Lizette la lizon valit bien prou d'argen.
Y firont un festin que n'êre pas tant pire ;
MADAMA aguit son plat, vou n'y a ren a redire ;
Et sen lous impourtuns voüesse fort bien alat :
Ce que me fit pléisir qu'o n'y ait de pialat.
Quand je vio JABOULÉY avoüai sa menagéiry,
Qu'aït mai de varon qu'un groüin de buandeiry,
La mare VILLEMAGNE et BARGIER son rustaut,
J'êra couma BROUQUIN, je fio cinquanta saut ;
A véire lour chapiaux et lour vielle gamaches
Vou-ësse dit qu'éy veniant de détachie le vaches :
A l'égard de la dot que lous fiancis ant eu,
Demandas lou contrat, car je n'o zai pas veu.
Vous êssia decourat, ou rit de bon courageou
D'envizagier BREAT écrire lou mariageou,
Et l'harangua que fit TOULON lou Prouvençal,
Iquen de bouna féy assuït lou regal.
PIRAN s'ebranchoit tout a boussa la canailly,
Que se trayant sus lous et que feziant pirailly.
Au bettet de mantiaux que furont bien poulit,
De le reste do riz que lengun ne voulit.
En un mout vou-allet bien et de fort bouna gracy.

~~~~~~~~~~~~~~~~~~~~~~~~~~~~~~~~~~~~~~

DEVARTISSAMEN DE LA MÉYNAT.

DURAND tout iquai tion saiqu'una matrua racy
Autramen sio voulez de petita méinat,
Firont un drolou tour fort bien imaginat.

Y s'assembleront vingt, et preniront d'epées,
Des habits galounats, et firont lours livrées,
Avoüai de papier blanc qu'ère tout découpat,
Vou n'y aguit mai que d'un que l'y firont trompat,
Un do plus évelit coumandave la resta,
Enfin par des effans lour troupa-ère bien lesta.
Y firont un guidon, y l'aïant un tambour,
Un fifre de dou liar que joüave toujour,
Y passeront cent véi vez MONSIEUR et MADAMA.
Lou pourto de guidon qu'ère una bouna lama,
Lou saluet si bien qu'o se pouït pas mio.

    Enfin caramentran nou veni dire adio.
Den peu pres de vingt ans nous l'ayions pas pouéi véire :
Vou ne veït que feux par toutes le charréire,
Vou n'ère que veillie, que danse, que festins,
Vou ne veït que pots, que payles, que tupins,
Que tatres, que pâties, que bugnies, que couquées,
Que jambons, qu'alluyaux et que galimafrées,
Et tous lous officiers regaleront lour gent;
Vou se passet sen brut et fort paisiblament.

    J'essoublava-à parpo de parla de le filles,
Couma-ou n'éy tout farci dins toutes le familles,
En que sungeavont-y qu'éi ne chugessiant pa
Chacuna son vassio hazard de s'attrapa.
Si-éy l'ant manqua lour cot, que se venant pas plaindre,
Quand vouéi necessitou vou se faut pas contraindre.
Si la guerra venit, qu'o fusse tout de bon,
Le tantes n'oriant plus qu'a sougnie lou darbon;
Y l'ériaut au quichon, y l'aïant bien bai faire.
Messieurs, me faut finir, vouéi un po lour affaire.
Assuyons lou prix fat, pleyons lou denier-dio;
Je me souai fat plézir, qu'un autrou fasse mio.

****

NOMS DES OFFICIERS

DES

SEPT COMPAGNIES.

LA VILLE.

MESSIEURS

DARBUZIS, Major.
DE MONTEILLE, Cap.ne
TOULLON, Lieutenant.
LARDERET, Enseigne.

ROUANEL.

TEZENAS, Capitaine.
VINCENT, Lieutenant.
JAVELLE, Enseigne.

LA PLACE OU L'ISLE.

PICON, Capitaine.
RONZIL père, Lieutenant.
RONZIL fils, Enseigne.

RUE NEUVE.

DESVERNAY, Capitaine.

MESSIEURS

BLACHON, Lieutenant.
CARRIER fils, Enseigne.

RUE FROIDE.

CARRIER père, Capitaine.
BELLACLAT l'aîné, Lieut.
BELLACLAT le jeune, Enseigne.

RUE DE LYON.

PIERREFORT, Capitaine.
DESHAYE, Lieutenant.
ROZET l'aîné, Enseigne.

POLIGNIAY.

PUPIL, Capitaine.
GRIVEL, Lieutenant.
THIOLLIÈRE, Enseigne.

SONNET

A Madama la Marquiza de ST.-PRIEST.

VANTE qui que voudrat le fennes d'autre véy ,
Que lous historiens en rendut remarquables;
Vou n'y at eu qu'ant éytat de pores miserables,
Et qu'éi féiziant passa par de filles de réy.

Y creyant de prouva que lou blanc ère néy ;
Et qu'un tion aveni chacun créiri lour fables;
Suppozons qu'o n'y-ait de bien considerables :
La dama que vou dio , vous rendra tout surpréy.

Si-o charchie la grandour, y l'a par son partageou,
Vouléi-vou la beauta , avisa son visageou,
Son cœur éy tout rouyal; il a l'humeur gaillard.

La fourtuna la sio , la parqua l'ie fidella ,
L'esprit et la vartu la rendrant immourtella :
Trouva-m'en couma éiquen vou bailliaréi dou liar.

J. CHAPELON.

SONNET A L'AUTEUR.

QUE tes vers, ami CHAPELON,
avec leur grâce coutumière,
M'ont plu dans la description
D'une fanfare singulière !

Tu peins *Saint-Héand*, *le Chambon*,
D'une verve si familière
Villars avecque *Saint-Chamond*,
Harnachés comme gent guerrière,

Qu'ils en ont perdu le caquet.
Adieu *Quinquaine*, adieu *Charguet*.
Ton inimitable langage

Est plein de tant de tours d'esprit,
Qu'on doit dire de ton ouvrage :
Rien de plus beau ni mieux écrit.

L. DE MONTEILLE.

A L'AUTEUR.

CHAPELON sans pareil, génie incomparable,
Qui joins en badinant l'utile au délectable,
Qui jamais sut rimer plus agréablement,
Que toi qui toujours gai, te montres tout charmant?
En effet, le chagrin dans le temps où nous sommes
A su si bien saisir l'esprit de tous les hommes,
Que ce n'est pas pour toi peu d'honneur, à choisir
Les moyens, en rimant, de donner du plaisir.
Dans un siècle où la joie paraît si nécessaire,
Tu ne pouvais jamais mieux faire,
Que de faire des vers dans tes belles humeurs :
On te voit effacer par-là tous les auteurs :
Et pour te bien louer, c'est assez de te dire
Que tu ne rimes point sans que tu fasses rire.

A. PLOTTON.

AU MÊME.

TES vers, mon cher ami, composés en vulgaire,
Font voir que ton esprit n'a rien de populaire;

En effet, tout s'y trouve avec discernement,
La rime, la raison et le bon jugement.
Aussi de ton talent cet effort admirable
Doit rendre après ta mort ton nom recommandable.

M. CASE.

SONNET A L'AUTEUR,

Par son Frère.

Si défunt maître *Adam*, ménuziér de Nevers,
M'aït fat, couma tet, l'héretiér de sa vena,
Je viorin trop conteut et n'orin ray de pena,
Que de me bien galas et de faire de vers.

Je n'orin deja fut à biay vou à travers
Sus ta description quauque diméi douzena,
Et j'éyrin tous lous jours, de dizena en dizena,
Faire chiez mous amis milla contous divers.

Ma fin vou n'y a que tet, par ce que t'y as décrit;
Vou n'y trove par-tout que de pointe d'esprit;
T'ia tomba lou *Pelaut*, t'ia brizi la *Quinquaina*,

T'ia repeint lou *Charguet* plus néy que mon chapay;
Et t'ia betta de gen qu'avoüay de barboutaina,
Poyont pas faire un ver, et crèvont dins lour pay.

C. CHAPELON frère.

A L'AUTEUR.

Que notre milice a de gloire!
Que tes vers ont un joli tour!
Ton nom, comme ce fameux jour,
Sera marqué dans notre histoire.

Dans un langage fort succinct,
Qui n'est ni français, ni latin,
Tu nous rends à chacun justice :
Comme un illustre rejeton,
Copiste de langue matrice,
Et de Bobrun et de Mamon (1).

L. DE MONTEILLE.

RÉVEILLEZ.

Pécheur, tu dors tranquillement,
Tu t'amollis dans la paresse,
Réveille-toi donc promptement,
Chasse de ton cœur la mollesse,
Ecoute un peu mon tain, tain, tain,
Qui t'avertit que dans ton sein
Incessamment la mort tu porte;
C'est pour t'en faire souvenir
Que je viens frapper à ta porte,
Te disant qu'il faudra mourir.
Tain, tain, tain, tain, tain, tain.

Tu regardes toujours de loin
Ce triste et lugubre passage;
Tu t'occupes de tes besoins
Sans penser à devenir sage :
Mais la mort, semblable au larron,
Viendra la nuit dans ta maison

---

(1) Le père de M. Chapelon, prêtre, auteur de ce poëme, fut surnommé Màmon, à cause d'un bien de campagne qui lui appartenait, et qu'on nomme Malmont. *Voyez le poëme de* Bobrun.

Pour t'enlever à tes folies,
Et mettre fin à tes plaisirs;
Quitte donc ta mauvaise vie,
Et pense qu'il faudra mourir.

      Tain, tain, tain, etc.

Si malheureusement pour toi
Dieu te surprend dans la disgrâce,
Prévaricateur de sa loi,
Tu ne verras jamais sa face;
Mourant ainsi dans ton péché,
Et sa rigueur t'ayant jugé,
L'enfer deviendra ton partage
Avec l'éternel repentir;
Evite cet affreux passage,
Et pense qu'il te faut mourir.

      Tain, tain, tain, etc.

Pour éviter ce grand malheur,
Apprends de moi ce qu'il faut faire,
Grave la loi de ton Sauveur
Dans ton esprit, dans ta mémoire;
Observe son commandement,
Vis en bon chrétien constamment,
Evite le libertinage,
Réprime tout mauvais désir,
Le ciel sera ton héritage,
Mais pense qu'il te faut mourir.

      Tain, tain, tain, etc.

Ouvrier, qui te lève matin
Pour entreprendre ton ouvrage,
Avant que d'y mettre la main,
Imite en cela l'homme sage;
Fais sur toi le signe de la croix,
Promets-lui d'observer ses loix;

Offre-lui ton cœur, tes pensées,
Et pense sur ton avenir,
Dans le courant de la journée
Souviens-toi qu'il te faut mourir.
    Tain, tain, tain, etc.

MI-DE-MOI.

I.

Sourtez tous de voutre cafarotte
Si-o voulez avéz lou cœur en joy,
Acouta chanta lou mi-de-moi;
Nous pretendous tous que chacun nous accote;
Nous semmou cinq ou séy sen émoi,
Que pretendons de brula noutre botte:
Metta donc la mo au grand panéy,
En placi de dou zieu metta n'en cinq ou séy.

Si-o n'avez rai d'yeu ni de jalena,
Nous prenons de tout en payamen;
Un bon piat de bacon salamen,
Vous nous empachari de plaindre noutra pena,
Nous dirons fort agréablamen
Que vous êtes de gens que n'en valéy la pena;
Mais si vous chagrina la compagni,
N'érons brama par-tout, à vilain vilani.

Vou savez que vou-éy una misèra
Quand o va gourrina chiez le gens,
Vou-éy trata pire que de surgens,
Et lou plus souvent vou s'entorne à l'espèra;
Mais par vous que viquéde autramen,
Nous vous counussons d'un humeur plus sincera
Quand n'oront chanta tout noutron so,
Tirie voutrou varroin, nous lessie pas de fo.

Si-o véya *Marguin* à voutra porta
Quant ô va chanta sou réveilléz,
Voudria-vou si-o pourtave un panéz
Lou rendre hebaï couma una chiora morta;
Si-o l'ait l'émou qu'o dérit avéz
O l'érit planta lou moi à voutra porta :
Mais par nous nous farons pas iquen,
Nous dirons gramarci quand nous tindrons l'argen.

I I.

Nous semmou una bella banda,
Que venous chanta lou moy;
Venez trétous à l'offranda ;
Vou n'y-ora ren de si bay;
N'avous de chansons nouvelles;
Que vous fariant ébouïlle,
Si vous dizions le plus belles
Vous le soria pas païe.

Nous plaignons pas noutra pena,
Et nous venons de bon cœur;
Ne refusa pas l'etrena,
Vous nou pourtari bonheur;
A de gens de noutra sorta,
Vous faut gins de complimen;
Ne sarra pas voutra porta,
Ne semmou pas de surgen.

Si vous faide bien l'onageou,
Un autre-an, si plait à Dio,
N'orons iquel avantageou,
De tachie de faire mio :

Accouta noutres excuse
Emplide noutron panéi,
Betta l'y tant de menuse
Que nous en lichion lou déy.

****

III.

Vou ne faut gairou-avez d'émoy
Quand o vo bien chanta lou moy,
Dins iquela besougni ,
    Obé ,
Ne fézons pas la trougni ,
Vou m'entendez-bé.

  Jamais jour fut mio desirat
Que demo lou jour qu'o sarat ,
Do bargier et bargère ,
    Obé ,
Par mingie lour farnéire ,
    Vou, etc.

  Vou l'y va de noutron devéi
De bien chanta iquetou séi,
Et demo de la paila ,
    Obé ,
Nous farons pêla mêla ,
    Vou, etc.

  Douna-nous de zieux et de lard
Afin que féina ni renard
Dessus voutre piliotte ,
    Obé ,
Ne bettant plus le plotte ,
    Vous , etc.

Quand voutre poules chanterant
Jamais plus ne s'affanarant,
Y farant lour ouvrageou ,
   Obé,
Avoüai joi et courageou ,
  Vou , etc.

Si-o betta ren din lou panéy
Je m'envoi couma-un facinéy
Dérouba voutre poule ,
   Obé ,
Et lour tordre le goule ,
  Vou , etc.

Si-o baille un écu de séi franc
Iquen iqui vous rendra franc
De tout dret et de doüana ,
   Obé ,
Autrament fazon glana ,
  Vou , etc.

Véide si vous êtes content
De noutron petit compliment ;
Voutron pare vous brame ,
   Obé ,
Coüétiez-vou bounes ame ,
Vou m'entendez-bé.

I V.

Sourtez tréi-tous de la méison ,
Venez en la charréiri ,
Iqueta charmanta séison
Nous bette tous en féiri :

Nous s'ay venons chanta lou moy,
  En grand rejouissanci,
Si-o vouléz vous tirie d'émoy,
  Appourta de financi.

Adude dins noutron panéy,
  De zieux ou de jalene;
Vou-n'y-a rai parméi vous, je créy,
  Que regrettant lour pene,
Ou quauques pieces de séi so,
  Si-éi vous breulont la coûaissi;
Et n'achetaront, créide zo,
  De burou vou de graissi.

Si-o n'êtes pas de ma-decos,
  Nous s'ay farons fanfara;
Nous soufflarons quauque bons co
  Si vous n'êtes pas sarra :
Mas si vous nous gougie lou coûay,
  Nous farons ben en sorta,
De vous planta un genti moy,
  Tout chaud davant la porta.

————

CHANSONS

DE MESSIRE CHAPELON.

I.

SUR LE CARÉME.

Dins iqueta quarantena
Plena
Lou péy, lou zeorgeou et l'avena
Fena
En metta mon corps
Si conflou d'ora
u'om'éy-t-évy qu'au moindre effort
Je sembou-una-pécora,
Je ne foüai que routa
Vissi et peta :
Parla met d'un gigot
Ou d'un chiorot,
Léyssie m'éta voutra maréa,
Que jamais je n'en véa ;
Voü-éy-t-un pouézon,
Que put de loin couma un vezon,
Et que rune la meyzon.
M'éy-t-évi que tiranchou
Un gigot de mouton,
Que la graissi do manchou
Me baye ô menton.

Tiri-met de vin, Parnetta,
Betta
Faut que beuva ma fouilleta
Netta;
Que lou vin se chier,
Po m'importe,
N'en volou bêre et m'en ôlier,
De qu'en endret qu'ô sorte,
Poyou pas m'en détria,
Volou m'en dessia.
Sau pas qu'una foulit
Lou mondou-aït,
De faire de vin de pialausse,
O m'arrache le pousse,
Que fat-ou-équen;
Pas mai que si-o ne beuvia ren
Vou-éy-t'achabi son argen.
Vou-éy venu de Feline
Dis charge de bon vin,
Souna noutre vizine,
N'en verons ben la fin.

~~~~~~~~~~~~~~~~~~~~~~~~~~~~

I I.

Contre M.....

C*** m'appelle toujours tet,
Couma si sourtin do tetet;
O se mocque,
Quand ô me choque,
O se mocque,
Lou petit nain;
Son pare et lou mio
Eriant tous doux pario.

13 *

~~~~~~~~~~~~~~~~~~~~~~~~~~~~~~~~~~

III.

IMPROMPTU

Fait chez M. de MONTEILLE, contre les MM....

QUE soüai fachi de s'ai vére de mondou,
  Que sont la causa que je grondou,   *(Bis.)*
   N'en counussou mai que d'un,
   Que ne sont que de crassy
   Et que sont sourti d'o fun,
   Avoi l'ama si lachy,
   Qu'éi creyont que par lour beiu,
   Tout de siore lour train;
   Que fazant véire lours titres,
Vou lour rendra l'hounou que leur éy deu,
  Vou n'éy ren que de belitres,
Que n'ant jamais paréisu qu'aujourd'heu;
   Ey creyont s'en faire encréire
     En se déguisant,
   Sens lou porous artizans,
   Y sariant de-lai l'éire,
   A faire de ribaus.

~~~~~~~~~~~~~~~~~~~~~~~~~~~~~~~~~~

IV.

Contre le gros ROUSSIER, galeux.

  RONZI dit à Roussier,
  Tu séy tout plein de rachi:
  Roussier dit: un étron,
  Et Ronzi l'y dit: machi.
  Et zon zon zon, etc.

V.

CHANSON A BOIRE.

N'en volou ray d'iquai vin de pialousse,
O l'éy toujours à me trousse,
N'en béirez jamais.
Lou bon vin vio
Garéy de la migrana
Eclarcé lou zio;
Lou bon vin vio
Echauffe la fontana,
L'autrou-éy fret couma un quaillo.

V I.

AUTRE, DE MÊME.

Parque meïte-tu d'aigua o vin?
N'as-tu pas l'esprit bien malin;
Vai-t-en véyre le buandéire,
Vai-t-en véire si lou munier,
Si lou munier
Pensont pas mio que tet à la bien menagier.

V I I.

IMPROMPTU

Fait à table chez M. Colombet.

J'ai si grand coéyti de pissie,
Que voi betta mou zo couma un pechie:
Et si la fouéyri me prenit ;
Vou n'y-ori ben par vous et par la compagny.

VIII.

Un lun matin rencontrio la Civetta,
Lou dou pie déchau,
Que venit de chiet Balandrau
Qu'aït betta surmaizi sus soulietta :
Vou n'y-aït tant passa sous sa cournetta,
Que tou lou séi et mai touta la not,
Vou n'entendit que pet et rot,
Vou semblave una viëilli trompetta.

Ma fena et met n'avons ren qu'una écuella,
Semmons trot heroux,
Quand volou pot y n'en vo doux,
Vou-éy lou mouyen de viore sens querella.
Que diria-vous d'iquela ganipella,
Y béyrit bien quatrou boutes de vin;
Véiquia par que soi sens butin;
Par me curir n'ai pas una farbella.

Quauqu'un m'a dit que noutra ménagéiri,
M'aït fat coucu,
Par avez quauque quart d'écu,
Oria vou dit iquen d'iquela louéiri.
Eh maugra-bio de la vieilli radouéiri !
Qui-orit tout dit qu'éi m'esse fat l'affront ?
Me soüai voulu gratâ lou front,
Je l'y-ai trouva la fourchi tout-entéyri.

———

IX.

Sur une Buveuse.

DENNA Mieva me véissia,
Je souai bien fachiat ;
Qu'avez-vous donc denna Barthomieva
Que vous rendéise si-affligiat.
Je n'aïn qu'un petit tounay,
Que regonfave jusqu'au coüay,
J'ai veu venir lou Gabelier,
Que lou vant venir jogier,
Que me lou vant vouyancier,
     J'enrageou :
Fene, venez me para,
Eh ! vou-alla trop demoura,
Ah ! baillie met de sauvinaugeou,
Ou ben je voüai decoura.

X.

Sur le Vin.

Do tion que j'êra amant, fazin bien me farettes,
J'aïn toujours tréy ou quatrou courettes ;
Mais à presen je soi devenu vio,
     J'o counussu à mon chavio,
Me souciou plus d'iqueles amourettes.
J'amou ben mio hére quanque fouliettes :
     Quand j'ai,
Quand j'ai l'argen d'un pot de vin,
Soi plus content qu'un échevin.

XI.

Sur le Vin.

LE pore fene qu'ant quauque fouliette,
Passont lou tion couma lou bon Dio vo ;
Et quant éy n'ant beta sous lour cournette ,
Y faut de darde couma noutron fo.

Demanda-zo à la grossa Pounotta ,
Y vous dira que vou-éy tout son sirot ;
Vou l'y a de gens que la trovont manchotta ,
Et me je dio qu'éi voide bien lou pot.

XII.

Sur le même.

QUAND je beuvou d'aigua tant si po,
Mon corps suë couma noutron fo ;
   Ma fontana
  La passe de fo ,
Et s'en trove plus sana.

La tizana me gâte lou corp.
L'aigua me bette ô ben do mort,
   Et j'assadou
  Lou vin un po fort
Tréy véy mio qu'un maladou.

XIII.

DEDIN noutron vizinageou
Vou s'ay-a-t-un femeant,
Que s'adort en travaillant ,

Et s'éveille quand faut bère;
Au ne vaut ren au trawoüai,
Et mingeari-autant qu'un chavoüai.

<hr />

XIV.

CHANSON A BOIRE.

J'AI un ne saique-en la fontana,
Que m'empache à prendre repo;
Y m'ant ordouna la tizana,
Ou ben l'aigua de noutron fo;
Iquai remedou me plait gairou,
N'en saut ben un que m'éy plus necessairou;
Tant que trouvaréz de bon vin
Je lessaréz l'aigua par mon medecin.

Ma maregrand me fazit entendre,
Do tion que j'era tant petit,
Que lou babau me vindrit prendre,
Quand je n'orin pas prou mingit;
Y m'apprenit si bien à viore
Qu'en de peu j'ai toujours eu envéz de la siore;
Tant que trouvaréz à mingie
J'oret soin do ventrou davant que do pie.

Quand éy m'envouyave au rivageou,
Y me dizit, cachi lou pot;
Vai vitou, tu saréz bien sageou,
Je te faréz bère un grand cot:
Y tenit si bien sa parola,
Qu'éy m'empliit una gramda gandola;
Qu'en de peu je n'em volou rai,
Que de grande gandlole, ou ben d'écuëllai.

XV.

CHANSON A BOIRE.

SOURTEZ devez chiéz met, si jamais mâl m'avint,
Apouticairou et médecin,
La meillour medecina
Quand o vo prendre bouna mina
Vouéy la cuisina,
Se dit la sieu Cantïna,
Voutrou fiaux de medicamens,
Ne servont ren qu'à tua le gens ;
Ne servont ren qu'à tua le gens ;
Au lieu que le foulietes
Fant de groins couma d'échofetes,
Au lieu que le fouliete, fouliete, fouliete,
Au lieu que le foulietes
Fant de groins couma d'échofetes.

Parque tant de sagnie et tant de lavamens
D'abiorageou et d'enfecimens,
Quauque charchi nicrochi
Que voudri vou véyre en sa cochi,
Baille la tochi,
Et vous bette en sa brochi,
Vou ne véyde que fratrillons
Chargits de fiole et de canons,
Chargits de fiole et de canons ;
Lou maulou et lour tizana
Y peréz ma pora fontana,
Lou maulou et lour tizana, tizana, tizana,
Lou maulou et lour tizana
Y peréz ma pora fontana.

XVI.

Sur les Filles.

LE pores filles
Sont bien dezoulay
Dins toutes le familles
Vou n'y a de troupelay.
Que farant-y si-o n'en vint may ,
Car lengun n'en demande ray.

Autant le gentes
Que le plus éveillie ,
Si-éy n'en pas forci rentes
Sont toujours deléyssie :
Et vou n'y-a que quauque gro niai
Que s'hazarde à pourta lou fai.

Dioméigi-et fêta
Vou le véide passa,
Que presentont requêta
Par se faire amassa :
Dins douéy douzene en un troupay ,
Vou n'y véyria pas un chapay.

Si par rencontrou
S'en présente quaucun ,
Fut-ai pire qu'un monstrou
Y l'y sarront lou pun :
Quand éy soriant de bien patir
Y lou voudriant déja tenir.

Vou-l'y-a de nare
Faites d'una façon
Que maugra pare et mare

14 *

Segont tous lou garçon :
Et de po d'être déléyssie
Vou-éy-t-elles que lou vant charchie.

Si la fortuna
N'adut rai de garçon,
La blonda et la bruna
Prendrant matrua façon ;
Vou ne véyri que de retrats
-Que vou restarant sus lou bras.

XVII.

Sur une Précieuse.

MADOMISELLA,
Vous créide d'être bella,
Sans vou charchie querella
Vous n'o zêtes pas : ·
Hazarda-vous de mouchie la chandella,
Lou quinze-vingt véyrant voutrous appas.

XVIII.

Tout pour le mieux.

Vou fat bon bère de fouilete
Avoüai de gens que sant paye ;
Vou fat bon parla d'amourete,
Avoüai de fille que sont déniézie ;
Vous fat bon peindre dins un cellier,
De groins couma de zechofete.

Vous fat bon préta sa civéyi,
A un hommou qu'a un chavoy ;

Vou fat bon changier de bargéyri,
Quand vou-appréhende se rompre lou coüay;
Et si-o voulez n'avéz jamais d'émoüay,
Faut prendre una peli néiri.

~~~~~~~~~~~~~~~~~~~~~~~~~~~~~~~~~~

XIX.

La Punition.

JEAN PETIT fat sentinella
A la porta do chatay,
Par avez charchi querella
A domizella Chapay.

~~~~~~~~~~~~~~~~~~~~~~~~~~~~~~~~~~

XX.

Sur una disputa entre un Charbonnier et deux Recors.

RONCHARD et saiqu'un charboutier,
    Se vant faire un affaire;
Ronchard lou vo faire payer,
    L'autrou n'en vo ren faire :
Ronchard l'y a sézit son chavoay,
    Vou l'y-a-t-eu gran contesta;
Lou charboutier tint lou liaquoay,
    Lou racords tint la resta.

J'ai remarqua saiqu'un *Pesquier*,
    Qu-êre dins la mélea,
Que l'y fazit véyre un papier,
    En déguénant l'épéa,
La pora baity de frayou
    Dret qu'éy la veu tralure
S'éy lessia cheire entre ellou dou,
    Et n'a pas poüéy s'enfure.

Y l'ant bien cebrelat lour so ;
 Et ant bien préy de pena,
Ma lou chavoüai n'a que lou zo,
 Et counû par l'avena ;
O n'aït ni mingi ni beu,
 Selon son ordinairou ;
Si-o pot passa toujour d'enqueu
 O n'en passara guairou.

Ronchard que veut que lou chavouay
 Valit pas lou devitou,
S'éy chargit lou charbon ô coüay
 Et s'éy sova bien vitou :
Lou charboutier bien étouna,
 A fat leva sa baity,
La fat bère, l'a emmena
 Dolà de Turantaisy.

X X I.

L'Auteur à sa Mère.

MARE, ma mia,
 Si vous veya Versaille ;
 Mâre, ma mia,
Saria touta ravia :
 Voüéy-t-un païs
Plus bai que lou chamin que mene ô paradis ;
 Si-o set êria
 Vous payaria le taille
 Tant que vous vioria.

X X I I.

L'Auteur à sa Sœur.

QUE la *Fluria*
Fasse bien la méchenta.

Que la *Fleuria*
Fasse de l'enragia ;
Quand éy sari
Cent véy pis qu'una lenta, l'y donnou gagni ;
Jour de ma via
Y n'ora fachari
Par de vin ni de via.

~~~~~~~~~~~~~~~~~~~~~~~

X X I I I.

L'Auteur étant à Paris.

HELAS ente-éy-tout Quiorou!
Les fazin bien mous affaire ;
Mon argen se dépense tout,
Et j'oréz pena à l'ai traire ;
Biento n'en toucharéz lou bout,
Et je coumençou à maûtraire.

Lou porou poupon *Hérard*,
Nous va bien douna de pena,
Au l'a lou groin couma un petard,
Et va couma una jalena ;
O craint moins de perdre sou liard,
Qu'au ne craint de trouvâ sa fena.

Lou compare *Chenevier*,
N'a guairou mai de courageou,
Voüéy sur qu'au nous va léissier,
Si-ô l'a un chavoüay de loüageou ;
O ne vo plus s'ai couchier,
O coumence à pleyer bagageou.

~~~~~~~~~~~~~~~~~~~~~~~

XXIV.

L'Auteur à son retour de Paris.

ADIO, grand viala de Paris,
Je m'en voi dins ma soulituda ;

Si je ne veyou mous amis
Je voi merir d'inquietuda,
Ton tintamarrou me fat po,
Laissi me sova, j'amou lou repo.

XXV.

Contre les filles qui, etc.

Que devindrant tou le fille,
Dret que *Sourbec* sera loin ;
Y reprendrant lour guenille,
Et n'orant plus si bai groin.

Tous lous jours de la semana,
Vou ne veu que repintie,
Que se buttont la fontana,
D'abandouna lour métie.

Que nous fodrit de lougette,
Si-o le faut toute lougie !
Par clore tant de poulette,
Vou faudrit lou prat *Bartie.*

XXVI.

Sur l'affaire arrivée à Saint-Chamond.

Messieurs de Saint-Chamon
N'ayez rai de rancuna,
Lessie passa Mâmon
Que va charchie fourtuna ;
Et zon zon zon,
Lizon de la lizetta,
Lizetta la lizon.

XXVII.

IMPROMPTU

*Au sujet du dernier couplet du Noël XV, fait au
sieur CARON.*

Il me vant betta au chin jaunou :
   (Au Lion-d'Or, prison.)
Iqui je saréy sur mon tronou :
Je l'ai voüai **tant** faire de vers
Contra touta la ricandaina,
Que s'ai m'avisont de travers.

Il interpretont en malici,
Ce que j'ai dit avoüai justici,
Parlant de monsieur lou Prevo.
Lou bon Dio sait sous affaires,
Au craignit par l'anou-et lou bo.
    (Qu'il ne les saisît.)

XXVIII.

CHANSON MORALE.

Je ne veux plus songer à ma misère ;
Mon pauvre cœur a du mal à l'excès :
Du bon temps j'en fais mon affaire,
Du chagrin, je tâche à m'en défaire ;
Il vient un temps que l'on en a assez.
Quand l'hiver a glacé nos marais,
Le printemps va reprendre sa place,
Et ramène en nos champs ses attraits :
Mais hélas ! quand l'âge nous glace,
Nos beaux jours ne reviennent jamais.

XXIX.

Sur les Garçons amoureux.

Si-to qu'o véyde-un amouroux
  Qu'a l'amour en la têta,
Vou lou véyde toujours revoux,
  Dioméigi-et jour de fêta ;
Son esprit n'éy jamai content
  Qu'aupres de sa métressa,
Au pot pas dire un *Requiem*
  Quand au l'entend la messa.

Mais si vou-arrive par malheur
  Qu'éy l'y fasse la mina,
Au prend un si grand ma de cœur,
  Qu'au se mette en gésina ;
Son groin, sous yo et mai sa pay,
  Prenont la coulour jauna ;
Vous pourria d'un cot de chapay,
  Lou tuâ couma-una tauna.

Quand un hommou n'a rai d'argent,
  Par bêre se fouillettes,
Au n'a pas po que lou sergent
  Coupant ses aguillettes ;
Mais si vou-arrive par malheur
  Qu'au n'aye rai de crenci,
N'éy-t-ai pas pire qu'un vouleur
  Au pied de la poutenci.

XXX.

A M. FAVRE, Officier, sur son départ pour l'armée.

J'entends déjà le bruit des armes,
Et le tambour qui bat aux champs ;

Je sens renaître les alarmes
Que vous me causez tous les ans ;
Verserai-je toujours des larmes
Au retour de chaque printemps.

L'homme de guerre a sa planette
Comme le bourgeois campagnard,
Quand il est jeune, il est cornette ;
Officier, il fait le mignard ;
Si d'une femme il fait emplette,
Je veux mourir s'il n'est cor. . . . .

XXXI.

Lous T. . . . de le bargéyres.
Sintont la floux d'o boüesson ;
Iquelous de le Fringuères,
Ne sintont pas ren si bon.

Lous habits de le grangères
Sintont la floux d'o jasmin ;
Iquelous de noutres loüéres
Sintont lou goût d'o bouquin.

Le viailles de le bargéretes
Semblont la rosa d'o jardin ;
Iqueles de noutres grizettes
N'ant que la coulou d'o roussin.

XXXII.

Vou l-y-a saiqu'une gouéynes
Dedins noutron quartier,
Qu'en tant. . . . . .
Contra lous officiers.

Il ant appella clussi,
Ma pœra sieu Fleuriat;
Il y fant injustici,
Car y n'a jamais coüat.

XXXIII.

A sept houres vou faut soupa,
Vouéy-t-à que ne me faussou pas.
Quand voüey n'hore,
Vous faut s'enclore,
Quand voüéy n'hore,
Faut se couchier :
Par se leva matin faut savez s'aguichier.

XXXIV.

CHANSON BACHIQUE

ATTRIBUÉE A M. CHAPELON.

Sur l'air : *Je me brûle l'œil au fond d'un puits.*

FAUT leyssier l'amour
Par iqueles pores nares,
Disiant tréy coumares
Que vio l'autrou jour.
Si n'êmous pas gentes,
Sêmont trop contentes,
Dins noutron cambin
Quand l'y tenons de vin :
Et si quauqu'un pialle,
Dessus noutre viaille,
Dirons d'un air gaillard,
Lou vin éy noutron fard.

La *Maria Gamé*
Se mocque de sa vizina,
Que fat tant la fina,
Quand éy l'a dimé :
Lé dins son ménageou,
Se donne courageou,
En veyant sous pots,
Sous flascons et sous brots :
Il prend sa sourmaisi
Quand éy l-éy méy voidi,
La belte sous lou na,
Et l'assut d'entonna.

La *Jeanna Mournand*
Dilun passa tempétavé,
Bramave, appellave
Son homou gourmand ;
Peu lou lun ensiota,
Il prenit sa mota :
Seiqu'un vin nouvai
Li ferit au çarvai ;
Yore sen malici,
Il se rend justici,
Et dén dépeu, *Clament*
N'en beut tranquilament.

L'*Anna Millery*,
Disit à se camarades :
Méynat, tréy razades
A mon favoury.
Au l'ame, au sat plaire,
Au l'éyt à tout faire ;
Enfin voü-éy un gard
Tout gentis et bragard ;
Mon homou que l'ame,
Jamais ne me brame ;
Vouéy lu, *Jacques Gambé*,
Bevons à sa santé.

Par la *Dizimio*
Qu'éy l'appellons *Grand'Grabiella*,
Dit qu'à-tay d'écuella,
Vou se déssie mio:
Que faut être folles,
D'usa de gandoles,
Par véyre la fin
De tréy poutets de vin:
Taut que voudra viore,
N'ora qu'à nous siore,
Et bêre net et franc
Son eurdy passagrand.

La *Liauda gro groin*,
Par lou vin se desespère,
Bien mingie, bien bére,
Veiquiat tout son soin:
Grand-Dio qu-éy-l'éy-t-aisì,
Pres d'una sourmaisi;
S'y-éy n'en pot trezir
Il se mert de plaisir:
Après vingt razade,
La *Liauda* s'assade;
Dedins un bon repas,
La draula se sint pas.

Viquons de repo,
Léyssons bêre noutre fenes,
Il l'ant ben lour penes
Mai de quatrou co:
Si quauqu'unes d'elles
Volont des écuelles,
De pots et de brots,
N'en seyons pas lou sots:
Mais si je me plaignou
Voü-éy ma féy que creignou,
Que lou jus de Bacchus
Ne fasse de coucus.

XXXV.

CHANSON SUR LES ORPHELINS (1).

Sur l'air : *O quel bonheur le ciel nous donne !*
Ou bien : *Je vais te voir, charmante Lise.*

IQUETOU tion n'éy que misèra,
Et sur-tout par lous orphelins,
Ils entront dedins lour galèra,
Quand éy l'ant pardu lours soutins.
Lous faux témoins l'un l'autrou pousse,
Par lour douna toujours lou tort :
Par sa parâ d'iquelle trousse
N'orions pas assez de raccord.

Lous orphelins que ren n'empâre,
Sont toujours remplis de défaut :
Mais ant-il lour pâre et lour mâre,
Le gens se gaisont couma-au faut.
Je voudrint, loin de l'injustici,
Etre inquo dins mon matru cret,
Entre lous bras de ma nurissi,
Tiranchie mon petit tetet.

Ore la bouna foi éy morta,
Ore chacun joye-au plus fin :
Lou tutos bettont à la porta
La veuva-avoüay son orphelin.

---

(1) M. Chapelon, orphelin de père dans son jeune âge, eut
un tuteur qui le fit beaucoup souffrir en lui faisant tort. Il fit
cette espèce de complainte, qui est peut-être son coup d'essai.

Lou bon Dio, bon teno de livrous
Sora ben faire additiona
Lous tütos, et tous lous belitrous
Que ne charchont qu'à nous runa.

Bon Dio! que véyde iquela racy,
Que nous grugeont, qu'emportont tout,
Helas! prenéz en voutra gracy
Lous orphelins, et met sur-tout.
Si n'avons ni pare ni mare,
Dounas-nous quauque bons amis;
Mas faide mio, venéz-nous quarre,
Et betta nous en paradis.

CHANSON XXXVI.

Sur l'air : *A sept heures vous-faut soupa.*

QUAND je creïn être tout sous,
Je me soüaï trouva trop héroux :
    Tréy bargéyres
    Met venons véyre,
    Tréy bargéyres
    Dins mon couffin,
Me sont venuë tionta..... par bère de mon vin.

CHANSON XXXVII.

Sur l'air du noël : *Dio dont bon séy.*

VÉz Chavanay,
N'ant ni clouchier ni cloches (1);

---

(1) Du temps de M. Chapelon, le clocher de la paroisse de
Notre-Dame n'existait pas encore : de sorte que quand il mou-
rait quelqu'un un peu riche, on faisait sonner à Saint-Etienne,
et Notre-Dame avait le profit de l'enterrement.

Véz Chavanay,
Nous causont bien d'émoy :
Ne volou-pas
Lour charchier de nicroches
Ni de tarrabats ;
Mâs ce qu'éi vrai,
Lou clouchier tombe en pieces,
Et lou maneliers mai.

Véz Chavanay,
Si-o mert quauqu'un de marqua ;
Véz Chavanay,
Venont charchier sâvoi :
Y fant souna.
Porou *Raillar* et *Barba* (1)
Jusqu'à s'échina ;
Mâs lou plus bay,
Y gardon lou chiorot
Et nous donnont lou quay.

Véz Chavanay,
Nous ôtont la parola ;
Véz Chavanay,
Nous vant coupa lo coüai ;
Si-o ne vint pas
La petita vérola,
Semmons tous à bas :
Ellous lavoi
Mingeont l'agnai rutit
Et n'avons que la pai.

_____

(1) RAILLAR et BARBE sont les noms de deux cloches de
Saint-Etienne.

TESTAMENT

DE

JACQUES BELLE -- MINE,

CLOCHETEUR - JURÉ

DE

L'ÉGLISE PAROISSIALE DE SAINT - ÉTIENNE.

Du 10 Octobre 1692.

A LA gloiri de Dio par davant lou noutairou ,
Ainsi que do témoins en tau cas necessairou,
Fut present BELLE-MINE ou ben JACQUES LAFOND ,
Qu'éy lou nom qu'au l'a préy dessus le sainte font,
Campanaire jurat de vez la grand Igléisy,
Et que n'a jamai ren pardu par sa peréisy,
Se veyant sus sa fin, ne pouyant plus drugie,
Pressa d'un flux de seng que lou fat délougie,
N'ayant plus que l'esprit que coumence à mautraire
Au vo davant sa mort regla tous sous affaire,
Empachie lou proucèz que sariant intentat
Entra sous héritiers si au n'aït pas testat.
Desirant qu'apres set, si-o ly reste de soure
Chacun n'ayéze un piat afin que lengun ploure
De bouna voulonta et plein de jujament
Au fat, couma sen sio son petit testament.

Or couma bon chrétien et homou de consciency
Au l'a fat sur son corps lou signou de sa crency,
Invouquant d'un grand cœur la Sainti Trinita

Et lou verbou divin que l'aït racheta.
Couma-aussi tous lous saints et mai toutes les saintes
Que l'y-ant préta secours au fort de ses atteintes,
Lou preyant à sa mort de lou pas déléyssie
Et d'obtenir par set un petit carou au cie.
Et voulant que son corps que l'y-a-tant fat la guerra
Seyéize apres sa mort cinq ou séy pieds din terra,
En qu'un endret qu'au set ma qu'au seye benéy.,
Et que sous heretiers l'y veniant quauque véy.
    Au donne à *Marguin* sa roba, sa campana,
A chargi qu'au dirat una véy par semana
Quauque *De Profundis* ou quauqu'autre oreison
Que l'y pouche sarvir ainsi que de réyson,
Comprenant son bounet et se vielles garaudes
Que quand vou fat souley bettont le zebarliaudes.
    Item, donne à l'*Eloy* tréy petits haut-coulets
Que sont un po piassis, ma que sont rigoulets;
Una franda à paliat, et se bounes galoches
Par faire lou lutin en tricoutant le cloches.

    Item, donne un crizio à *Piarre do Bacon*,
Una écuella de pin faiti vez Maufaucon,
Un gand, un éperon, lou fourray d'una-épéa,
Dou manchous, un pété, un petit piat de créa,
Un bodrie, dou linots, et son genti coutai,
Séy riquets, et saint Jean qu'ey dessus lou fournai.

    Item, donne à *Quiorou*, son ancien camarada,
Un plat de vez la prat par faire la salada,
Una civilita, et lou jardin d'amours,
Et lou *Vida-Christi* qu'au leït tous lous jours.
Un plein sachon de creu, un pot de cinq fouliettes,
Séy bulles lou couchon, un paquet d'alumettes;
Un cura-dent d'acier, la têta d'un ratay,
D'herba de la Saint-Jean, lou cadre d'un trablay,
La manely d'un sey, un coutai de tripéri,
Avouai lou baton blanc d'una vieilli sourcéri.

Item, donne à *Rimbert* par don particulier,
Séi zairs de l'opéra qu'éi dévont l'y-envouier,
Un abero d'uzai, douéi calotte assez uses,
Una trapa de rat, d'herba que tue le puzes ;
La jaivi d'un uzai qu'a ben prou de couzins (1),
Avouai tous lous gros mouts que l'y ant dit sous vizins ;
Un mirai de fer-blanc, douéis aunes de simousses,
Et tréy ou quatrou pots de son vin de pialousses,
Lou sac ante-au tenit sa frenizon do pen,
Una matrua bequili, una coupa be bren.

Item, donne un trico au generou *Cambette*,
Par étreillie lou geux que s'ei fant le courbette,
Un pinou de dou liard, un catalan de fer
Et saigu'un livrou vio que parle de l'enfer.
Séi vingt broche de glon, et un rapay de cally,
Quatrou petits grillets, avouai una sounalli.
Plus, una cachimailli-ente au tenit sous liard,
Et l'écuella de bois d'un porou couquillard.

Item, donne à *Martin*, son autrou camarada,
Un chin que commençave à faire la coulada,
Un quiolasson hourru fat de la pai d'un ours,
Et lou genti barbet que lou seguit toujours.
Vn fiolai de saint Liaudon, una granda rejotta,
Lou chapelet ma dit d'una vielli devota.
Un paquet de farons, cinq ou sei piat de tia,
Un-invention de bois par tenir la leitia.
Un bai picaronio, sa pera de hericlou,
Un baton qu'éy curit de la pay d'un vio gisclou.
Una dent de senglar, sa lanterna de bois,
Un petit manuel qu'éy a meytia françois.

Item, donne à l'*André*, un autrou rat d'iglezi,
Un rapai d'ourtoulan fat d'un creu de ciréisi,

---

(1) Le cocu.

Et lou gants qu'au prenit din le grands precissions,
Et d'ongant qu'au fazit par se tua lou mourpions.
Una trena d'ignons, una courla-boutely,
Sa pera de taillans, lou manchou d'un étreilly ;
Sa pipa, de tabac à la valou d'un so,
Una bachassoula touta plena de zo.
Tréy piere de fuzil, una roua de civéiri,
Un-anchi de tounai, avouai una croupéiri.

Item, donne un chiffon à la *Liauda Boussua*,
D'aigua de la font fort, et d'herba de la rua ;
Tréy douzene et dimey de petites chandelles,
Un matru chavelun, et dou bout de dantelles ;
La reliqua d'un saint dont au sat pas lou nom,
Un pinou de ribans, et un petit minon.
Un rouzairou de bois et séis omages peintes,
Onte ó l'y a do dous las de fort gentes complaintes ;
Douéy saque décousuë qu'ant besoin de lava,
Et saiqu'una oreison qu'empache de réva.

Item, donne au dou clercs qu'ant la roba violetta,
A chacun un guillon avouay una sengletta,
Un plein chapai de creu, douéy moüeine, dou petard,
D'épingle et de farrand à mai de dou bon liard ;
Dou petits viroulets, douéi pére de claquettes,
Un genti tambourin avouai le douéi bagettes ;
Douéy blanques de papier, et dou petits coutiaux,
Dou courjous tous noüals par coüéveta lour zaux.
Douéy chantres, dou burlets, par joüier à la chiora,
Saiqu'un manchon pialat qu'ei fat de pai de liora.

Item, donne à chacun de sou zautrou parent
La souma de cinq so par tout finalament.
Lou restou de son bein, en que qu'au consistéyse,
Au vo qu'apres sa mort sa fena n'en jouyéise.
Voulant et entendant qu'o n'y aieise lengun
Que pouchéize troubla sa pora-*Anna Chelun*.
La nouman par son nom par être l'heretéiri

De tout ce qu'o l'y orat dedin sa renardeiri ;
Et voulant par ainsi zo zinventoria,
Afin que qui que set pouche ren enleva,
A chargi de paye tous sou fraix funerairou,
Sou dettou, et lou legats que sariant necessairou;
Preyant et requerant messieurs lou zofficie
De ne ren reglana sus ce qu'au pot leissie.
Or en cas que din l'an sa fena se vouédéise (1),
Au vo que son éfant proufite de se bréise,
Qu'o set son héretier set fille, set garçon,
Et qu'éi det éleva d'una bella façon.
   Finalamen veysiat ce qu'au l'entend qu'éi l'aie,
Et qu'éi l'orat un jour en cas qu'éiquen l'y-échaie,
Savez cinquanta francs chiez de gens d'o fessaut,
Ma que son porou-argent n'aie pas fat lou saut.
De plus, saiqu'unou liard qu'au l'a din una pata,
Son liet et sous habits qu'alavont passa data,
Se jaivie, son zuziaux, se zarche, son buffet,
Vingt biches ou bichons, sen conta lou poutet;
Sa paila, son cassot, avouai sa resouléiri,
Sa grilli, son charbon, son amat, sa saléiri,
Son flascou, son crizio, se zécuelles, son pot,
Et son petit tupin par faire d'archipot,
Se zasiete, son plat, son lingeou, se gandole,
Un chandaléy de bois avouai douéi bachassole,
Sa palla, son crimoi, se pince, un partaret,
Un plein bichon de sa, et tréi zarains souret;
Douéi selle à tréi pecou, dou bens, una mourtaisy,
Una trabla de pin faiti vez Tarantaisy,
Un metier de ribans, un plot de picoutéi,
Sa paira de tailland, l'âtou de qu'au rutéi,
Dou landie de pialéi ente vou l'y-a douéi taches,
Vingte-quatrou matons, de razuns, de mournaches,

----

(1) Fasse un enfant.

Son tounai et son vin, son pot, son oleyer,
Sa poivreiri de bois, avouai son vinéigrier,
Un gro paquet de piat, sa platina de terra,
Et saiqu'un espadron qu'éi bon en tion de guerra,
Dou guia, de si d'épina, et tréy genti paliat,
Un benou, la maluchi, et l'o de la buyat :
Dou lencio de bay plomb, tréi ou quatrou chamise,
Un benéitier d'étein, et sept panousse grize,
Séis éuilles, un ramat, un bounet, dou lassons,
D'aguillette de pai, et de vio zécarçons ;
Sen conta cent veyés dont au perd souvenenci,
Et tout ce que l'ie deu par avez trop fat crency,
CASSANT et REVOUQUANT tout autrou testament,
Voulant qu'équai d'enqueu subsiste absolument,
Vouez par quet l'avons leu davant touta la troupa
Qu'enrageavont tous dret d'alla mingie la soupa.

Fat lou dix d'iquai mei ô quartier dô Mont-d'Or,
Onte éi dion qu'autre vei se trouvet un trésor
Din la chambra qu'ô tint qu'avise la charréiri,
En presenci de gens que n'ant pas l'arma néiri,
Savez, de *Jean Layant*, qu'ei maitre fuzatier,
Prochou de Panassat ique l'ancien quartier,
De *Tienne Baralier*, autre vei violounaire,
De *Francey Mesoncelle*, à present campanaire,
De sire *Liaudou Aimard*, que pense lou bardot,
De *Tourta* lou guarrier, et de sieur *Jean Piassot*,
De *Jean de la Valla*, que va din le famille
Apprendre à la meynat cent gente beatille,
Qu'éi lou sou qu'a signat assez devoutament,
Et lou noutairou aussi qu'a fat lou testament.

————————

OREZON FUNEBRA

DE

JACQUES BELLE-MINE.

JACQUES vint de merir, ůna vielli squeleta
Sur lou fin point do jour l'y a fat la chambaleta,
Au s'en ey en allá par un dignou trepas,
Par nous apprendre à tous qu'o se sio pas à pas,
Ainsi que lou mulets que s'en vant en voyageou
Marchont l'un apres l'autrou aupres do gouvernageou,
Nous nous segons tréitous couma-ey fant bien de véi,
La têta do second toche au quio do parméi.
Si to qu'o mert quauqu'un un autrou prend sa placi,
Quand au se cret bien loin voüéi lou chef de sa raci;
Din qu'un état qu'o set vou faut enfin merir,
Aussi to qu'o pren via vous coummence à périr;
Voüéi-t-un arret do sort, faut que chacun l'ai alle,
Tau que n'y pense pas se trove qu'au l'embale :
Veiquia couma chacun se veut souvent deceu,
JACQUES, hier plein de viat, au n'éi plus aujourd'heu :
Lu qu'ere si content, et qu'aït si bai faire,
Dempeu l'houra et lou jour qu'au fut fat campanaire,
A qui ren n'a manqua, qu'ére fort bien lougit,
Car sa fena ni set n'ayant ren étogit;
Vou n'y aït rai de jour que sa pora campana,
Ne gagnesse lou pen de touta la semana,
Contant lou reveilléz qu'empliant son sachon,
Sen lou vin qu'au bevit de bouchon en bouchon,
Dret qu'o s'ère pardu quauque matrua farbella,
JACQUES prenit dou zo par n'en savez nouvella,

Et la plupart do tion quand lengun ne venit,
.La trouva-êre par set et l'argent qu'au tenit!
Tout bien considera, au l'orit fat fortuna
Sen lou modit tranchant d'iquela palenguna.
Je ne parlaréi-pas de l'aigua do tronfo,
Séi petits pleins poutet l'y vaillant dou bon so;
Iqu'en au bout de l'an fat una grossa souma,
Au l'orit poüéi soura par alla jusqu'à Rouma;
Ma peu qu'au l'éi parti par s'en alla plus loin,
Un autrou que vindra poura prendre iquai soin.
Se jaivie sou zuziaux, et tout son bigageajou,
Adusiant bien de liards din son petit meinageou,
Un merlou, un passerat, una-alieuta, un quinson,
En sourtant de se men sayant bien lour liçon.
Enfin la mort l'a préi à la flour de son ageou,
Si-o ne fusse pas mort, ô viorit davantageou.
Lou chins que lou seguiant mio qu'o sio lou racords,
Plantarant plus le dent dessus son porou corps.

Je voudrin bien savez qui prendra son offiçou,
Qui qu'au set, par ma fei, ô va être novissou,
Vou l'y faudra prou tion par savez lou tran-tran,
Car vou n'éi pas question de faire balanlan,
Faut savez calina, savez siore le porte,
Courdre apres son dina par que lengun l'emporte,
Vouora pena à trouva un paréi équéirio,
Par faire iquai métier n'en faut savez do vio.
Faut cria le confrarie, faut pourta la soutana,
Et si-o n'a pas d'esprit, vou perd la tramontada,
Vou risque bien souvent de bons cots de baton,
Quand vous chante de not et qu'o marche à tâton;
Tienne que l'y-a passa sa ben quant n'en vaut l'auna,
La piere au tour de set bruyant couma-una tauna;
Si-éi n'ayant ren que bru, basta par tout iquen,
Ma vous falli cala, et ne dire inquo ren.
Vou l'y-a de gens que diont, et voüéi d'autre nouvelle,

Que son offiçou chat au parties casuelle ;
Si-équen éi din dou jours vou va être arréta,
Iquen sara ben vrai peu qu'o l'a pas legua.
Quand créide vou qu'o l'y a de gen din la parochi,
Que l'y vant courdre apres si-éi n'ant rai d'anicrochi?
Yquen se sora ben, n'en véirons ben lou bout,
Fat bon viore en repo, et se moucqua do loup.
Sa chargi-en parméi lieu exempte de tutella,
De tailli, de soudar et mai de curatella,
A des agréamens que lengun ne sat pas,
Iquela chargi enfin n'a pas besoin de bats.

Retournons au défunt; vou n'éi pas bouna marqua
Que noutron conducteur aie passa la barqua,
La mort, à ce qu'éi diont, n'entraine pas un sou,
J'apprehendou par met et noutrou vios goutou.
Y l'a préi la méinat et la vielle carcasse,
Nous lou siorons apres couma fant le limasse,
Et si-éi vo sen marcy faire un mondou nouvai
Que passéize par tout la fourchi et lou ratai;
Aussi bien si la fret fat un tour de cuzina,
Lou porou affalien vant nous virie l'échina;
La charéiti do pen, do vin et de la via,
Davant Paque fleuri n'enfouaine la méitia.
Mon Dio! quand finiront tous t-iquelou désastres,
Comma semmou venus, semmou pis que de pastres;
Chacun nous prend lou piat et se moque de nous,
Inquo se faut quézie pire que des hontous.
Esperons qu'o vindra quauque bon tion sur terra,
Et que la mala-mort terminara sa guerra,
Ou ben que lou bon Dio apres la maladi
Nous menara lamou dedin son paradi.
Vou faut se consoula, ne sorin que l'y faire :
Je ne souai que fachit de noutron campanaire;
Requiescant in pace, en qu'un endret qu'au set,
Au l'a préi lou davant, nous farons couma set.

EPITAPHA

DE JACQUES BELLE-MINE.

Ici , sous iquetou parpin ,
Géy lou corps d'un bravou calin ;
Vou n'iora jamais dins la viala
Coumma lu , par sarra l'anguiala ,
Sen travailler son chien de so ,
Au l'amassoit à forci so ,
Par s'épargnie un po de pena
Au fazit trio avouai sa fena :
Ension denpeu mai de vingt ans ,
Ey ne fazit rai des effans :
Vou-éy par iquen que l'*Anna* ploure ;
Qu'éy vo-t-un hommou par l'écoure ;
Tandio *Jacques* dort jolament ,
En attendant l'évènament.

LA CARÉYMA.

Mon Dio ! que lou charna me cause de regret
Dempeu qu'o ne vint plus de vianda vez chiez met ,
Qu'éyne counivons plus dos din noutra bachassola
Et que faut que chacun repatéize par bola ,
Que lou chin et lou chat s'apinchont au fouyer ,
Plus surpréys qu'un larron qu'éy tréina dos archie ,
Que ne faut ren goûta sus pena de la tochi ,
Et se léssie regla par quauque cot de clochi ,
Qu'éy nous dions tous lou jours louma que n'avons fat ,
Et mai prou d'autrou ma ente ó n'a pas pensa.

17 *

Que lou porou galands n'ant que poulati-en têta (1),
Et qu'éi ne sant couma passa lou jour de fêta,
S'y-éy se vant parmena din un jour de bai tion,
Y sopont de vez séi avouai debarrabon.
Que siert-ou de jeûna lou long de la semana,
Mâ-que de s'épuisie lou ventrou-et la fontana,
Vou faut pesa lou pen, de po de trop mingie,
Et ren dourmir de not fauta de matroulie.
Par me je ne saut pas qui se donne la pena
De faire tous lous ans venir la quarantena,
Quand vou n'en vindri gin, nous en passarions ben,
Et n'épargnarions prou de fatigua-et d'argen.
Aussi bien que fat-ou de marluchi bien dura
Pas mai qu'una diméi de vin de chie *Chodura*,
Ou ben si-o zama mai d'iquai de chie *Qualio*
Que n'a jamai, se diont, repita jusqu'ô zio.
Un cartéiron d'hareins, la métia d'una séipi.
Fant ben autant de bein que lou bois d'una créipi,
Iquen din l'estomac l'ai demore tout set,
Et lou rend plus pesant qu'un canon de mousquet.
  Couma fant tout séi george avouai una siméa
Dont la composition surpasse ma penséa,
De tourta, dou zarains, de vinaigrou, un ignon,
Tout iquen fricassit, quie ? n'étou pas bien bon ?
Si je voulin tratta l'Antechrist et sa fena,
Un ragout couma iquen n'en voudrit ben la pena,
Cependent la plupart ne viquont que d'iquen,
Par pouaire mio dina, vou foudrit mai d'argen ;
  D'autrou plus distingua vous fant una farfuza,
Iquenrend, Dio zo sat, gras couma una larmuza,
Avouai de ciboulette et l'hiolou do crizio
Vou mette lou tupin que crêve tout en zio :
Au lieu qu'un bon agnai pese mai qu'una épongi,

_____

(1) Le jeu de *tibi* qu'on jouait autrefois en carême.

Quauque bon alluio, la metia d'una longi,
La pétrena d'un vès, ou quauque bon gigot,
Rendrit mon porou corps aussi guai que Piarrot.
Ique-t-an par malheur vou n'éi rai de salade ;
L'hiver n'a ren léssi que quauque pastounade,
De carotte purie, et de matrue pourrai
Aussi courte qu'un dé, et tout délavai ;
Vou n'ei ren pouéi venir à cause de le glace ;
Vou n'éi gin d'escargots, inquo moins de limace
Vou ne po ren trouva chiez tou lou revendo,
Que de fond de touniaux que fariant ma de co :
Onte ou veide d'hareins pas si long qu'un quart d'auna,
Couma de maquariau qu'ant la livréa jauna.
Aviza la mourua, quand vou merria de fen,
Vouamaria mai cent vé ne mingie que de pen.
Je défio qui que set de passa la semana,
Sen sinti lou lutin ô cro de sa fontana ;
La marluchi éi fuza et put de trenta pas,
Quand vou n'en vo trezi se faut bouchie lou na.
Vouéi vrai qu'o l'y a parméi pro d'autra refardali
Par empachie le gens de mingie de tripali,
Couma sariant lou zieu, lou framageou, lou lat,
Et si-o voulez de plus lou burou, la léitiat.
Incoure tout iquen rune una pora boursa,
Par avala tréy zieux ne faut pas prendre coursa,
Sus tout un jour qu'o jeûne et qu'o travaille un po,
Tréy zieux coutont d'abord séy liard et mai dou so ;
Vou rend pas lou gambey aussi dur qu'una piera,
Dessenturie-vou-impo vous avez fat grand chiera.
Avouay una écuëlla de zorgeou vou de péy
Vou faut dempeu méjour demoura jusqu'au séy.

Le gen vous fant pida par toute le charréyre
A lou véyre marchie vou diria qu'éy vant chéyre,
Y l'an lou groin cretou et si defigurat,
Qu'o diria tantequant qu'éy lous ant detarrat ;

La plus grand part do tion, voüéy causa que je grondou,
Et que portou pidat an-iquai porou mondou ;
Peu me mettou en l'esprit qu'un jour y sarant mio,
Si ellous et mai met semmou vez lou bon Dio :
Nous ne pâtirons plus couma faut pâtir ore
Lou petits et lou grands n'orous tous lou bon viore ,
Que tous sarans contens , que tous se galarans
Et que nous véyrons plus de maigrou tous lous ans.
Qu'au lieu d'un anguialon , n'oront tout à regorgeou
Que lou valets de pied l'ai sarant de sant Georgeou,
Iquai qu'ora pâtit et de feu et de fret,
Ora toujours l'itio et grand chiera-avoüai set.
Voüez ce que me console et me donne espéranci,
Car à moins que d'iquen je quittarin la Franci ,
Je lessarin passa caréima , quatrou tion,
Vijaly , vendrou, sandôu, en me dounant bon tion,
Vou s'en parlari plus din ma pora cellula ,
Ou ben par quauque ren j'obstindrins una bulla ,
Par me décaréyma quand je n'oriu besoin,
Et j'orin soin de met si lengun n'aït soin.

Dempeu quatrou ou cinq jours j'entendou ma fontana
Que reproche à tréitou qu'éy l'y-ant balli l'avana,
Avouai saiqu'una toux qu'excite lou rafet
Que me vat amaigri couma-un harein souret ,
Je dirin ben mon mal , ma lengun ne me pide;
Et vous pire que met je me pensou ben qu'o dide ,
Ne voudria vou pas bien, et par bouna réyzon,
Véyre noutrou Seignou par doüèy zoure en prézon?
Repondre de sa geaula , et véyre un cent de fene ,
Que venont au marchi debita de jalene ;
Iquen, se méy-t-éyvi vou fari cabriola ,
Et vous sarias en jouai si-o zentendia biala
Lou zefans do moutons et de le pore feye ;
Qu'éyrant par le méysons sarvir de fricasseye.

Si j'éra pape un jour, que lou bon Dio m'en gard,

La caréyma sari plus courta do tréy quart
Ou ben je lessarin liberta de conscienci,
Car vou n'y a que lou geux que fazant penitenci ;
Tous messieurs lou richards mingeont de bon brouchet
Que fariant bien de bein à de gens couma met.
Y sont tréy houre à trabla et metton lour pensetta
Plus ronda qu'un peru, je ne dio pas si bletta.
Ma léissons tout iquen et patientons un po,
Quand Pâque arrivarant nous polirons quauque ó.

~~~~~~

DESCRIPTION

De la miserade Santetieve, l'an 1693 et 1694.

GRAND DIO ! qui d'un seul mout avez fat l'univers,
Ne trouva pas mauvai que vous betta en mou vers,
Tout ce qu'o zavéz fat surprend ma counussenci,
Et vous n'avez ren fat sen quauqua consequenci :
Excepta lou pechi, tout ce qu'o zavez fat,
Fat bien véire qu'o sort d'un principou parfat.
  Aujourdheu tout iquen a bien changi de faci,
Vou n'a plus tant d'éclat ni tant de bouna graci ;
Lou cours de le seizons sont toute dérangie,
L'éimou et la réison ne sant plus ou lougie ;
La Justici et la Païs'écondont sur la terra,
Ou se sont ensovai par évita la guerra ;
Tout éi si courrompu, tout éi si déprava,
Que tout ne vaudra ren qu'o ne set releva :
Couma qu'o nous trati, vous êtes si bon jugeou,
Que nous ne craignons plus le zaigues do délugeou :
Vou zo zavez prouméi, vou nous ó tindri ben,
Et si ó nous pardonna nous ne craindrons plus ren.
Vouéi vrai que la vartu ne sat plus ou s'écondre,
Tout lou moudou la fut, lengun l'y vo répondre ;

La malici, aujourdheu, s'éi t-écarta par-tout.
Le gens n'en sont si pleins qu'o n'y veut rai de bout.
 Do tiou qu'o s'ai veït regonfa l'abondanci,
Lou marchand de par-tout aduziant la financi :
Par tous lous cabarets vou veït d'étrangier,
Que veniant acheta, ou ben se déchargier ;
L'argent êre commun, vou s'ai fézit bai véire,
Courratta lou violon par toute le charréire ;
Lou pen, lou vin, la via, tout êre bon marchi,
Vou trouvave de tout tous lou jours de marchi ;
Avouai séi ou set so qu'o payave par têta,
Vouëre de gro zécots, et de grand jours de fêta.
Ores tout éi changi, si-o n'a ren que dina,
Vous ne trove lengun que vous vene souna.
Chaqu'un minge son pen din lou fond de sa saqua,
Chaqu'un court son vizin, chaqu'un se fat la niaqua,
Vouëi chacun sou bon liards qui vo bêre diméi,
Et qui ne paie ren n'a qu'à garda sa séi.
 Vou ne se parle plus de partie de campagni,
Vou ne veut que bâtir de chatiaux en Espagni ;
Eleva de méisons que sont venue de ren,
Et qu'ant eu lou segret de détarra l'argen.
Autrevéi lous ovriers teniant des ourdinairou,
Onte o fézit souvent chiera de Coumissairou ;
Vou n'êre gin de geux, et si-o n'êre quauqu'un,
Au l'êre montra-au dé couma un vrai paleingun.
Lou lucrou n'êre pas inco din son triomphou,
Vou trouvave par-tout toute chose à regonfou ;
Lou négouciant d'adonc êre à la bouna féy,
Vouëre au sourtir d'iqui plus content que lou Réy ;
Tout payave contant, vou n'êre ray de changeou ;
Ma tout éy renversa par un malheur étrangeou.
 Denpeu que lou marchand en préy lou so par franc
Lour modit intéret nous a metta à blanc.
Y se sont enrichi, et ant tant fat de porou,

Que taut que nous a veu nous prendri par de morou.
Lou diablou s'éy mcilat de lour charabarat,
Et n'empacharit pas qu'éy ne fassiant barat.
Au lieu de voutrou liard, y vou baillon-una lettra
Tiria, demanda-zo, sus *Piarre Bota-fréta;*
Vou ben attendre un an, et si-équen vous fat po,
Avoüai milla gros mout, y vous passont de fo :
Y l'an préy saiqu'un train que touta la Sorbounna
Ne detournari pas, tant éy la trovont bounna.
Tou lou jour que Dio fat, voüey de nouviau marchi,
Et si quauqu'un se plaint, y sont lou plus fâchi.
Accouta lou parla, vou lou fat bel entendre,
Y vous dion cent réizons par vous faire comprendre
Qu'éy ne sont pas paït, qu'éy l'attendont lour bein,
Que le chose à présent ant préy un autrou trein;
Qu'o se gagne ren plus, que tout éy on dérouta;
Qu'éy se trovont toujours din quauqua banquarouta;
Et milla autre réizons mesurai par compas,
Qu'éy diont au confesseur, ou ben qu'éy ne diont pas.

Basta par-tout iquen : ce qu'éy plus deplourablou,
Voüéy de véyre un ovrier, un porou miserablou,
Que dit : prenez m'équen, je voüai chéire de fen,
Vou n'y a plus vez chiez met, ni vin, ni via, ni pen;
Baillìe ce qu'o voudri, si faut tout que viquéisa,
Din tout noutron manti n'avons pas una bréisa;
Sêmon bon à meri, lou viore sont si chier,
Que faut creva tout dret à fauta de mingier.
Lou marchand plus cruel que lous lions d'Afriqua,
Dit : faide bon marchi, ou ben sarra boutiqua;
Tenez, véiquiat de fer, prenez n'en la méytiat,
Et nous vous payarons lou reste piat à piat.
Quand vou zori besoin de péy ou de pezette,
De quauque vio tupin, d'un paire de soufflette,
D'une cuërta de piat, de bas ou de chapiau,
Adude de veya, vous ori do plus biau.

Que repondria vou-éiqui? vous perd la tramontana,
Quand vou-a bien travailli, lou long d'una semana
Et qu'o se veut payt d'una tella façon,
Vou-amari mai cent véy sarvi quauque maçon.
Y nous créyons matrus, vou n'éy qu'en apparanci,
Santetieve éy le gens lou meillour de la Franci;
Vou n'y a ren de si franc, ni de si amitou,
Set, qu'éy seyant ailleur, ou qu'éy restiant chiez lou.

Ce que nous a fat tort, voüéy de gen de campagni,
Qu'ant tous creu que n'érions au païs de Coucani;
Y s'ay se sont tous trat à belle troupelay,
Qui d'ici, qui d'iqui, qui deçai, qui de lay.
Din lou coummençament, couma-ou se travaillave,
Tout gagnave sa viat, et tout se vitaillave;
Y serviant de valets, chiez de petits ovrier,
Appreniant à lima, à feri, à fargier :
Dret qu'éy l'ayant un po maneyt la mournache,
Ebourra d'éperons, ou netey le crache ;
Lou veiquit tantequant que vouliant se lougie,
Vou lou falli maria, ou quitta lou quartie ;
Y trouvavont d'abord quauque matrue seurvente,
Que n'ayant que lour quio par lour plus belle rente,
Que parlavons françois, que s'èriant repelie,
Avoüai de soular blanc et toute fontangie ;
Ma-qu'éy lessiant cinq so par paye lou vicairou,
Et lou drets do curat que se négligeons gairou,
Lou véiquiat revendo, ou ben cabaretier,
Lou véiquiat tantequan que peuplont lou quartier :
Que ne chions que d'effans, que trainont la galèra,
Et que fant tous lous ans misèra sus misèra.
Veiquit noutron malbeur, veiquit lou copa-couai
Que nous a enfonça din lou fion jusqu'au couai.

Si vous s'ai aït eu quauque bouna poulici,
Ou par lou moins un brin de ce qu'éy diont justici,
En retranchant l'abus din son commençiment,

Tau que gueuze son pen viori paisiblament.
Failli passa defo tout iquela raquali,
Avouai la buchi au quio couma fant la marmali;
Nou viorions plus content et tout n'éyrit bien mio,
Et vou ne veri pas tant d'enfansa de Dio.
Au lieu qu'aiquai malheur, si malheur vous s'apelle,
S'ay nous a enfenci d'un regiment de pelle;
Car couma ó se fat ren et que tout éy peri,
Vou n'entend plus parla que de putassari.
Y l'an bai se sounie de n'en sarra qu'aucuna,
Voüéy ore devenu de besougni coumuna;
Vou s'en parlave pas, vou l'y-a vingt-cinq ans;
A present la méynat ne sont plus des efans.

Din lou coummenciment si-ey leissian meta l'ordre,
Vou ne véirit pas tant d'abus ni de desordre;
L'hopita n'orit pas tous les efans qu'au l'at,
Et n'orion pas besoin d'avez la charitat.

Quauqu'un me répondra que voüéy iqueta guerra,
Que cause lou malheurs que nous veyons sus terra;
Vou n'éy pas tout iquen, voüéy que Dio éy fachi,
De tant de voulari et de tant de pechi;
De tant d'yvrougnarie, de tant de jeu de bauche,
De tant de tromparie et de tant de débauche.
J'ai veu lou plus biaux jours que veyrez de l'itio,
De belitre jurat, de vilain montraquio,
Avouai de bulle au déi, joueir de bon courageou,
Lou pen de lours effans et tout lour affanageou :
Jurant et tempetant couma des enragit,
Et ne pas s'entrema que tout ne fût mingit.
Se battre à tout moument, deurmir sur la besogni;
Querella lou passans, et toujours charchie rougni,
Chanta milla chansons, plene de vilanie,
Et ne parla de Dio que par lou sacreye.
J'ai veu de pore gens, au tion de l'abondanci,
Que changeavont lour pen en una-autra pitanci;

13 *

Allavont lou trouqua chiez lou cabaretier,
Contra l'argent de pot ou l'argent d'un patier.
Or dide me si-éiquen n'éi pas épouvantablou,
Et si-éi n'en sont punis, n'ei-t-ou pas resounablou?
Si la fen lou tourmente, et si-ei se fat sinti,
Y ne la sintont pas sen quauque repinti.

    Autrevez lou bourgeois souliant se tenir lestou;
Ren de si méinagie et ren de si modestou;
Lou grands et lou petits, sen se pourta guignon,
Se tratavont chacun de pair et compagnon;
Voüéire lou bons amis, rai de préeminanci,
Tout se melave ension sen rai de consequenci;
Tout s'éidave à gagnie sa miserabla via;
Ore voüéi-t-a savez qui s'emporte lou pia :
Qui se supplantara, qui trahira son frare,
Qui dira mille ma, et de pare et de mare,
Qui mourdra son vizin, et qui chicanarat
Sus un carou de ben que l'accoumodarat;
Qui lou surcharat de soudar et de taille,
Et qui l'y-arracharat l'ama avoüai le zentraille.
Tout vo-t-être monsieu, tout vo se distingua,
Tout vo viore content, et tout vo bien fringua;
Lou luxou d'apresent a passa quio sus têta,
Qui s'ai fringue lou mio, a lou mai de requêta :
Vou s'ai se connu plus, et par vous parla net,
Chaqu'un dit à son tour, Dio par tet, Dio par met.

    Lou sort a tout viri, vou s'ai veu de famille
Que pourtavont de piat et de matrue guenille;
Que font chamarrat d'or sur lours habillamens,
Et que ne parlons plus qu'avouai de complimens;
Que gouvernons l'État, et que sant le gazettes,
Mio que je ne sant pas onte sont le planetes;
D'autrou plus entendus portont tout lou saint jour
Una épéa au lavéi qu'éi d'un tres grand secour :
D'autrou que sont bento sourti de vez le farge

Achetons tous lou jours quauque noüvelle charge :
Voüéi tous des officiers, voüéi tous de gens en gai,
Que quittons un vio bas par n'en prendre un plus baï :
Et tout iquen au bout ne sara pas grand chosa,
Y l'ant l'epina au déi, un autrou tint la rosa.
Au jour do jugeament, la chargi et lou bardot,
Risquont d'être passa par lou sort d'un fagot.
Vive d'être content sen tant de tintamara,
Et de mingie son pen couma defunt *Camara :*
Vou se reproche ren à l'houra de la mort,
Qui-ora dret ora dret, qui-ora tort ora tort.

Un autrou abus criant vouéi de véire qu'en Franci
Lou sexou a entrepréi d'épuisie la financi,
Lou vol séi jamais veu de la façon qu'au l'éi,
L'or, la seïa, l'argent s'ai coüivont lou flouréi :
Tous lou jour que Dio fat vou veut quauque barbella,
Que traine sur son corps quauque moda nouvella,
Quauque lampéitar, quauque fringua-tout-sou,
Par baillie din lou zio de quauque fréchurou.
A véire sur lour front lingaina sur lingaina,
Vouéi si bien arrangi qu'o semble una quinquaina;
A bien considera lour têta et lour dou pie,
Vou semble de margots que sont sus un noüie;
Y menaçont lou cie, y tochont pas la terra,
Et se tenont la mo contra l'engin de guerra (1);
Avoüai tant d'affriquets qu'en n'en poyons pourta,
Milla véi plus ournats que noutron grand auta.
Si je saïns lous noms d'iqueles beatilles,
Vou zo zajustarin plus dret qu'un je de quilles;
Ma j'ai de chavio gris, j'ai d'autrou pensamens,
Je laissou tout iquen à quauque joüaines gens,
Aussi bien ce qu'éi dio n'y mettra pas remedou,
Si l'y-ait eu quauque part de bon cœur je la cedou;

---

(1) Se tiennent les mains en flancs.

Je pleignou solamen iquelou qu'en lou soin
Et de frenir lou liard, et d'engreissier lour groin ;
Vou faut pas min savez qu'éiquen fat de desordre ;
Y l'ant bai zo prechie, lengun n'en vo demordre ;
Iquela fringari fat bien faire d'uziaux (1)
Que sont durant la fret cachits sous de mantiaux.

Allons, léissons zo-iqui, seguons noutron vialageou,
Parlons do boulongier, veyons lour bon menageou ;
Apres lou boulongier segons lou revendo,
Et veyous couma-éi fant par s'enrichir sito :
Vou l'y-a de gens que diont qu'éi l'ant qui lous épaule,
Et qu'éi n'avisont ren mâque quauqu'un lou saule ;
Passa, se lour dion-t'y, te que n'as pas passa,
Vend tant que tu pourez je te tindrez lou sac.
Cependent lou public n'en pote la peccada ;
Lou boulongier vint gras, et l'autrou à l'estrapada ;
Si-éi l'augmente lou blat de cinq so par bichet,
Lou mitron tantequant vou prend au trabuchet ;
Au l'augmente son pen de dou bon liards par michi ;
Sen craindre que lengun li venant faire nichi ;
Ne faut pas s'étouna si-ô fat bonna méison,
Peu que jamais leingun li fat rendre réison.
Je laissou lou faux péi, et touta la méclali
Qu'ô mette din lou pen, et le buche de pailli ;
Je parlou pas do blat que s'envoye de fo,
Et qu'éi l'enlevont tout en l'augmentant d'un so,
Dempeu sept ou vet ans s'ai veut-ou de voulailli,
Qu'éi ne séie enlevat par touta la canailli ?
S'éi vint-ou de poulats ni tout ce qu'o voudris,
Qu'o ne séie rafla maugra que vous n'aïs,
Lous agniaux, lous chapons et toutes le danrées,
Nous passont loin do naz de crainti qu'o zo veye :
Dins un cas de besoin voüéi-t-inco bien héroux,

_____

(1) Nicher, faire des petits.

De zo paie doüéi véi chiez quauque caparoux ;
Véiquiat lou biaux effets que s'ai fat la poulici ;
Et faut-ou s'étouna si-o ne veut qu'injustici ?
Un matru cabaret, d'una chargi de vin,
Fat din no vou dix ans de l'hôtou-un échevin.
Tout-iquelou méitie payont rai de pouleta. (1)
Chaque-yeu vous coute un so si-o faide una homeleta ;
Vet so lou pot do vin, et si-o lour plait, tanto
Y l'ou vendrant nio ben plus chier de quauque so.
Vou avez, se diont-y, tant de pen, tant de vianda,
Sen forma de procez faut siore lour demanda ;
Y sont jugeou et partia, l'appel n'y sert de ren,
Et lou meliou secret voüéz de crachier d'argent.

Veiquiat ou sont rendus le gens d'iqueta viala,
Mous drolou-en attendant sant bien faire lour tiala ;
Iquelou tréy méitie sont lou vrai degrésso
Que nous ant encoula la pai contra lou zo.

Noutron plus grand malheur parvint de la fabrique,
Lou travoüai manque-t-ai ? faut sarra le boutique ;
Vou l'y-a tanto dix ans, que voüéi tout à la cra,
Et quinquailli et ribans tout reste sus lou bra :
Leingun n'a rai d'argent, leingun ne fat ren faire,
Pamin vou faut dina, voüéi lou point de l'affaire :
Tout s'éit-anéanti à fauta de veyat,
Lou zovriers malgré lou s'ai chaïont piat à piat.
Din lou coumenciment de la darréri guerra,
Le gens se rejoüïant couma de Dio sus terra ;
Tout creït s'enrichir, chaqu'un êre en support,
Ma lou prouverbou dit qu'o fat nosrageou au port.

Quand un grand dépondu, homou de matrua mina,
S'ai venit, par malheur, semena la famina ;
Vou falit s'obligier ou souffrir le préison,
Etre bien mautrata, avez la garnison ;
Baillie par quinze sol ce que n'en valit trenta,

---

(1) Impôt appelé *la paulette*.

Et quitta lou bai tion par prendre la tourmenta.
Vou n'y a ren que Dio sou que sache ce qu'o n'éi;
Lu sou nous a metta plus sots que de panéi,
Sen iquai galoupin, vous veïri le pistoles,
Que s'ai se couevariant din noutres bachassoles;
Au lieu que par lu sou, qu'a gagni de milions,
Lou tréi quart do zovriers trainont de vio zaillons.
Au diantre et lou rachoux que s'ai nous l'ameneront!
Y sarant repassa couma tous zo zesperont;
Lou bein qu'éi l'ant gagni tant decai que delai,
Semble iquelous habits de piece rappourtai.
Tout iquen au pluto prendra la décadanci;
Ellous, ou lours efans véirant virie la chanci;
Y sarant de chacun avisa de travers,
Et foula sous lous pieds couma qui chôple un ver.

Vou faut tandio pati, et s'arma de patienci
De ce qu'éi rions bien, nous fazons penitenci;
Vou s'ai-at prou de sots que ne manquont pas jour
De lous alla trouva par lour faire la cour;
Tous lou jours vez chiez lou voüéi de grand jour de feta,
Qui lou minge lou mio n'en sort goujeant la teta.

Mais léissons tout iquen; veyons lous uzurie
Que nous égorgeons tous sen nous faire saignie:
Que s'ai siert-ou lou blat, il y fant prendre d'alles,
Y n'en n'apportons gins ou tres po sous le halles,
Et lou tenons si chier, que faut faire un effort
Par poüaire sempachier de l'arpa de la mort;
Voü-éi vrai qu'éi n'ant pas po d'éprouva la famina,
Car y sont trop sougniou d'avez bouna cusina,
La famina qu'éi l'ant voüai d'amassa d'argen,
Et d'avez lou secret qu'o ne lour manque ren;
D'enriehir de méinat que n'en farant gogailli,
Que merirant bento sus quauque cleu de pailli.
Au lieu d'accumula din un tion couma éiqu'on,
Que lou porou s'en vant creva de malla fon,

Si-éi sêriant cotiza, qu'essiant fat una somma ;
Vou s'en sarit parla jusqu'au portes de Rouma,
N'oriont mai do bon tier de gen qu'en délougis,
Qu'oriant fat quauque jour l'hounou de lour païs ;
Mais voüéi-t-un fleau de Dio, ou quauque brigandageou

Noutra viala aujourdheu éi reduta an pillageou ;
Le gens s'éi sont plus durs qu'éiquelou gros caillo
Que servont en marchànt par sota quauque rio.
Jamai la charita n'ayt le men si morte,
Y s'ai laissont meri lou porou par le porte,
Tou lou jour que Dio fat vou s'en veut de nouviaux,
Et si defigurats qu'éi chaïont par lambiaux.
Vou se passe pas jour que noutre douéi igléise,
N'ayant de bon proufit dizivet ou vint préise :
La croüéi d'or ou lou clarcs sont toujour en chamin,
Que n'attendont nio pas lou secour de Marguin ;
Et ce que fat fremir, tant mai vou se n'entarre,
Tant mai vous n'en trouva que diont : venez me quarre.
Durant touta la not, vou n'entend que cria,
Douna m'en po de pen, ne poyou plus piola :
N'en n'avons rai tata de touta la semana,
Ce que n'avons trezi charge par la fontana :
Vous cause un tel effroi que vous transéi lou cœur ;
Vou-apprehende nio ben quauque plus grand malheur.
Le gens sont étouna couma prou de marmailli,
N'ant pas t'eu lour recours à quauque cleu de pailli,
Et bucla par un séi ou par un bai matin,
Tout iquelou voulo que lour fant prendre fin.
Vou-n'y a que Dio tout sou que sache lour misera ;
Et voüei-t-un rudou mâ que de viore à l'espera !

Créiria-vou qu'o n'y-a t-eu, qu'à grands co de coutiaux,
Ant anathomisa de chins et de chavaux ?
Lous ant mingi tous crû, et se sont fat grand fêta
De faire de bouillon do zo et de la têta ?
Autrevéy Pouleniay, malgré lour gueuzari,

Ayant chacun lou muza au pie de lour avi ;
Ore vous n'entend plus jappa la moindra baiti,
Ni lous chins ni lous chats l'ay ant rai de retraiti ;
Lou rats en deserta, vou l'ay n'en trove rais,
Din cinquanta ans d'ici vou se créyra jamais.
Le gens durant l'hyver n'ant que migit de raves,
Et de tupinanbo que puriant par le caves ;
De soupa de razuns, quauque traco de cho,
Et milla vilani qu'éi trouvavont de fo ;
Qu'éy l'allavont charchie jusqu'à vez le furette,
Et se battre lour so par rogier de claquette ;
Le bollie do poulats, do dindous, do levraux,
Eriant par la plupart d'agréablous mourciaux.

Abregeons tout iquen, parlons de noutre fiore,
Que s'ai mettont le gens plus lestous que le liore ;
Jamai vou s'ère veu lou dégat qu'éy l'ant fat,
Vou l'y-a cinq cent méysons qu'éy l'ant préy à prix fat ;
Et vou n'éy pas assu ; si lou bai tion retorne,
Vou n'y-ora mai que d'un que léyssarant lour corne ;
Vou ne veut qu'orphelins, que veuves, que chapiaux
Avoüai de crepous néys, sen conta lou mantiaux.
Dempeu no ou dix mey j'y créy qué la grand clochi,
A bien gagni de liards à la marc parochi ;
Lou pretres d'autra part ant bien fat lour zarais,
Y l'ant veu de lour jour ce qu'éy véyrant jamais ;
Tiranchic tous lous jours ne sai quand de presonne,
De l'y tourna sungie tout mon corps me frisonne :
Lou plus fermou-ayant po ; et met que vous zo dio,
Tramblava bien souvent au plus fort de l'itio ;
Quand je veïns de gens que ne créyant pas chéyre,
Et qu'èriant din séy jours couchits sur les zytéire :
Jugie si j'aïn bien fautezi de dina,
Et si prenin pléisir de lou galoupina ;
Vou n'y aït bien souvent que je considerava,
Avoüai qui je riin, avoüai qui badinava,

Vou me trahit lou zio quand vou falit chanta ;
Et tous lous *Requiem* me faziant que tionta :
Quand quauques étrangiers nous veyant en bezouni ;
Vou lou fazit sova, ou ben faire la trouni ;
Y sai nous preniant tous par d'empestifera,
A vingt lieus à l'entour chacun n'ère embera :
Lengun voulit venir adure de denrée,
Tous lous jours lou bon Dio s'ay fazit se courvée ;
Vou veït tous lous jours, pretres ou capucins,
Confessa de fiorou mai de quaranta cinq ;
Vous entendia le gens par toute le charreire
Disant : un tau éi mort, je lou venou de véire ;
Una tella s'en va, vou n'y a que quatrou jour
Que tréy de sous effans sont partis sen tambour ;
Vou n'y-a incoure dou que vant pleyer bagageou,
La mort din po de tion l'ay a fat de ravageou ;
Un autrou tantequant vou donne par dessert
Que porou Pouleniay devint pis qu'un desert ;
Qu'o l'ai veut plus lengun, qu'éy l'ant sarra boutiqua,
Qu'éy l'ai sont tous ferus de quaqua fievra étiqua ;
Qu'o n'éi bien descendu environ milla corps,
Qu'ant metta noutron cro puyant couma un chat mort :
Et qu'aux autrous quartiers vouéz tout la mema chosa,
Lou Fessant, lou Mont-d'Or, vez lou Gaux, vez l'Enclosa
La Montat, Chavanai, la viala, lou fauxbourg,
Tous lou petits endrets que s'ai sont l'entour.

Si noutrou paregrand, êriant inquo sur terra,
Sariant-y pas surpréy de s'ay véire la guerra,
La pesta, la famina, et que tous lou meytie,
Seyant à si bas prix qu'o ne pot plus drugie ?
Rai d'argen, rai de blat, rai de péy, rai d'avena,
Rai d'hiolou, rai de vin, qu'o n'en vaut pas la pena ;
Dempeu que lou bon Dio créait lou pere *Adam*,
Lengun s'ai aït veu ce qu'o veut iquet-an.
Voüéy un mâl general que sio touta la Francy,

Que la pay pot guari jointi à l'abondancy,
Chacun zo zattend bien, sau pas que n'en sara,
Nous coumençons ben l'an, sat-ou qui l'assura?
Par me je cregnou bien que davant que l'an passe,
Tau que se mord lou déy, et nous fat de menace,
Se véyra tarrassi et virara lou fer,
Par faire una viria lamou, ou vèz l'enfer.
Non pas que ce qu'ey dio seye-una proufétizj,
Plait à Dio qu'o ne set, et vendre ma chamizi;
Mais prenons garda-à nous, et taut que se tint dret,
Pot enqueu ou demo faire lou tracoulet.

✳✳✳✳✳✳✳✳✳✳✳✳✳✳✳✳✳✳✳✳✳✳✳✳✳✳✳✳✳✳✳✳✳✳✳✳✳

REQUÊTA

A Messieurs lous Echevins par pavir lou fessau, et par faire déchargier sa mere de la tailli.

SUPPLIE humblament un porou prébendie,
Ennouy de sa via couma un valet de pie,
Que sutint un proucez, qu'a prou d'affaire en têla,
Et que vous preye bien d'appointa sa requêta;
VOUS REMONTRANT qu'un jour, sur la fin de janvier,
Au laisset vez chiez set par changier de quartier,
A causa que la chambra-oute se gens restavont
Ere tout empachia, qu'éy l'ai débagageavont;
Peu sen lou grand trafic dos allans, dos venans,
Lou bru do charboutiers, la criary dos effans,
Sen essoubla lous airs de quauque Ribandéyre
Que féziant qu'au n'aït aucun mouyen de léyre,
D'écrire, de parla, ni de sarra lou zio,
Qu'o fallit en plein jour alluma lou crizio.
S'étant donc resoulu d'être tout sou de troupa,
Et de faire d'à part son pen sou couma groupa;
Au louyet par tréys ans, auprès de M. Gaud,

Au-dessus d'un batier que demore au Fessaud;
Sen faire reflexion qu'en iquela charréiri,
L'ai y-a de surveillans autant qu'en una féyri,
Qu'appinchont de par-tout le démarche qu'o fat,
Et que fant lou détay de touta voutra viat.

Quauque semane apres au dizit à sa mare,
Que si-éy ne venit pas au l'envouïarit quarre,
Qu'-éy l'y farit pléisir si-ey l'aït la bonta,
D'amena se douéy sieux par faire la veya;
Qu'au payarit par set se taille et son louyageou,
Qu'o n'ère pas genti de faire doux ménageou,
Par quatrou qu'éy l'êriant; et sen tant barguinie,
Foulit qu'éy songessiant à vitou délougie.
Y prétextoit dabord en l'y disant d'attendre,
Qu'éy l'aït dins un méy una reponsa à rendre,
Ou que farin bien mio si-e l'attendin un an,
Et qu'éy n'amave pas charchier tant de cancan.

N'ayant pas réussi dins iquela-entrepréisa,
Au se tire à l'écart et brouget una bréysa;
Et se déterminet, par iquela séizon,
D'entreprendre una pachi avoüai au vio barbon,
Que l'allave tionta par reprendre l'uzanci,
Qu'au l'aït autrevéy dedins sa demouranci :
O s'accorde avouai set, fat un palier maucot,
Avoüai de gens qu'o l'y-a vou fat ben couma ô pot;
Sus tout quand vouéy question d'évita de rafolles,
Et que vous n'ame pas prodigua se parolles.
Véiquia parque, MESSIEURS, je venou vous préïer
Couma preyarin Dio si-o fallit bagagier,
De me faire un pléysir qu'éy de fort po de choza,
Lou bon Dio vous rendrat aussi fréis qu'una roza;
Vouéy de faire pavir lou quartier do Fessaut,
Vou n'y sorit passa sen faire milla saut;
Vou s'ébranle lou corps, vou romp se carreleures,
Lou charréy not et jour l'ai fant de carrioleures,

Voü-éy plein de sabouliats, onte un porou chavoüay,
Se fichari dedins finament jusqu'au coüay.
Vou peréy sous habits, pourtéize-t-ou de bottes,
Et le fene ant prou pena à neteyer le crottes ;
Lou quartier vin dézert, lengun l'ai vo passa,
Ni de not ni de jour crainti de s'étroussa.

Un jour que je sourtin par alla vez l'igléisy,
Couma vou ne vo ren perdre par sa peréisy,
Matine êriant sounai, je voulin dépachie,
Auprés-dô penitents je commençou-à bronchie,
Un lozou m'assupet, je bouquio la charréiry,
Mon chapai se pardit sen una revendéiry,
La blogi m'êre entrat finament jusqu'o zio,
Et bouna verita je semblava un voulo.
J'aillio d'abord changie de lingeou, de soutana,
Et frettio tout mon so me viailles d'una pana,
Marchava d'una chamba on ben à pie coupet.

Douéy ou tréys houre aprés vou passet una fena,
Qu'aït lou ventrou plein aussi gro qu'una bena,
Un chavouai la riquet, et vou l'a fit tomba,
Vou-éy vrai que si-éy chaït éy se sopit leva.
Peu iquel accident n'éy pas lou sou qu'arrive,
Et tous lou jours vou craint quauque chosa de pire ;
Quand quauqu'un se sarant rompu lou poud do couai
Vou ne sara pas tion de dire : je l'ai vouai.
Remedia l'y donc, vou l'y-a de la conscienci,
De véyre que le gens s'ay s'estroupiant à crenci.
Vou ne trouvaria pas lou moindrou fréicharet
Que ne prenne lou soin de pavir davant set.

Iquen n'éy pas lou tout, j'esperou-una-autra graci,
Qu'o faut que vou-accourdi à de gens de ma raci,
Raci n'éy pas bien dit, j'entendou mous parens
Accouta met, sio plait, si-o zettes braves gens,
Par met je n'ai pas po que mon dina me faille,
Vou-éy par ma mare, hélas! que ne vo rai de taille ;

Vou que la counnussez couma si-o l'aïa fat,
Dide m'en bouna féy, pot-y gagnie sa viat?
Y n'a qu'un plein paillat ou dou de marchandizi,
Qu'éy débite en tout tion ô vent ou à la bizi,
De paquets d'alumette et quauquous almanac,
D'épingles, de miriaux que s'en vant piat à piat,
Si-éy vo coudre en sous bas un paire de soulette,
Sou zio n'y fariant ren sen secour de lunette,
Que si-éy prend son fuzet, creide m'en bouna féy;
Y fiale un po plus prin que l'épeissou d'un déy.
Son corps éy tant assut de tion et de viellessa,
Qu'éy n'orit pas besoin d'avéz rai de tristessa,
Y fraint s'endevita, couma un porou bouchie,
Et par payer sa tailli y ne fat que brougie,
Si-éy l'aït mal usa, vou n'oria pas la mailli,
Et notron Réy sa-t-ai qu'éy séyeize à la tailli?
A t'ai jamai conta sus un tau superflus,
Rayéz la donc do rollou et ne la metta plus.
Par quaranta-cinq so qu'éy pot paye de tailles
Lou Réy zo z'attend-t'ai par repara Versailles,
Y l'a prou d'autrou ma sen troubla son repo,
Un rafet de trente-ans tourmente pas tant po.
Si-éy n'achetave pas quauqua diméy-douzena
De coutiaux, de taillands, que l'y baillont prou pena,
Par qu'éy ne vuliant pas, et par zo tenir net,
Vou l'y chéyrit pida, farit-on ben à met,
Y l'a douéy rabatéyre fraiche couma una roza,
Que si-éy se portont bien y ne fant pas grand chosa,
Y qu'en dins la méyzon se nuréy pas de ren,
Quand vou n'en sari gin vou faut trouva d'argen.

D'ailleur dempeu séy méy j'ai un frare à l'arméa
Qu'éy un fier cavalier, et que porte l'épéa,
Que sat-ou qu'au sarat, si-o se trove de cœur,
Et si noutrou seignou lou garde de malheur;
Bento quauque guerrier, bento quauque ramberta,

Enfin que qu'au seyét vous n'y-ora pas grand perta,
Ma qu'o ne vene pas ni bouéytou ni manchot,
Nous ne mettarous pas par lu un plus grand pot.

Voü-éy sus met que tout chat, j'ai un fort gro louïageou
Salamen d'y pensa vous m'abat lou courageou,
Un proucez m'a runa, je souai tout mâre nu,
Mous habits sont si vios qu'éy semblou-un dépondu;
Dret que j'ai quauque so din lou fond de ma saqua,
Je créy que tout l'enfer l'y vint baillie l'attaqua;
Avoüai mou créanciers de po d'avéz de bru,
Je m'empiochou par tout et foüai lou resoulu.
Sio dure guairou mai je voüai gagnie guerita,
Et prendre au parméy jour una roba d'harmita,
Courdre par lou païs, abandonna me gen,
A milla lieues d'ici je viorez plus content.

En darréy lieu, MESSIEURS, de véyre mous affaire,
Vous saris étouna couma je poyou faire,
Et mandari d'abord à voutron coulecteur
De ne la pas tratta couma fariant de Teurc,
Ou ben de la sourtir de voutron protocolou,
Ainsi faisant, MESSIEURS, vous fari ce que volou;
Vou poüaide franchimen me faire iquai pleizir,
Je vous en soréz grat ore et à l'avenir.
Mon cher monsieur RONZIL, sungie je vous en preyou;
Par monsieur BARALLON m'éy-t-évi que lou veyou;
Que dit monsieur DEVILLA, et vous monsieur BLACHON
Obligeons sen délai lou porou Chapelon :
Au va tant preïe dio par le benatruë zames,
Que sous *Libera me* arrêtarant lour larmes;
Et je preïarez Dio par vous devotament,
Qu'au bout de sept vingts ans vous meri saintiment;
Qu'o passi voutron tion en paix et sen tristessa,
Que tous lous habitans vous regrettant sans cessa,
Que voutrous ennemis plourant séy et matin,
Et qu'o pourti long tion la peli d'échevin.

AVIS

*Et Remontrances à MM. lous Échevins, Bourgeois, etc.,
de la villa, par faire un relogeou.*

MESSIEURS, peu qu'aujourd'heu j'ai préi la pluma-
en mo,
Seguéide mon avis. N'avons rai de demo,
N'allons tous à la mort, noutroun'houra s'approche,
La borli éy sen marci que fat toujours de coche;
Noutrou jours sont contats, et passa soixante ans,
Noutra réyson se perd et nous tournons effans;
Lou seng ne builliéy plus din lou fond de la vene,
Et vou fut de cent pas l'approchou de le fene;
Vou s'ennoye de tout, lou chavio venont blancs,
Vou-a pena sen baton de se tenir lous flancs.
Vou ne dort que fort po, vou ne matrollie guêrou;
Lou bériclou dabord sont un mal necessairou;
Vous jale aupres do feu, vous-a pro pena à parla,
Et tout ce que vous dit consiste à rafoula.
Or aviza m-en po si-o néy pas miserablou,
Et si-o trouvaria bon de devenir semblablou?
Ma féy vou-éy-t-un sot mâl qu'équai de venir vio,
La fourtuna nous fut, la misera nous sio.
Noutra sanda s'écond, noutron lustrou se passe,
Lou groin lou plus poulit devint plein de crevasse,
Le dent venont chavays et chayont piat à piat,
Vou n'ame plus le groüés, vou faut puri la viat,
Vou chante en trembloutant, vou ne vit qu'en tristessa,
Enfin voüéy lou rebut de touta la joüénessa.
Parla de qui que set, dret qu'éy diont que vou-éy vio,
Le gens ne daignons pas de l'y jetta lou zio.
Quand vous ne pourtaria qu'un habit de buratta,

Ma qu'o ne set pas vio ó passe l'ecarlatta ;
Quand la moda n'éy plus, fusse-t-ou qu'un fichon,
Y zo laissont puri, ou n'en fant un tourchon.

Chaque chosa-a son tion, temoin noutron relogeou,
Que je grondou souvent de la chambra onte-éy lougeou
Par être venu vio ô l'éy si démonta,
Qu'au regle lou souléy quand vouéy sa voulonta.
Au nous fat couchier tart, au nous troble la têta,
Et nous fat travaillier souvent lou jour de fêta.
Si-o l'avance un pô trop, tou lou porous ovriers
En attendant lou jour s'ennoyont de baillie.
L'euly ne marche plus, au chat couma una bena,
Vou n'y avance ren de l'y prendre prou pena ;
Lou rulun l'a fuzat, le dent se sont rongie,
Enfin tou lou ressorts en prou pena à marchie :
Vou-éy-t-un faire lou faut, faut qu'au se refuzéize,
N'apprehanda vou pas qu'équenqui vou runéize ?
Si-o zama bien lou liet, vouéy voutron interêt,
Et si vous l'ama pas j'ai gagni mon proucez.
Si-o vous leva matin, saqueye quauqua bréyza,
Et si vous couchie tard vou faut faire la téyza ;
Si-o zettes bien chagrin vou acouta toujour
L'houra que ferira en attendant lou jour ;
Vou prenez voutron tion par faire de visite,
Ou par vou mitouna si lou mal ne vous quitte,
Si-o zavéz de procèz ou si-o zette amouroux,
Quand lou relogeou tiert n'êtes vous pas jouyoux ?
Sus tout si vou s'agéy de quauque bon affaire,
Que bailliaria-vou-pas afin de pas mautraire ?
Si-o voulez vouyagier ou courdre en quauque endret,
Quand l'houra ne fiert pas vous enragie tout dret.
Consulta si-o vouléy toute voutre seurventes
Que n'ant ren que lour puns par affana lour rentes,
Una houra bien souvent avance lour veyat,
Una houra bien souvent lour fat faire la viat.

Tant de bons religeux, de saintes religeouses
Devindrant rejonieux et elles rejôniouses,
Si-o se falli leva trenta véy de la not,
Par un cot de martai que se couéytari trot.

   Considera m'en po le filles et le fenes
Qu'una coulour il-ant, couma y trayont lour penes,
Couma éy fant que gemi, couma-éy sont découray,
Quant éy l'ant saiqu'un mal que le rend détraquay ;
Vouéy la comparéyson de touta noutra viala,
Fauta d'etre regla chacun fat ma sa tiala ;
L'honmou ne sat plus quand coummencie son travoüai
Par metta son dina sa fena mert d'émoy.
Or peu que jusqu'ici vous êtes de gens d'ordre,
Alla veyre au clouchier dont vint iquai désordre,
Ne faut pas barguignie, l'y faut betta la mo,
Dins un cas couma-éiquai n'attendez pas demo.

   Dempeu set ou vet méy, nous viquons tous en baiti,
Tanto nous migeons tard, tanto à la supaiti ;
Noutrous affaire vant, par ne pas vous fachie,
Couma vat la giletta au-dessus do clouchie.

   Que chacun do bourgeois donne dou so par têta,
Je me chargeou aujourd'heu de n'en faire la quêta ;
N'otarons noutron vio, n'en faront faire un bon,
Que s'entendra de loin couma un cot de canon.

   Je me souventou ben que lou peres Minimes,
Preniront saiqu'un jour lou vizins et vizines,
Par rabillier lou lour que tombave en défaut,
Et trouvèront de liards dix véy maï qu'o n'en faut.
De ce que n'en restet, n'en déplaise aux bous Pere,
Lou notrou se farit et l'iorit de que bêre.
Véiquia couma le gens se trompont quauque vey,
Et veiquia couma ó n'y a que s'engressont lou déy.

~~~~~~

REQUÊTA

A messieurs lous Échevins, par faire una crouéy au baiméy do Prat-de-la-Féyri. 1688.

MESSIEURS, peu qu'aujourd'heu la fantezi m'a préy
De dire una saï quet que vous rendra surpréy,
Vous ori la bonta de siore ma penséa
Quand vous ori brongi ce que j'ai din l'idéa,
Couma-o zavez l'hounou en recommendation,
J'esperou de trouva quauque satisfaction;
Et que vou-approuvari ce que vous volou dire :
Je dio qu'o zo fari, me faide pas dedire.
N'avons din lou païs lou plus richou trésor
Que se poche trouva d'ici vers lou Mogor;
Voü-éy-t-una rareta que n'a rai de parély,
Si je mentou d'un mot ronie me bien l'ourely ;
Voü-éy-t-un bonheur par nous, et que lou Grand-Loüis
Se tindrit glorieux de véire din Paris.
J'ai veu de raretai din la villa de Rouma
Qu'ayant couta d'argent, que sa-t-ou qu'una souma,
Tout iquen ne vaut pas ce que vous montraréy,
Garda me lou segret, je vous l'ai menaréy.
Metta vou din l'esprit lou Coulosse de Rhodes,
Iquai que l'aït fat n'entendit pas le modes,
Un matru tremblament a tarni son renon,
Et si-o s'en parle inco vou n'éy ren que de nom.
Passas et repassas vez les autre merveille,
Quand je pensou-à la mia mon éymou se reveille;
Je volou dins un an que tous lous curioux,
S'ey venant pas pléisir et quittant vez chiez lou :
Que courant vez Paris, que seguant les histoire,
Que veyant si-o vouléz la placi de Victoire,

Que s'infourmant par tout de ce qu'o.l'y a de bai,
Quand n'oront lou chiorot y n'orant que lou quai.

Denpeu que noutron Réy a detrut l'heresie
Sous sujets de par tout l'i dressont d'effigie ;
Dret que n'oront sarvi lou Réy de tous lous Réys,
Au lieu d'una statua l'y on faront bâtir douéy.

N'avans de biaux rouchiers et de fort bella tailli (1),
Vou ne nous manque ren que quauqua pora mailli ;
N'avons à forci ovrier, mai vou faudri quauqu'un
Que s'esse lou parméy à desarra lou pun.

Véiquia parque, MESSIEURS, sen autra repugnanci,
Trouva quauque mouyen par avez de financi ;
Si-o zavéz jamai fat una charmanta-action,
Vou sarat, si Dio plait, en iquet-occasion.
Si vous la négligie, tout nous fara la guerra
Et nous sarons blâma jusqu'au bout de la terra ;
Vou faut tous sacqueyc et ne plus s'amusa,
Véiciat lou bel endret par nous éternisa.
Vou s'éy parla de nous par un semblablou affaire ;
Peu que vou-ère tres bien, vou faut inco mio faire ;
Enfin sen rafoula vous avez ben compréy
Que tout mon entretin roule sus una crouéy.
Que la notra éy brizia, qu'êre una autra marvelly,
Lou cie fat qu'aujourd'heu nous trouvons sa parelly,
Et qu'orat bien de plus dizivet ou vingt pie,
Sus un paréy baton vou poura s'appoüie.
Tous lou pins de faro n'orant pas meillour mina,
Calvin enragearat et touta sa varmina.
Lou porou mau-maria l'ai sérant adressie,
Avouai lour fene au couai par s'en débarrassie.
Sungie-l'y tout de bon, proufita de la piera,
Vaut mio plus ma dina, et faire matrua chiera,

---

(1) Dans une carrière ouverte autrefois proche de *la Terrasse*.

Faisons parla de nous vez tous lous étrangier,
Vou ne runara pas lou porou ménagier.
Tout n'en sara content, tout n'en sara bien aisou;
Do plaisir que je n'ai m'éy-t-évy que la baisou.
Iquela sainti crouéy fara noutron bonheur,
Et gara par iquai que cosari malheur.
Quand lou tambour do cie brura sus noutra têta,
Nous l'éyrons conjura d'élougnie la tempêta,
D'amena lou bai tion, de chassier lou matru,
Et de nou dire adio sen rai faire de bru.

Créyde met, si-o voulez, vous faut pressa l'affaire,
Tandio que la séyzon nous invite à zo faire,
Vous diry qu'éque-t-an éy noutron sieclou d'or,
De nous voulez léissier un si richou trésor :
Proufita-n'en, si-o plait, la rencontra éy bien bella,
Autrament lou bon Dio nous charchara querella ;
Au nous a prou tâta, vouéy tion de viore en pai,
Au nous l'offre à present, que demandons-nous mai!
Si-o venit quauque crouéy qu'affligesse la Franci,
Nous nous repintirions de noutra négligeanci,
Je sau ben que chacun à prou crouéy vez chie set,
Je n'ai ben eu ma part et d'autrou couma met.
J'aide voutrous efforts par faire iquela tailli,
Et peu ne cregnons-ren que quauque crouéy de palli.
En cavar que n'aillons trouvarons des amis,
Et n'orons l'*audivi* sur noutrous ennemis.
Vou ne tindra qu'à nous d'entamena la chosa
Avoüai quauque loui d'or aussi fréy qu'una rosa.

Que si monsieur *Frotton* s'azarde à coummencie,
Au trouvara de gens tous prêts à l'appoüie.
Dret qu'o pot faire un bien vou lou faut entreprendre,
Ce qu'o fari par Dio, Dio vous ó sora rendre :
Tout lou mondou sat ben qu'o zettes generoux,
Par una bonna véy faide-vou-iquel-hounoux.
Monsieur *Vincent* vindra qu'adura la farnéyri,

Par la faire tréina jusqu'au prat de la féyri :
Je répondou par set, je saut ce qu'au l'a dit,
Suffit que de sa via au s'éy jamais dédit.
Que si monsieur *Toulon* n'aït pas tant de racy ;
Au l'a farit tréyna jusqu'à dessus sa placy ;
Vouéy lu que n'a parla tout lou fin bai parméy,
Et par ballie d'iquen sara pas lou darréy ;
Quand monsieur *de la Vüat* véira que tout s'empresse,
Je saut par assurat qu'au farat se largesse ;
Au l'a autant de cœur que l'épéya do Réy
Et bettara nio ben la men au grand panéy.

N'avons tant de bourgeois et qu'ant si bona pely,
Dites, se voudriant-y faire tirie l'ourely ?
Et quand nous ne siorons que messieurs lou courvats(1),
Ne courrons pas plus loin noutrou liards sont trouvats.
Y n'ant rai de méynats, ni de petita racy,
N'éy-t-ou pas de réyson qu'éy mettant à lour placy,
Iquai qu'a tout douna en nous disant adio,
Et lou faire heretier d'un bein qu'éy déja sio ?
Y zo laissont souvent à de modita engeanci,
Que s'étaugeont lour pen ou que n'en fant bonbanci :
Ne voudrit-ou pas mio pourta lour chandaléy,
De po de barreula lou long do zéchaléy.
Outra que vous s'ai-y-a nombrou de boune fene
Que nous empacharant de pleindre uoutre pene,
Qu'ant de so tous mezit, que n'ant pas veu lou jour,
Dempeu que l'amiray s'ai fazit son séjour.

Enfin vou sarit bien de fort mauvaisi graci,
Que messieurs lou milords que demoront en placi,
Ayant tout lou pléysir et se fessiant preïer
De baillie quauque écus mai qu'un petit ovrier.
Vou-m'éy-t-éyvi deja que veyou le pistoles,

_____

(1) *Courvats.* On donnait ce nom aux gens mariés qui n'avaient point d'enfans.

Que se vànt paleyer à plenes hachassoles ;
Vou n'y-a rai de gourrin, tant gourrin seyet-ai,
Que ne prête sa men si-ô n'a rai de métai (1).
Par met je baillarez tous lous vers de ma têta,
J'envoyarez par tout la copia de la fèta,
Et que si-o faut d'argen, je souai pas si dépiat
Que n'en dounéyza ben par dire n'en véiquiat.

A MESSIEURS

LOU RATTEURS DE LA CHARITA,

O sujet de la piera de la Croüéy (2).

Au DIANTRE voutra charita,
Que tant vou l'ai ête ententa
Par nous reviric noutre saques
Si-équen ne prend pas quauque fin
Vou faudra tous courdre à Saint Jaques
Ou prendre quauqu'autrou chamin.

Apres nous avéy sampelit
Et nous avéy tous dépoulit
Couma de porou miserablou ;
Sus un mouçai de parchemin,
Par un segret tout admirablou,
Vous meta d'aigua en noutron vin. (3)

---

(1) Métal, argent.

(2) Cette pierre, qui avait 58 pieds de longueur, ne pouvait pas être conduite jusqu'au milieu de la place, sans des inconvéniens qu'on exagéra beaucoup. MM. les Administrateurs de la Charité l'employèrent à la construction du grand escalier de la maison.

(3) La Charité perçoit un droit sur le vin qui entre dans la ville.

Tau que vous a donna son liet,
Ey bento pis que lou mourliet,
Couchi din lou fion et l'ourdura;
Et tau que vous a prou balit,
Eyra quarre, en pora figura,
La bréyze de ce qu'au laït.

Je vou donnou ren que dix francs (1);
Que vous donnarez pas cent ans,
Plais-t-à Dio zo pouessa-jou faire;
Mais si vous me faide escrima,
Je vouai brama couma un pataire
Et vous dire à dix francs de ma.

Y m'ant dit, et je souai tionta
Dempeu qu'éy m'o zant raconta,
Qu'o voulia dins una assembléa
Par lou conséy de cinq ou séy,
Redure couma de poutea (2)
La grand piera de noutra crouéy.

Je sau que monsieur lou cura,
Qu'éy en éymou maître-jura,
N'approuvara pas tella chosa,
Et si-o zette bien consulta,
Vou gardari, couma una rosa,
Iquai caillo de qualita.

Si-o zêria parens de Calvin,
Je bettrin d'aigua din mon vin,
Et ne voudrin pas vou reprendre;
Mais par de gens bien aviza

---

(1) Anciennement chaque prêtre donnait dix livres par an à la Charité.

(2) Mettre en petits morceaux.

Osaria-vous bien vous en prendre
Contra iquai que l'a épousa.

Je gageou que d'empeu milla-ans,
Tous noutrous Réys de paregrans,
N'ant rai veu de semblabla piera;
Par quet voudria vou l'épecier?
Vou payara la falanchiera,
D'una-action que s'en prend ô cie.

A l'apétit de séy cent so (1),
Voulez-vous que lou pavisso
Allant quarre de se relique?
Créide met, peu que vous ó dio,
Sachie que lou bon Dio se pique
Quand vou s'en prend à ce qu'éy sio.

Dide me, si lou Réy saït
Qu'éyquai caillo fusse brizit,
Meritaria-vou recompensa?
Au vou prendrit, en bon françois,
Par de gens d'o cartier de Tença,
Ou par de restes d'Albigeois.

Lu que prènd lintérêt de Dío,
Avouai mai de feu que lou sio,
Et que se plait à le merveille;
Si-ô sat iquela rareta,
Voudria-vou, par voutre zoureille,
Que quauqu'un l'essiant chapouta?

Lou Messieurs que l'ant acheta,
N'ayant pas din la voulonta,
De n'en vouléz faire de bréyze;

---

(1) Cela veut dire que les *Pavisseurs* achetèrent les menus morceaux de cette longue pierre, au prix de trente livres, pour payer la rue des Fossés.

Léyssie l'y passa lou printion ;
Je gageou qu'o faut qu'au sourtéyze ;
Maugra la misera do tion.

Si nous pouyons avez la paï,
Je vous déchargeou d'iquai sai,
Vou ne faut qu'un po de patienci :
Je saut de gens qu'ant de support,
Et que ne prendrant pas à crenci
Quand vou foudri faire un effort.

Jc sau de gens, en bonna féy,
Qu'ant dessein de zo dire au Réy,
Et que s'en fant ni-o ben grand fêta ;
Dins una affaire couma éyquen
Vou ne faut pas siore sa têta,
Quauque véy vou se trompe ben.

Prenez garda à ce qu'o fari ;
Bento vous vous repintiri,
Si-o faide una pareli chosa ;
Leissie tout iquai mic mac
Et ne coupa pas noutra losa
Si-o creignez lou mal d'estoumac.

Si la grêla gâte lou blas,
Si lou darbon minge lou pras,
Si vou-arrive quauque famina,
Noutron Seignou qu'ame sa crouéy,
Vou va betta si pora mina,
Qu'o vindri sec couma de nouéy.

Enfin si-o la vouléz brisie,
Je ne pourréz pas m'empachie
De vous fichie dius me pancartes,
Messieurs, sungie l'y couma ô faut ;
Car si-o tourna brouillie le cartes
Vous passari par d'hinguenau.

21 *

Vou trouvari prou dépondus,
Par mingie voutrou revenus,
Et par augmenta voutra cochi,
Voulez-vous par de marmiolon
Leissiè mettre en pieci una rochi
Qu'a cinquante-vet pied de long?

~~~~~~~~~~~~~~~~~~~~~~~~~~~~~~~~~

REQUÊTA

AUX RATTEURS DE LA CHARITA,

Par se faire déchargie de sa taxa de dix francs.

Tres humblamen requêta vous presente,
Un que n'a pas dou milla francs de rente,
Si salamen cent écus ô l'aït
De fort bon cœur au s'en contentarit :
Vous remontrant qu'au fit una soutizi
Que l'y-a ronit lou quart de sa chamizi.
Un certain jour qu'éy l'ayant entéyta
De proucura par voutra charita ;
Couma-ô veït que chacun vous dounave,
Et qu'au creït que ren ne l'y manquave,
Au s'hazardet de proumettre dix frans
Qu'au payarit una véy tous lous ans ;
Mai d'endéipeu vou l'y-a ben-t-eu d'affaire,
Tau qu'ère dret a prou pena-à l'ai traire ;
Tau que soulit faire de l'entendu,
N'a rai de pen et va tout dépondu ;
Tau que soulit faire de bonne pache,
Couche souvent sus lou liet de la vache ;
Et tau qu'aït de que s'évitallie,
Se bette au liet bien souvent sen migie.
Mardia véiquiat lou train d'iquetou mondou

Excusa me, sio-plait, si je vous grondou;
Et rendez met ce que vous proumettio,
Demanda ren que ne seyéze mio.
Je venou vio, mou revenus décalont,
Quand jai dou liards tantequant y défialont,
Soüai endeta couma-un porou bouchier,
Lou pen, lou vin, la via, tout éy si chier;
Soüai dépondu et je perdou patienci
De ne trouva lengun que fasse crenci :
D'empeu l'arrêt de monsieur *Bouqueton*
Trouvarin pas la méytia d'un teston.
Or si faut-ou qu'un prêtre repatéyse
Quand vou-a chanta voü-éy justou qu'ô dinéyse;
Me faussou pas, fasse-t'ou chaud ou fret :
Ma quand j'ai fen n'en tirou bien mou dret.

D'empeu quinzi-ans, foi d'houneta presonna,
J'ai bien nûrit la grossa Chapelonna,
Ren l'y-a manqua, tant que j'ai eu de quet,
Jusqu'à la mort que l'y-a fat son paquet.
J'êra charma d'entendre se rafoles,
Et si-éy-n-aït, je n'ai rai veu de fun,
Car j'ai charchi jusqu'en son chavelun :
L'ai entarra, j'ai fat souna le cloche,
Et graci-a dio si quaucun me reproche
Que n'ai pas fat tout ce que j'orin pouéy,
Voüéi-t-assurat un témoin de l'agouéy.
J'aïn d'argen, ma ô l'a ben préy d'alle,
Si-o n'éy pas vrai que lou bon Dio m'enballe.
Noutron méytier vint de chéire au fouyer,
Le pores gens volont plus ren payer.
Faut dix écus par payer mon loüageou,
Peu faut de pen, de vin, de companageou,
D'habits, de sal, de lingeou, de savon,
De bas, d'eurdits, d'ouliva, de charbon,
Et sen conta cent autre beatilles,

Que faut toujours dedin chaque familles ;
Me faut nûrir ma pora sieu Fluria,
Qu'a soin de met et qu'appraite ma via ;
Mon autra sieu, et ma petita nieci,
S'en vant jamai sen empourta la pieci :
Supputa donc, si-o savez bien compta,
Si j'ai mouyen de zo tout contenta ?

D'accord, vou-éi vrai que vous dounnio parola
De vous baillie tous lous ans ma pistola,
L'ai ben prouméi, mais n'êra pas devin,
Par devina l'impo qu'éi sus lou vin.
Si j'essa seu tout iquai tintamarra,
Je vous orin prouméi de co de barra ;
Vous avez ben prou de ce qu'éi-t-amassa,
Ne prenez pas douéi modure en un sac.
Apres ma mort, je faréi me largesses,
Voul'y-a long tion que me runou-en proumesses,
Et si j'aïn tout ce que j'ai prouméi,
Vou payarin tout ore par ma fei.
Par una véi que manquou de parola,
Vou n'y-a-pas-iqui de faire una rafola.
Leissie m'éita, me faide gin de frais,
Un jour vou-ori la souma et l'interet.
Par lou present, à moins que déroubéyza,
Ne pourrin pas vou bailler una bréyza,
Voudria vous bien que j'allessa voula ?
Vou voudria donc me véyre pendoula ?
Par me, je créy, qu'o zettes résounablou,
Car vou-êtes tous de gens fort charitablou,
Et Dio nous dit que la vrai charitat
Des coummencie par iquai que la fat.

Dide m'en po, oria vou lou courageou
De m'envouyer de villageou en villageou,
Lou sac ô coïay, una écuella de bois ?
Par demanda l'ômona en mon patois ?

Par engréissier de petita marmaly,
Tandio que *Jean* coucharit sus la pally ?
Vou l'y-a long tion que je fio lou méytier,
Je soüai trop vio par lou recoummencier.
Si-o me veya faire quauque estoucada,
Je risquarin d'avez la bastounada.
Lou parméy cot que vous tindri buray,
Avisa bien me réysons en détay :
Effacie me de voutron protocolou,
Ainsi faisant vou fari ce qu'éy volou.

    Finissiez donc, sungie de bon dequet
A me baillie promptamen mon paquet,
Me parla plus de desarra la boursa,
Car avoüai-met vou n'y a plus de ressoursa ;
Je preyarez par la pousterita
D'iquelou sou que m'orant acquouta,
Demandarez que Dio lou proutegéise,
Et que jamai ren que set lour manquéise.
Mon oréyson, si Dio vo l'accouta,
Lous autrou-orant un genti pan de na.

    N'opposa pas que noutrou societairou,
Se trouvariant d'un avis bien contrairou,
Et qu'ellou sous ant lou dret de jugier
Si payarez ou si me faut rayer :
Que Dio me gard de chéyre en lour fialochi,
Y l'ant chacun differenta cabochi,
Et si-o fallit siore lour sentiment,
Vou finirit lou jour do jugeament.
Je sau fort bien sen que séya prouphête
Qu'éy l'ant d'avis autant qu'éy l'ant de tête,
Et léissie lou disputa par ension
Ou si-o plorat ou si-o fara bai tion.
Iquen à part y sont tous de bons prêtre ;
Ma j'orin po qu'éy me passassiant maitre,
Par de réysons que dirai quauque jour,

Et peu d'ailleur, vou n'y va ren do lour.

Apres iquen, si-o n'ai rai de justici,
Je changearez ma requeta en malici;
Tous lous matins, quand je me levarez,
J'érez charchier onte gourniflarez,
Vou n'ori ren qu'a sarra voutre porte,
Vous ó véyri, ou lou bon Dio m'enporte;
J'érez soupas onte j'oréz dina,
Et m'en éyrez qu'apres être engrana.

Vou n'éy pas tout, si-o zuza de contrainti,
Lou senechal accoutara ma plainti;
Vouéz de Messieurs que sont trop écléyri,
Par me léissier tout à voutra marci.
Din quatrou jours *Bidon* (1) vous sora dire,
Si Chapelon n'éy pas on maitre sire.

Au pis alla si vous me faut payer,
Soüai résoulu de vous tous décuchier,
Nous joüarons au jeu de pique-nique
Et vous véyri un bai panegerique :
J'ai vez chiez met un ne sai que de bai,
Qu'éy-t-un ecrit do benatru Grabiai,
Que dit le tare et tous lou malancontrou,
De prou de gens que s'éy-ant ma de ventrou;
J'adouciréz tout ce que je pourréy,
Et craindrez pas de n'en être repréy.

Je savou ben qu'o n'y-a dins voutra troupa,
Qu'ant granda joüai de m'écuma ma soupa,
Ils ne sant pas tout ce que je savons,
Ils sant pas nio qu'éy n'ant rai de réyson.
Din dou cents ans si-o reste de lour'raci,
Ils entendrant, parméy la populaci,
Ce qu'orant fat lour Réy de paregrant,
Et zo chanta par lou caramentrant.

---

(1) Recors.

Si vous m'ama, épargnie me la pena
De vous gala par lous vers de ma vena,
Quatrou couplets d'una matrua chanson,
Decuchariant touta voutra réyson.
M'exposa pas à faire una fallita,
J'ai eu dix ans fantezi d'etre harmita,
Iquel envéy me pourit ben tourna,
Et par dix francs me faria-vous danna?
Ou voudria vou que prenessa la pena,
Lou long do jour, de dizena en dizena,
D'alla rullie, couma frare *Topin*,
Tout ce que cot dedin voutron tupin?

    Adio, Messieurs, faide si bien le choses,
Qu'o n'aguis pas d'épines par de roses :
Ayons la pay, et siventa vou bien
Que d'aujourdheu je vous devou plus ren.

CONCLUSION

D'una thesa à Noutre-Dama-de-Graci.

Voutre fortes réysons m'en tout étavany;
Tiriez l'argent do jeu je vous donnou gagny :
De me prendre avoüai vous, ma pora renoumea
S'en éyrit tantequant couma un pot de fumea;
Je n'ai jamai ren seu, et lou po que je sau,
Si m'en volou servir, vou-éy tout plein de defaut.
l'ar mon porou latin au l'a préy la campagni,
Et segut lou chamin d'o pays de Coucagni.
Ozarin-jou parla, ni faire un argument,
Dret que veyou gougie tant de zabiles gent?
Un regent très-expert, de peres tous capablou,
Ne fariant-y pas sua un porou miserablou,

Sur tout de gens que sant et *Pater* et *Credo*,
Et que me ruliont tous couma un chin rulie un ô?
Sen monsieur lou cura qu'apoye mon courageou,
Vou me prendria deja lou feu sus mon visageou;
Je me sarin sova, j'orin préy lou chamin
Que condut au pays onte-o l'y-a de bon vin.

    Créyde fidellament qu'o zavez fat miraclou,
Car vous s'ai parla' tous couma de vrais oraclou,
Mais vous me surprend pas, iquen éy de tout tion,
Lou dio do bons esprits s'éy-ye fort de méyson.
Le Muses de tout tion s'ay fant lour demouranci,
Vouéy-t-ici lou sejour de la bella élouquenci;
Et vous que s'ay resta, devindris si savant,
Que lengun n'osarat vous prendre par davant.

    Lou choix qu'ô zavez fat n'éy pas un choix de borde,
Qui l'entamenary craignou pas qu'au lou morde.
Sen la découreyson que vous l'a enleva,
Voutrou déclamateurs êriant bien étouna.
Vou l'a fallu moulie, desarra sa cazaqua,
Sourtir l'*aigua* d'*Hongri* que j'aïnt din ma saqua,
Lou couchier sus un liet et lou léissie bien chaud,
Faire tout à lizi si vous voulez dandau.
Mas leisson tout iquen, parlons de sa cabochi,
Au ne bouge pas mai que si vouêre una rochi,
Au sat tous lou sentiers que vant au bai chamin,
Vouéy un hommou que sat et lou fêblou et lou fin.
Un esprit transcendant et de granda conduta,
De qui chaque parola-éy parfaiti et bien justa;
Que fat tout selon Dio, et qu'éy si vartuoux,
Qu'au vaut quinze curats, par ne pas dire doux.
Vou veut par lous emplois qu'au l'a dins noutra viala,
Que si-o manque un moument, adio la meillou piala,
Lou porou et l'ourphelin meririant tous de fen,
De vrai je parlarin de set jusqu'à demen.

    Voüéy bien tion de finir et la thêsa et la classi,

Et je vous sau bon grat de m'avez fat la graci;
De s'ai m'avez menat, et tant de braves gens,
Non pas par vous servir, mais à voutrous dépens;
Car sen voutron secours touta mon élouquenci
Demourave enfourna din lou fond de ma panci;
J'aïnt lou corps sarrat, et j'era bien surpréy;
Chacun, excepta met, a bien fat son devéy.
Vou s'éy dit parméy vous le plus charmantes choses,
Si bien qu'o mère évy que je sintins de roses;
Chaque mout surament valit bien l'acoutâ,
Et tant que je viorez je m'en voüai souventâ.

AUTRA CONCLUSION D'UNA THESA.

MESSIEURS, lou darréy cot que j'aquio l'avantageou
De sarra voutra thêsa-en mon matru langageou,
Je vio que bien de gens se firont grand pleysir,
De vous entendre tous jangoüiller à lisir.
La thêsa d'aujourd'heu éy ben plus soulamnella,
Mais ma conclusion ne sara pas trop bella;
Car j'aïn resoulu sen faire sariment,
D'entarra mous *ergo* et tous mous argument.
Mais par lou darréy cot, metta vous en ma placi,
Proumettre et pas tenir vouéy de-movaisi graci;
Peu que je soüai apres vous faut véyre la fin,
Ou de mon baragouin, ou ben de mon latin.

Quand je jettou lou yio sus iqueta assemblea,
Tant d'avis differens me troblou la pensea;
L'un dit : iquen éy vrai; l'autrou dit : vou n'éy pas;
L'un dit : iquen éy haut; l'autrou l'y dit : vouéy bas.
L'un dit : j'o trovou fret; l'autrou dit : vou m'échaude;
Et quand l'un l'y veut clar, l'autrou à le zébarliaude.
Que dire à tout iquen, vous me bette plus sot,
Qu'un porou voüyageou que marche à gro de not.

Quand ô cret bien marchie, **vouéy-t-a donc qu'au**
    s'assupe,
Quand ô cret véyre sec, un sabouliat lou dupe.
Tout ly transéy lou corps, le follies l'y fant po,
Si-o l'entend un grillet vou ly laisse pas-un so.

    Véiquiat quasi lou train de toutes le disputes,
Vouéy ce qui me ravaude et ce que me rebute.
Ne voudrit tout pas mio être d'un bon accord,
Sus tout quand vou n'y-a rai d'estroupia ni de mort.
Peu que vous nous faut tous siore la mêma crency,
Par que tant s'échina par courdre apres la sciency ?
Se tenaillier de jour, se tourmanta de not,
Par mettre *Saint Thouma* d'accord avoüai *Jean Scot !*
Par que voulez pluto soutenir lou Thoumiste
Que monsieur *Moulina*, lou docteur do Jésuite :
Si Aristote aït lou soudar d'autre véy,
Vou pourrit arriva de se mordre lou déy.

    Par met je soüai content de m'être veu en lici,
Je ne foüai pas mingie mon bein à la justici ;
Quand chacun perd un po voüéy vitou consoula,
Par que tant rafoula quand vouéy prou rafoula ?
Dide me si *Platon, Socrate, Démocrite,*
Senèque, Diogène, et lou tristou *Héraclite,*
Ant gagni de grands biens à faire iquai méytier ?
Y l'èriant dépondus couma de charboutier.
A véyre lours poutraits, couma je lous regardou,
Y n'ayant pas de quet faire faire lour barbou.
L'un couchave de fo, l'autrou dins un tounay,
L'un plourave toujours, l'autrou fazit buray (1).
Véyquia de belles gens par siore lour moudellou.

    Je ne dio pas, Messieurs, qu'o séys couma zellou,
Bien que parléysa ainsi vou n'éy pas par niéyzie,

---

(1) Riait de tout et toujours.

Et vous n'éy pas de vous que j'entendou raillie.
J'amou trop l'écoulier, j'honorou trop lou maître,
Par avez l'intention de faire un cot de traitre,
Et vous sarit mourgas tant des hounetes gens,
De lou venir pinchie et lour rire à le dents.
Et peu la compagni éy si bouna et si bella,
Qu'o sarit bien vilain de lour charchie querella;
Tant de gens si bien fat, de mondou si sugit,
De gens dont la vartu ne de ren à l'esprit.

   Vous faut tomba d'accord que la joüénessa d'ores.
Envers les autres véys ne sont pas de manores :
Y sant parla latin dret qu'éy sortons d'o cret,
Ren de mio élevat, ni ren de plus discret.
Vou u'en poüaide jugie par iqueta-assembléa,
Et faide met mentir si-o faussou ma penséa :
Parlant do proufesseur, vou diri couma met,
Qu'au l'éy néyssu seu coeffi-et non pas seu bonnet.
Et qu'au bai parméy jour nous l'y véirons la tèta,
Couverta d'un bounet qu'ora bien de requêta;
Et sen être échevin, au pourtara lou pia
Sus son épala gauchi, autant que l'y pléira.

   Quante Noutron Seignou fézit le part de l'éymou,
Vou n'y-aguit, par ma féy, que levèront lou déymou;
Par met, gro peréyzou je ne foüai que glana,
Aussi l'éymou que j'ai me baille pas dina.
J'enrageou quauque véy de véyre ma cabochi,
Couma una garda à jour, ou couma una fialochi,
L'éymou l'ai vat et vint couma un esprit foulet,
Et je ne passou pas par etre un *Marjoulet* (1).
Y diont que n'ai pas po d'être tua de la foudra,
Et qu'o n'ey pas ren met qu'ai inventa la poudra;
Je sau ben tout iquen, finissons en disant,
Que la méynat d'enqueu sont noutrou paregrand,

---

(1) Un savant renommé.

Qu'éy nous fant la liçon, et que noutres écoles
Ne loûrs enseignons plus à conta de rafoles ;
Que le classe-aujourd'heu ne fant que de docteurs,
D'habilous sourbouniste et de Predicateurs,
De savans médecins et de jurisconsulte,
D'habilous avoucats et de gens hors d'insulte,
Que nous devons toujours benir Noutron Seignou,
De nous avez douna de mondou si sougnou,
Que mettont tout lour soin à bannir l'ignouranci,
De la tarabusta et la chassie de Franci :
Rendons n'en graci-à Dio, et mai au grand Bourbon,
Et qui charchara d'anou-ailléize véz Chanion.

BOUQUET

A M. MATEVON DE CURNIEUX,

[POUR LE JOUR DE SA FÊTE.

JOUR DE S. LOUIS.

M. DE CURNIEUX était alors à Villars.

Vou n-y-a que quauque jours qu'apres vous avez veu,
Je vous fio sevonta de la feta d'enqueu,
Et que vou-l-y-a tréis ans qu'o n-êria pas trop sageou
De l'-avez léissi-encourdre avoüai lous arrérageou.
Je renonçeou pechi si-o ne me la paye,
Vou se faut pas moucqua d'un noblou prebendie :
Parqu-êtes vou-aujourd'heu dins lou quartier de bizi ?
Vou dirit qu'o n'avez ni parpoin ni chamisi ;
Et cependent l'argent barreule vez chiez-vou ;
Quand vou n-ori plus gin, votron pare n-a prou.

Vou n-éy pas la réizon que m-oblige d'écrire ;
Tout ce que je n-en fouai vou n-éy ren que par rire :
Je souai parsuada qu-o zette generoux ;
Lou mourtier sen lous aulx, vez chiez-vous zo sont tous.
Il m-en tant fat de bein qu-o n-y-a ni lieu ni placi
Que ne seyant témoins couma-au m-avez fat graci :
Et vous qu'êtes venu par assure lou plat,
Vous m'amari ben tant qu-o s-en fara d'éclat.
Vous etes tous pourtat à me faire sarvissou ;
Qu'au-que seya rimo, la rima n-éy pas vissou :
Je ne saréz pas moins voutrou-n-humblou valet,
Avoüai toute me fleute et mon bai flageoulet.

  Si j-aïn pouéy quitta lou planchie de l'Iliéysi,
Vou-at-état maugra met, et non pas par peréysi ;
Je vous orin charchi quauque genti bouquet,
Par pourta davant vous couma-un jouainou cadet :
Ma vou-a fallu brama plus fort qu'una cigala,
Et dire *trey chanta* par de gens de la viala,
Vou-éy ce qu-a-t-empachi que je n'ai ren trouva ;
Agrea donc si-o plait ma bouna voulonta.
Couma vous savez-ben lou fond de ma pensea,
L'un m'appelle *la rochi*, et l'autrou *la brisea*,
Je me mocquou de tout, et par vous obligie,
Vou counutri si-o souai à vendre vou-engagie :
Manda-met salament si qu'auqu'un vous attaque,
Je lour faréz trouva lou chamin de Sant-Jaque,
Es lous peindréz si bien sen lou néy-à-narci,
Qu'éy vous vindrant trouva par se faire blanchi.
Et si-o voulez de vers una diméy-douzena,
Par quauque genti groin que n'en vaille la pena,
Declina-me son nom, et traita-me en couquin,
Si j-étaugeou-un sou mout de mon meillour latin.
Bouna fêta demo, vou-éy aujourd'heu la veilli ;
Si vous s'ay faide-un tour, je payaréz bouteilli.

~~~~~~

EPITAPHA.

D'o sieur CARRON, *Prevó de la Maréchosia.*

Ici sous iqueta cadatta,
Git lou corps de monsieur Carron,
La mort l'a-t-étrangla couma-un porou larron,
Malgré tous sous discours et mai sa lingua platta.
Si son ama-éy-t-en paradis,
Il s'éy envarra de pays,
Car par de gens d'iquela sorta
Sant Piarre que sat son métie
Lou fat véyre de loin la porta,
Mais par entra vou-n'y-a pas pie.

FIN *des* Œuvres *de Messire J.* CHAPELON, *Prétre-Sociétaire.*

OUVRAGES

DE

M. ANTOINE CHAPELON,

DIT MAMON,

PÈRE DU PRÊTRE.

Jucunditas cordis est vita hominis.
Eccl. 3o , 33.

CARACTEROU

DE LE FILLES QUE SE VOLONT MARIA.

Maître PINGUET, PIARRE BEACLE,

DIALOGOU.

BEACLE.

Dio dont bon séy à tous, à vous, maître Pinguet.

PINGUET.

Te véiquiat, mon effant? tu séy bien resoulet!
Que l'y at-ou de nouvai? te trovou bien alerta.

BEACLE.

Je n'ai pas lou sujet d'avez martin en têta.
Je me souai bien gala dempeu quatrou ou cinq jour
Que j'ai accoumenci d'alla faire l'amour;
Din quauque jour d'ici contou faire froumaille.

PINCUET.

Tu coumence bien vitou à faire ren que vaille;
Sarie-tu si gaga que de faire iquai cot,
De te leissie brida couma un porou bardot?
Tu ne counus donc pas la liberta en Franci;
Et tu vo tout à cot perdre touta-esperanci?
Tu l'as deja pardu en perdant la réison,
Et tu laisse ton pen par mingie d'empoüéison.
A n'iquel-empoüéison vou n'y a gin de remedou,
Et de ta guarison deja je desesperou.

BEACLE.

Gro vio pere Penard, que barboutavou-iqui,
Una fena, pas min, vou n'éz pas d'arseni.

PINCUET.

Je lour volou pas mâ dempeu que n'ai préy una;
Mais je fio iquai cot dins una matrüa luna:
Si m'ère empouésouna je sarin vitou mort,
Et souffririn pas tant din l'ama et din lou corps.
Tant bien set-ou mariat vou-éprove la misèra,
Vou-éy souvent plus tiontat qu'un fourçat de galèra.
Apprend parce que soüai ce qu'o sara de tet,
Si quauque fena-avenge à te prendre au coulet.
Tu chai dins un bourbier prion jusqu'à le zoureille,
Vou m'éy-t-évi deja qu'un lutin te sampeille.
Ta chamisi vindra un matru quiolasson,
Et ta paira de bas devindra un chosson.
J'ai veu durant ma via prou de bella jouénessa

Pinpans étant garçons, ore dins la tristessa.
Tu farez couma éiquen, te veront ben venir;
Vou faut ben leissie-alla ce qu'o pot pas tenir.

BEACLE.

Alla, gro rafouloux, avoüai voutre grimace,
Créide-vous m'étouna en me contant de farce?
Et peu que vous sert-ou de me venir tionta,
Quand tout voutron parpo m'en pot pas dégouta.
Si-o veïa, gro Pinguet, salamen son visageou,
Ren que de l'y pensa vou me donne courageou.
Voudrin qu'o la vessia; voüéy doux couma-un minon,
Pouli couma-un mirai, et dret couma-un guillon,
Blonda couma un fil d'or, le doüéy vialles varmeilles,
Bento d'ici-a Paris vou n'y-a pas douéy pareilles.
Y l'a lous yos rians et lou parla si doux,
Que si la poyou-avéz vous me créyri héroux.

PINGUET.

Tu vai, porou gaga, te prendre à la figura?
Ah! tu ne counus pas inco la creatura :
Tu te laisse embouésier couma un porou butor:
Mais, diquen ce que dit : ce que lût n'éy pas d'or.
Je pourrin t'expliqua toute iqueles allure;
Tu pourie t'en fachier; d'ailleurs lou tion te dure.

BEACLE.

Vou douna à pensa par voutrou diméy mout;
Parla me rondament, Pinguet, dites me tout.
Counusseide-vou bien iquela que voüai prendre?

PINGUET.

Non. . . .

BEACLE.

Et ben parque dònc douna vous à comprendre
Que je vouai m'agourra et me rompre lou coüay?
Parla-me couma ô faut, et tirie me d'émoüay :

23 *

PINGUET.

Sau-pas qui t'a charmat, mais regla generala,
Le fille, accota bien, ressemblont à de tiala,
Que tu veu douci, bella, et blanchi, et bien unia,
Tu la creirie bien bouna, et la trama éy puria.
N'as-tu pas quauque véy caressit una chatta,
Tu sas que jolament y sant baillie la pata,
Mais la traitra que fat la pata de veloux
Eycond adretiment se griffes par dessous.
Dis: quand t'y-êres petit, ta mare qu'ère fina,
Te dizit: mon effant véiquia-una medecina,
Tâta couma vouéy bon, mais la rusa dabord
Aït freta de miel la tassa vers lou bord.
Ore, sen mai parla tu counutrèz le filles,
Y fant bien le sucrais, y fant bien le gentilles.
Mais siventa te bien de la tiala fuzat;
Avoüai lour parla doux, vouéy la patta do chat,
Lour biaux yos, lour bai teint, lour pai, lour genta mina,
Lour groin bien affara, gâra la medecina.
    Quand tu le veu ension, ne fai contou de ren,
Si-éy riont, tu verez qu'éy riont de le dent,
Qu'éy gardont dins lour corps un bourron de malici,
Que tint couma un demon au corps de la justici.
Tu le véirèz ploura et rire tout ension,
Dire lou bien lou ma dins mema-occasion;
Vou n'y a rai de lutins qu'ayéze tant de ruse:
Malheroux lou garçon qui pres d'elles s'amuse.
Vou m'ey toujours évy de véire un porou rat
Que va de son partu sous la patta do chat.
Quand éy sont à maria y portont dessus elles
Ce qu'éy l'ant emprinta par paréitre plus belles
Y vant se parmena, y vant maugie de lat;
Lou prat de gro *Marcant*, sa ben ce qu'éy l'ant fat.
Avisa vèz lu *Grand* quand éy fant lour priéres,
En janou sus lou bens, ou ben dessus le chéires,

Toujours lou na leva, y parmenont lour yo
Par appinchie de loin si-éy vérant lour vassio.
Quand éy volont pimpa, y portont de cournettes
Fines couma de seya, et fant le resoulettes;
Et de gentis mouchos avoüai de biaux aglans,
Et jusqu'aux bouffa feu, toutes portont de gans.
Y se fant de frizons de par dessous lour créites,
Avisa le-passa, ah! couma éy marchont dréites!
Et couma éy fant flouta lour ribans do dou la;
Vou diria tantequant qu'éy se vant envoula.
Peu, avoüai tout iquen y fant la lengua plata.
Dio garde lou garçons de tomba sous lour patta.

BEACLE.

Eh ben, voüez ben parméy quand vou se vo maria,
De se mettre un po bien, de se relatina.
Vou faut, maître Pinguet, qu'una fena set propra,
Y farit dégouéma si éy l'aït l'air saloppa.

PINGUET.

Fort bien, attend un po : si-tot qu'éy sont mariai;
Vou le veut tantequant virie couma un tourtai.
A pena zo sont-y un méy ou cinq semane,
Qu'éy coumençont déjà à pleindre lour fontane,
Y prenont mâ de cœur, ne fant que rejetta,
Et trovont ren de bon par se ravigouta.
Y mingeont de pialousse ou ben de fruti verda,
Si-éy l'ausavont, bento y mingeariant de m.....
La m'éyson n'éy jamais ni propra ni couévia,
Faut que l'hommou-à la fin fazéize la veya,
Si-au vo pas demoura jusqu'au coüay dins l'ourdura.

　　Mais tout iquen n'éy ren : avisa lour figura,
Iquelous gentis yo, iquai groin affara,
Couma-iquen se tarnéy, couma vouéy découra.
Iquelous biaux chàvios, et lour genta couëffura,
Qu'éy sont évarachis et couma éy fant jartura!

Tout de siota vou veut lour sein se dévala,
Lour pay devenir néyri , et lour ventrou s'enfla.
Dret au bout de no méy la famili s'ogmente,
Yquen lour vint plutôt que milla franc de rente.
Lou tourment et l'émoüay vint avoüai lous effans,
Sen manquas y t'en vant crachie un tous lous ans.
Peu la mâpropreta , la criari, la misèra,
Fant que vou-amari mai cent véy être en galèra.
Si la fena avouai-iquen , éy de movaisi humeur,
Couma ó se veut toujours, vou-éy malheur sur malheur.
Vo tu n'en mai savez ? je m'envouai to tout dire ...

BEACLE.

Vou n'y a prou, gro Pinguet, par m'empachie de rire ;
J'ai pena salamen à créyre qu'o set vrai.

PINGUET.

Hélas! porou garçon, vou n'y-a dou cent véy mai.
Je ne t'ai pas parla d'iquele que fant pata ,
De le mere regente et qu'ant la lengua plata ,
D'iquelle à qui vou faut de vin, de bons mourciaux,
D'iquelle que sont méitre et que portont lou zaux.
D'iquelle que sont gente et qu'avoüai sont couquette,
D'iquelle qu'o virie couma de zomelette ,
D'iquelle que vous tuont avoüai lour criari,
D'iquelle que vou runont avoüai lour fringari,
D'iquelle qu'amont tant lou cambins, le coumare ,
D'iquelle. . . .

BEACLE.

Arreta-vou, car ma réison s'égare.
Vou n'y-a prou, par toujours m'en véiquia dégouta,
Sen vou, bravou Pinguet, l'ai êra tout pourta.
Je soüai au bon chamin, lou bon Dio m'y maintene;
Jamai je ne chéyrez aux fialars de le fene;
Arrive que pourra, si jamais je dio voüai,
Sur lou champ d'un achon que me coupant lou coüai.]

FIN ADMIRABLA

ET REMARQUABLA

DE DENIS BOBRUN,

Ente o veut sa viellessa , se trances ,
sa contrition , son inventoirou , sous
legats ; sous adio.

I.

VIELLESSA DE BOBRUN.

MAMON, vou-éy fat, je m'envoi vez ma fin,
Ainsi zo vo lou rigouroux destin :
Portou me-dent et mou zio dins me saque,
Et par marchier n'érin pas vez Sant Jacque.
Touta la not je ne foüai que cralier,
Jalou de fret ô carou do foüier.
Mous reins, mon couai, mes épales, ma têta,
Me fant souffrir una ruda tempêta ;
Ma forci-éy loin, j'entendou sourdament,
Et j'ai pardu quasi lou jugeament.
L'aigua do zio défiale gouta-à-gouta,
Et de mon nâz y tombe dins ma soupa,

Marchou courba, mon do s'éyt-arrondi,
Ma barba-éy blanchi, et mon groin éy fronci.
N'ai que la pay encoula sus le cote,
Finalament soi tout farci de dote.
Et d'endepeu lou cranou jusqu'au pie,
Soi si défat que te farin pitie.
Mou zio sont creux, me zoureille ant de moussa,
Mon ventrou-éy blet et samble una panoussa;
Mon estoumac fiôle couma-un rachat,
Et mous pourmons se fondont en crachat.
Par poüaire alla, lou baton me faut prendre,
Et tu dirie que n'ai que l'ama-à rendre.
Soi relassi, si je volou pissie,
Pissou-en mou zo, lou plus loin sus mou pie.
Je mentirin, et ne sarin pas sageou,
Si je dizin que j'essa bon courageou.
Si je m'envoy ne tromparez lengun,
Ma mort farat rire et ploura quauqu'un.
Met, de mon là creignou que ne meréysa,
Et ma filiat qu'à po que je guaréysa,
Par avancie de quauqu'hora ma fin,
Chretienament appelle un medecin,
Que m'ordonnet, par sa bella ordonnanci,
Non pas lou vin, mais l'aigua-en abondanci
Le gro cayon tâtet de mon pissia,
Et peu sintit ce que j'aïn caca.
O l'annoncet ma crisa en mon settiemou,
Et que mento j'érin jusqu'au noviemou,
Que par hazard si je poussava-inco
Me foulit ren que d'aigua do tronfo.
Pen sen-pares ô prend son ecristoirou,
Ecrit dou mout par un apouticairou,
Creyo dabord de l'y trouva lou vin,
Mais n'y trouvio ni françois ni latin.
  Ventro constipera, per medicamanti,
  Materia prima est l'etronn-amanti,

Deinde tuzana per le clysteranti ;
Cuculum pertuza et le figornanti.

Iquai pandar, avoi son ordonnancy,
O meritet d'être chassi de Francy;
Et quant à met, sus lou champ j'empachio
A mon bourray, de figourna mon quio.
A lu parmé, quand ó l'orat la fouéyri
De lou panas avoi sa roba néyri.
Me véiquia donc sens pitanci et sens vin,
Porou *Bobrun*, y l'avançont ta fin.

~~~~~~~~~~~~~~~~~~~~~~~~~~~~~~

I I.

TRANSES DE BOBRUN.

Lou lendemo vint un chifon de fene,
Que se bruyant couma qui trat se pene,
Et que diziant : ô l'éy mento ben mort,
Vou sarit tion que n'ondressions son corps;
Peu tantequan je vio, par mon martirou,
Entra chiez met iquai que vend lou cirou,
Et que dizit, assez resoulument,
Vou n'en faut taut par son enterrament.
Lou voi charchie tout ore en ma boutiqua,
Souventa-vou que volou la pratiqua.
En memou tion je vio lou marguillier,
Qu'êriant segus de tous lou manelier ;
Par mon chançay me gens faziant la pachi,
Ne foulit pas qu'o manquesse una tachi;
Je vio sourtir lou plus matru lencio
Par m'envourpa et la têta et lou quio.

Enfin, *Mámon*, jugi de ma surpréyzi
Quand vio entra tous lou raccords d'Iliéyzi,
Et sutenant que n'êra pas en viat,

Et chaqu'un prêt par empourta son piat.
Quand tout à quot, saiqu'una grossa troula :
Dizit : méynat, foudra passa la groula (1),
Touta la not, jusqu'à demo matin,
Vou nous faudra cinq ou séy pots de vin :
Vèz la méynot n'oront lou regalageou,
Et peu n'éront, selon que vou-éy d'usageou,
Chanta defo chacun noutra chanson,
En revenant faront lou reveillon.
En me virant je vio darréy la porta,
Quatrou pourto qu'ayant l'échina forta ;
Pas loin d'iqui êriant dou Semouno,
Que se diziant : nous beirons de bon co
Quand dinaront au retour de l'offissou ;
Allons l'y rendre iquai darréy sarvissou ;
Lour malheur éy qu'o mert pas prou de gent,
Qu'équai cambin n'arrive pas souvent.
Bien près de met, je vio lou campanaire,
Barrin, que dit : ô me fat bien mautraire,
Par pot de vin avoi quatrou-ou cinq so,
Je fouétaréz *Bobrun* dedin lou cro.

Pensa, *Mamon*, couma je devin être
Quand tout-à-cot je vio entra lou prêtre,
Quand j'entendio qu'éy feziant lou marchit,
Qu'éy chantariant couma-éy sariant paït.
Vou n'éy pas tout, car selon lour rubriqua,
Vou faut inquo lou dret de la fabriqua,
Tant par la crouéy, tant par lou benétier,
Lou drap de mort, l'étola, lou chapier ;
De tout iquen, si je n'ai souvenency

---

(1) Anciennement on passait la groule, c'est-à-dire que les voisins, en veillant un mort, s'amusaient toute la nuit à un jeu qui consistait à faire courir une savate dans la chambre où était le défunt.

D'un liard ou doux y vous fariant pas crency ;
Y vou betriant, si-o n'aya rai d'argent,
La crouéy de bois, et bento lou surgent.
Enfin je vio tou lou mondou-en besougny
A qui orit un piat de ma charougny,
Que s'y-éy n'a ren de quet poüaire mingie,
Eriant tous prets ó moins à la rongie.
Aupres de met lengun se desoulave,
Vouéz par semblant que ma fena plourave,
Qu'éy souspiret, qu'éy tiret son moucho ;
Par leu dou pié y m'orit trat defo.
Porou *Bobrun*, se fio jou dins me mêmou,
Tu séy redut dins un état extrêmou,
Tu vai mery dins un moment ou dou,
Te faut un po preïer Noutrou Seignou.

I I I.

CONTRITION DE BOBRUN.

Je me virio do là de la murally ;
grand Dio, fio-jou, n'ay ni denir ni mally,
Vou zo savez si j'ai d'argent cachi,
No, je n'ai rai, vou-éy de que soi fachi.
Tous mous parens, ma filiat et ma fena
De n'en cachier m'en ben ota la pena,
Que si j'aïn quauquou so d'écondu
Ne sarin pas piassouta, dépondu ;
Touta ma viat je n'ai eû que le pelle,
Que m'ant prou fat endura de querelle,
Par mon malheur seguin de compagni
Que m'ant léssi lou gousset degarni,
Vou fallit ben que je prenessa-à crency,
Véïquia par quet ore foüai penitency.

24 *

Pardonna-met lous excés de Bacchus,
Et essoubla iquelou de Venus;
Tous lou desirs que j'ai eû de vangeancy,
Tous lou parpo contra la médisancy,
Ce que j'ai dit contra mou bons amis,
Ce que j'ai fat contra mous ennemis;
Au cabaret toutes me solaries,
Et din lou jeu toutes me tromparies;
Si quauque véy j'ai jura voutron nom
Publicament n'en demandou pardon.
Mais lava bien toute le pecadilles
Que j'orin fat avoüai le gentes filles.

Quant ó se sint pres de faire lou saut,
Créyde me bien, vou broge couma-o faut :
Me rapellio quauque bonnes maxime
Que j'aïn leu dedin mon catecime,
Grand Dio! fio-jou, vous avez épanchi
Tout voutron seng par lava lou pechi,
Si-o punissia toute noutre mépréise;
Vou n'y-a rai d'hommou-helas, que l'y tenéise.
Tou lou momens vou trove sus sou pas,
D'achoppamens, de dangeroux appas;
Mais par sa crouéy voutron cher fils uniquou,
Nous a donna un quichon de méritou,
O l'a voulu etre noutra cotion,
O l'a souffrit la mort et la passion,
Par iquen sou je brogeou et je me pensou
Qu'ô l'orit bien racheta milla mondou,
Véiquia par quet, par ma grand vanita
Vou venou-offrir sa granda-humilita;
Par mous voulés, sa sainti-obeissancy;
Par mous excez, j'offrou son abstinancy;
Par mon repo, vous offrou sous travaux,
Par mous plézirs, vous offrou tous sous maux.
Si j'ai fat gras quand falit faire maigrou,

Vous offroù inquo son fiel et son vinaigrou,
Et par lous luns que j'ai fat si souvent
Vou offrirez se pene, sous tourment.
Enfin, grand Dio! faide que j'embrasséisa
Sa sainti crouéy avant que je meréisa,
Quand vou m'ori douna l'absoulution
Garda me bien contra la tentation;
Sûtenez met din touta ma viellessa,
Que meus effans veniant avoüai tendressa
Quand j'orez fat au mondou mous adio
Par me seigner, et me sarra lous zio.

IV.

INVENTOIROU DE BOBRUN.

Quand j'aguio fat les actes de ma crency
M'en sachio grat, et je prenio patiency;
J'aïn besoin de bère un cot de vin,
Mais je ne vio ni parens ni vizin.
En asseton me bettio sus me peille,
J'éirava bien mous zio et me zoureille,
Ni je ne vio ni n'entendio lengun :
Que farez-tu, miserablou *Bobrun* ?
Tu te sint mâl, tu ne viorez plus gairou,
Vou faut enqueu faire ton inventoiron,
Faut coumencier par lou coumenciment,
Tu finirez par la fin surament.
Par de lencio n'ai jamais eu de troupe,
N'ai tréy piassit, que sont, je créy, d'étoupe;
J'ai mon chaliet que ne tint que d'un là,
Un vio bahu que lou quio va tomba :
Un curi-pied, una matrua pousséry,
Et mon chayet qu'éy fat de sarpeliéry,

Que sont si pleins de mourina-et de fun,
Qu'éy pesariant dou quintau pluto qu'un.
Sus mon fournay un regiment de garde,
Bien peinturat, qu'ant tous des hallebarde,
Lou capitaine, un plumet ô chapay,
Marche parméy dessus un grand chavoüay :
Tout vis-à-vis vou l'y-a le revendére
De vez Paris : tout joignant vou-alla véyre
Una nurissi, avoi son nurisson,
En lou croussant que chante una chanson :
Un medecin avoi l'aponticairou,
Davant un quio que donnont un clystairou :
Dins un trablai j'ai *Maitre Alliboron*,
De tous metiers se diont, mâque do bon.
Faut avisa din ma bibliotequa,
Qu'éy t-ordonna tant si po à la grecqua,
J'ai *Maguelonne* et lou *garrier Mourgant*,
Et *Fier à bras* auprès de *Mabriant*,
. *Jean de Paris* avoüai *Roubert lou Diablou*,
Do *Grand Albert* lou secrets admirablou,
Lou *douze Pairs*, lou *quatrou fils Aimon*,
Richard sans po, lou celèbrou *Aigrimon ;*
J'ai la bonta, lou vissou de le fenne,
Lou complimen par douna les etrenne,
Lou *bai François*, l'Espagnol *Rodomont*,
Un livrou vio de nouvelle chanson,
Douéy piere à feu que me servont de grilli,
Et un crimoy que reservou à ma filly,
Una paletta, un piqua feu de fer,
De pince qu'ant le chambe de traver ;
Dou chaminaux, et una petita oulla,
Qu'éy lou meillour do meublou par la goula ;
Un âtou vio inquo qu'ô set de bois,
Un plat barchu que siert de lichifrois :
Un ben manchot, et douéy petite chéyre,

En s'assetant vou prend gardá à pas chéyre :
Un oleyer qu'éy bon à renversa ,
Un trou de bichi ente tenou ma sa ;
Un rond de tabla ente migeou me bréyse ,
Lou gougie pas crainti qu'ô renverséyse :
Un bay manti tout fin blanc de buyat ,
N'éy que lou rats l'ant un po partuzat :
Un gro burlet par alla en vouyageou :
Tous lous urdis que servont ô ménageou ,
Un sanillon , dou tranchos , un poutet ,
Un devouéydo , la brochi , lou riquet ,
Quauque mourciau de courou , de farraly ,
Et ne saut quant de matrua refardaly ,
De piats de teux et de milla veye
Que laissou-iqui par ne pas m'ennouye.

Véyons un po ; vou m'éy deo quauque dettou
Deçai , delai ; vouéy justou que lou mettou
Dins l'inventoirou , et que mou créancier
Apres ma mort sungiant à me payer.
Lou gro *Sant Juan* par dressier son épéya
M'a approumé dou rogearons de feya ,
Guiot Clamençon me det , de comptou fat ,
Doux ou tréy so d'una vielli pugniat.
Petit Piarrot , do beu de vèz la garda ,
Dont j'ai braza lou bout de l'hallebarda ,
Me det douna tréy carlerons de noüéy.
Par un fourray à *Piarre* de vèy poüéy
O l'a prouméy de poumes à ma fena ,
Et par dessus de l'y relia sa bena.
Just de vèz *Boën* apres noutron marchy
Me det sey blanc de tréy quart d'émery :
Vou l'y-a inquo quauque petits devitou ,
Fauta d'argent me lou faut tenir quittou.

Vou n'éy pas tout , je devou quauque ren ,
Mous heretiers zo zacquittarant ben.

Vèz la *Montal* je devou à l'hotessa
Trente séy so qu'éy m'a fat poulitessa
De me préyta : devou vèz *Pouleniay*,
Au Bouliyard, à la *Viala*, à *Roüanay*,
Ne saut pas quant ; vouéy-t-a zellou de véyre,
Et de couchier ce que lour poyou déyre :
Vou n'y-a, je créy, un piat vez Chavanay,
Vou-éy maugra met, si lour devou pas may.
Par dins le farge et dins vèz Vaubenéyti
Mous heretiers érant la têta dréyti,
Lour devou ren, y ne m'ant ren préta,
Y l'êriant sourd, lous ai prou tourmenta.

Dio set beny, sen greffier, sen noutairou,
J'ai termina mon petit inventoirou;
Vou l'y-ori ben quauqua barréary
Par l'y betta, qui s'en siventary;
Couma sarit de po, de bachassole,
De paliasson, d'écuelle, de gandole,
Un quiolasson, de boucles, un chapay,
Un arrouso, un couévou, un coutay,
Un bout de fer, una pugnia de garda,
Un vio bichon, un manchou d'hallebarda,
Una roumana, una trapa, un crizio,
Saiqu'un barrat partuza vèz lou quio,
Un écritay que brande à una tachi,
Un goubelet fat de corna de vachi,
Douéy vielle groule, et dou matru soula,
Vou l'y a doux ans que lou fio carrela;
Peu mous habits, mou bas, me matelotte,
Una chamisi, un coulet, me culotte,
Un piat de pay ente vou l'y-a dedin
Je créy séy blanc par acheta de vin,
N'en faut toujours un po din lou ménageou.
J'ai vèz chiez met un avit de loüageou,
Douéy ou tréy lime, un maudrier, un martay,

Un bois d'archet à côta do fournay ;
Et lou riquet par tenir la lancetta ,
Quatrou burins, un ponçon , la paletta ;
Quinze fourriaux , douéy lame de rebut ,
Y sont brazais , et n'ant pas veu lou brut.
Quatrou crouchets, ma pera de mournache ;
Dou bons raclets, una pugnia de crache ;
Un espadron que n'a rai de fourray ,
Qu'éy vèz chiez met do tion de l'amiray ;
Mon paregrand l'aït à la batailly
Que se donnet dessus vèz Rochitailly ,
Quante *Sounaut* , qu'ère lou coumendant ,
Fut bien battu lû et sous partizant ;
Par d'espadron vou n'y-a rai din la Francy ,
Qu'ayéze tant de forci, de vaillancy ,
Au l'ade seng jusqu'à vez lou pugnet ;
Mon paregrand l'ai gagnet un bounet ,
Son butin fat, et l'armea défaity ,
Rempli d'hounoux ô batit en retraity.
Que sau jou mai , jai prou d'autre veyie ,
Que laissou-équi par ne pas m'essourlie.
Si-o l'y-ère tout (mais iquen m'impatiente) ,
Me farin bien à milla francs de rente :
Si je viquin , avoüai mou milla francs ,
J'orin de quet me gala quauquous ans ;
Je bérin tant , je farin tant bombancy ,
Qu'o se sorit au delai de la Francy.
Mais que ser-tou de tant ambitiona ,
N'en poyou plus , je sintou ben mon mâ :
La mala mort, iquela palenguna ,
Va m'enleva ma viat et ma fourtuna ,
Vou m'éyt-évy qu'éy l'entre vez chiez met ;
Et qu'éy tabute à mon porou chavet.
Dio set beny , sa voulenta set faity ;
Pas min avant de battre ma retraity ,

Par procura la pay dins ma méyson,
Me faut nouma, ainsi que de réyson,
Mon heretier, par chassier la justicy,
Tous lous vauriens qu'éy l'appellont poulicy,
Lou galoupins qu'éy l'appellont raccords,
Et tous lous loups que viquont sus lou morts.

V.

LEGATS DE BOBRUN.

Dins lou moment que voi pleyer ma balla
Voudrin avéz vèz met touta la vialla,
Homous et fene, et fille et garçons,
Grands et petits, et joüainous et barbons,
Par acouta ce que je voi lour dire;
Malheur à qui osara me dedire.
   Je lègou-à tous docteurs et médecins
Lou don de tua lours amis, lours vizins,
Lous étrangiers, lours parens et lour fena,
En tout honneur, sen s'en faire una pena.
   Je lègou à tous tant huissiers que surgen,
Dix milla co de barre ou de voulen.
A lou faros que tiront lours épeye,
Qu'éy perirant à qu'un houra qu'o seye
Ou to ou tard, ou de jour ou de not,
Do memou fer dont éy farant lou cot.
   Par lou raccords, ma qu'éy l'ayant des ames,
Lou legaréz l'enfer avoi se flames.
Aux fénéans poyou pas faire mio
Que lour lega l'hopital et lou pio.
   A lou Cournard, à le tête jalouses,
A lou méfians, qu'ant de gentes épouses,
Lour legaréz de faire couma met,
De bien écondre iquen sous lour bounet;

De se quézier et de ne pas tant brure,
De tant cria le fat que mio tralure.

Je legou et donnou au courratier de vin
Par lour mesonge à faire matrua fin.
Aux glorioux et que s'en fant encréyre,
D'etre buffa par toute le charréyre.
A tout menteur que dit no quand vouéy voüai,
D'etre pas creu quand bien ô dirit vrai.

A qui dira son secret à sa fena,
L'y donnou-et legou una charrat de pena;
Si de l'argen ô l'y laissse la cla,
Din po de tion de demanda sa via.

Au Chicano, couma suppôts do Diablou,
De viore geux et meri miserablou.
Et par lou vio que parlarant d'amour,
D'etre chantat vèz feron, vèz lou four.

Je legou et donnou à tout homou fossairou
Set parcuro, set huissier, set noutairou,
Milla remords que lou bourrelarant,
Milla malheur sus set, sus sous effant.
Lour donnou-inquo que lour raci peréyze,
Et que jamais lengun s'en siventeyze.
A lou tailleur quand éy fant un habit,
En lou rendant qu'ô se trouve paït.
Veiller bien tard voüéy par le ribandéyre;
Se bien pina voüéy par le revendéyre :
Au fargérons de se leva matin,
Et de sugir toujours lou meillour vin.

Mais un grand don par toute le famille
Voüéy de sougnier mio que jamais lour fille :
Et lou garçons que vant tant sintina,
Sus un étr.... y bettarant lou na.

A mous effans, faréz ray de partageou,
Tous en commun orant mon heritageou,
L'essentiel que n'ai pas incò dit,

Lou plus liquidou-éy lou repo d'esprit.
Si lou savans entre-ellou sont en guerra,
Si lou richards appovrésont la terra,
A que sert-ou de tant s'écourpela,
Par avéz d'émou et d'argent de tous la ?
J'ai mio ama viore sens tant de scienci
Et sens argent, hazard de prendre à crenci,
Par me tenir l'esprit toujours en joüai,
Lou cœur content, librou, tranquillou-et gai.
Véiquia lou ben que laissou-à ma familli,
Que rend hérou mon garçon et ma filli ;
Avouai de scienci-éy pouriant se vanta,
Avouai de bien y pouriant se danna,
Avouai la joi et un po de paressa,
Lengun se perd, lengun n'a de trislessa ;
Lour laissou-inquo tant si po de vertu,
Hazard d'alla le chambe et lou quio nu.
La vanita nous fat faire nofrageou,
L'humilita éy ce que nous rend sageou,
Un don de Dio éy de pouaire avoi joi,
Sen s'échina viore de son travoi.
Malheur à qui ora de grosse rente,
Mai vou-a de bein et mai vous se tourmente.
Bêre souvent sen se tant affana,
Viore do sio sen lengun fripouna ;
Etre content, couchier avoi sa fena,
Do lendemo n'être jamais en pena,
Véiquia de quet mon mondou-héritara ;
Qui voudra pas mon bein lou lessara.

VI.

LOUS ADIO DE BOBRUN.

J'AI, dio-marcy, échara ma conscienci,
J'ai fat de plus les actes de ma crenci,

Mon petit bein éy-t-inventoriat,
Mous heretier enûn sont dénoumat;
Iquai travoi, que n'éy pas badinageou,
M'a abatu ma forci et mon courageou;
M'envoi merant, je me sintou bien mâ,
Pasmin vou faut avant que de mouda,
Que diza-adio à n'iquetou bas mondou.
Peu m'en éréz vèz iquai que j'atiendou.

Adio parens, amis et braves gens,
Adio parrochi, adio tous lous couvens,
Adio Feron, adio Prat-de-la-Féyri,
Adio tronfo, adio noutra charréyri,
Adio la viala, adio tous lous faubour,
Adio lous crés que s'ay sont à l'entour,
Adio Montaud, adio la Crouéy-coureta,
Lou créz de Roch, Sainti Barba Gueleta,
Adio Santieve.... ah! mon pays natal!
Bon Pouleniay, que ton sort éy fatal!
Bai Panassat, autre-véy lou *Parnasse*,
Ta gloiri-éy loin, et ton lustrou s'efface.
Charmant *Clapéy*, lou sejour d'*Apollon*,
Tu-as fat lou saut do brillant *Phaëton*!
Tous habitans, que n'êriant pas de buses,
Ant emmena avouai ellous le Muses :
Vou fut tout dit, quand lou savant *Munie*,
Apres *Piran*, s'envoulèt din lou cie :
Dins iquai tion ty-ère plein de galorou;
Ore qu'as-tu? de montra quio, de morou :
Qu'au lieu de faire et chansons et biaux vers,
Semblont toujours qu'éy sortont dos enfers.
Tous habitans n'ant plus de serenades,
Y ne fant plus ni jeux ni mascarades,
Et ton dragon si hay, si plein d'appas,
Ne fiôle plus, et sa gloiri éy-t-à bas.
Tous ennemis que n'amont que la guerra,

Si-éy l'osaviant t'écrasariant par terra.
Zo veyou ben, chaque chosa prend fin,
Aussi zo faut, vou-éy lou sort do destin.

Charmant Bacchus, et ta genta pissoiri,
De tout Rouanay l'ournament et la gloiri,
Mai de trente-ans met que t'ai fat pissie,
Adio, adio, vou te faut deleissie.

Et te, *Mámon*, lou sous amis que j'ama,
Dins un moment tu reciorez mon ama,
Siventa tet, par poüaire viore héroux,
Qu'o n'y a ren tau que se tenir jouyoux :
Sen se bettas en souci ni en pena,
Ce qu'après nous devindra noutra fena,
Ce que sarant un jour noutrous effant,
Set assura que tous prosperarant,
Si dins lour tion y ressemblont lour pare,
Lengun pourra lour reprouchier de tare ;
Sen faire brut dins lour petit tantin
Y soufflarant quauque verou de vin.
Y l'amarant cent véy mai lour mazura,
Qu'un grand palais de superba structura ;
Car lou lambris d'un hounetou-artisan,
Ey plus heroux qu'équai d'un courtisan.
L'occupation éloigne tous lou vissou,
Trop de bon tion entraine ô precipissou.
D'être fêtat et d'être recharchi,
D'être puissant et de s'être enrichi,
Que sert-ou-équen quand la mort nous talonne ?
Peu qu'à lengun la pella ne pardonne ;
Ah que vou-éy vrai que tout éy vanita !
Un sou moment remet l'égalita.
M'arretou ici, ne l'ay poyou plus traire.
Adio, *Mámon*, adio, car j'ai à faire :
Tin ton esprit, ton cœur, ton ama-en joüai,
Jusqu'à ce que tu vene ente je voüai.

V.

EPITAPHA DO BOBRUN.

Cy géy lou réy do Palenguns,
Que tous sous jours êriant de luns,
Lou patriarche de le pelles :
Au léisset rulir son avit,
Au n'aït jamais qu'un habit,
Sa chamisi-ère de farbelles.
Au tranchâye de l'avoucat,
Conseillâve tout Panassat,
Au lour en courgeâve de belles.
Son ventrou-êre un tounai de vin,
Qu'au bevit à plenes écuelles :
Dè *Bobrun* vous savez la fin.

ÉPIGRAMMES.

I.

Qu'avez-vous, ma bonne femme?
Vous avez l'air tout marri.
» Ah! j'ai grand chagrin dans l'ame;
» On enterre mon mari....»
Etant avec vous sur terre,
Il vécut toujours en guerre,
Et mourut en forcené.
Par où je conclus en somme,
Qu'il est fort heureux, votre homme,
Quand même il serait damné.

~~~~~~~~~~~~~~~~~~~~~~~~~~~~~~~

II.

Un jour sortant de la cuisine,
Contre un mur Mathurin pissait:
Assez près de lui, sa voisine,
Contre terre autant en faisait.
« Qu'il te faut de temps, lui dit elle,
» A ta santé, gros paresseux. »
A la vôtre, Mademoiselle:
Voudriez-vous trinquer nous deux?

~~~~~~~~~~~~~~~~~~~~~~~~~~~~~~

III.

Jean venit d'épousa sa fena,
Et l'y tenit iquai parpo:
Te vouay tant faire po tanto,
Mais par iquen tiri pas pena.
Couma-au zo dizit vou-arrivet:
Jeanna que se pleït au fait,
Et que baillave ren à crenci,
Disit, fazant la reverenci:
« Jean, faide met mai po, sio plait.»

~~~~~~~~~~~~~~~~~~~~~~~~~~~~~~

IV,

Una fena dizit un jour,
A una-autra davant sa porta :
Ly faut dire adio par toujour,
Noutra pora vizina-éy morta.
« Que dide-vous ? voû se pot pâ,
» Ne venou-que de l'y parlâ,

„ L'ai trouva ni pâlâ, ni blêma.„
Voü-éy vrai, vous poyou pas trompa,
Peu que zo tenou de l'éy-mema.

V.

T'AMOU ben tant, dizit *Francéy*,
A sa joüaina fena *Phalippa*,
Que bento tanto de vèz sey,
Je te migeourez touta viva.
Léy que zo assadave bien,
Dit à Francéy de bouna quitta :
« Mîgi-n'en mai, faut rai de pen.
„ Sarie-tu deja venu rippa ? „
No, se fit-ay, mâ n'ai plus fen.

V I.

BARTHAUD dont la fena êre enceinti,
Aït besoin de voüyagier ;
Lou séy avant de delougier.
L'y dizit : fena, soüai sen crainti,
Counussu ta fidelita,
Te quittou-avoüai tranquilita :
Set la mêma couma te laissou,
Je faréz mon voüiageou à l'aizou :
Adio jusqu'à te revéyréy.

Barthaud voüiaget treze méy.
Qu'au l'aït una brava fena !
Y fit ce qu'éy l'aït prouméy :
En venant au la trouvet plena.

CHANSONS

DE M. ANTOINE CHAPELON PÈRE.

I.

Sur l'air d'une Gavotte.

LA tanta *Civetta*
Me dizit toujours :
De quitta l'amour
Par bêre quauqua foulleta :
   Que faréz-jou-iqui,
   Je soüai bien empachi ?

L'amour me gandoire
Et lou vin aussi ;
Quand j'ai bien mouchi,
Que n'ai ren que betta coüaire,
   Je farin l'amour
   Tréi not et mai tréi jour.

Si fumou-una pupa
Lou gouzier me cot ;
Si beuvou mon pot
Ma réison en éi la dupa :
   Quand je foüai l'amour
   Voudrin viore toujour.

Voüéz quand j'êra joüainou
Que parlava-ainsi :
Ores vio transi,

Mon compliment je rangàinou ;
Je laissou l'amour
Par bère tou lou jour.

AUTRE

CONTRE SAINT-CHAMOND.

Sur l'air : *Lizon de la Lizette*, etc.

VÈz Saint-Chamond un jour,
Par faire parla d'ellou,
Ant fat un genti tour
Que n'a rai de moudellou,
Et zon zon zon,
Lizon de la Lizette, Lizette la Lizon.

PATACHAUT lour léissit (1)
Un mulet de coumanda :
L'ant-y pas écourchit (2),
Et mai mingi la vianda !
Et zon zon zon, etc.

Y l'y-ant coupat lou coüai,
Y l'y ant betta sa têta
A la cima d'un moi
Par embellir lour fêta.
Et zon zon zon, etc.

(1) Le mulet de *Patachaut* a passé en proverbe ; on le cite tous les jours.

(2) Il est certain qu'on écorcha à Saint-Chamond un mulet qui avait appartenu à un charbonnier de Saint-Etienne nommé *Patachaut*. La chronique scandaleuse ajouta qu'on l'avait mangé. M. Chapelon père fit la chanson. Voilà en partie l'origine de l'ancienne antipathie entre les deux villes, dont on ne parle maintenant que pour en rire ensemble.

De la pai do mulet,
Y n'ant fat una enseigny,
Par faire lour charguet
Au bout d'una couleigny.
    Et zon zon zon, etc.

De la quoüa do bardot
Y n'ant fat-una-socisai,
Qu'a sarvi de fricot
A touta la justici.
    Et zon zon zon, etc.

Messieurs de Sant-Chamond
Faide plus de fanfares :
Vou faide ren de bon,
Vous êtes tous de nares ;
    Et zon zon zon,
Lizon de la Lizette, Lizette la Lizon.

FIN des Ouvrages de M. Antoine Chapelon,
dit Mamon.

OUVRAGES

DE

M. JACQUES CHAPELON,

AYEUL DU PRÊTRE.

Exultatio viri est longævitas.
Eccl. 30, 13.

ÉDUCATION

DOS EFFANS DE VEZ SANTETIEVE.

Par parlà dos effans de noutron Santetieve,
Je prenou l'occasiou diquelou de chiez *Mieve*;
Demorou vis-à-vis, soüai lou plus près viziu,
Et veyou qu'éy n'en faut de gentis Echevin.
Un certain jour d'étio, lour pare racontave,
Qu'ô-l'ayt quatrou-effans, couma-au lous élevave;
Je fio contou de ren, j'acoutio son recit,
Et lou moument d'apres lou mettio par écrit.
   Lour pare dizit donc: par met segou la traci,
Que mon pare m'a fat, et je prenou sa placi,
J'élèvou mou garçons couma-ô m'a éleva,
Voüai dire mout par mout couma voüéy t-arriva.
Ma mare, m'a-t-ai dit, me fit en plena luna:

Qu'éiquen me présageave una bouna fourtuna;
Je sachio, en naissant, demanda lou tetet :
Ma mare n'aït dou blanc couma lou jayet.
Un jour je lou mourdio, y se mette à m'écoure,
Y me foueloit son so; véyquia *Mieve* que ploure;
Mon pare la tapet; y l'y saute au chavio,
Y l'engraunie à la viali, et s'ensauve de fo.
N'aïnt pas nio dix méy que counissin ma mare,
Que criave toujours: couquin te voüai-jou carre.
Souvent y me batit, peu me fazit quéysie,
M'appellave poupon, peu me fazit dansie;
M'habillave devéy avoüai una farbella;
Et peu par mon goûta voüere una parondella,
Ou ben lou lendemo voüere un cacamusai,
Et peu par me gala m'achetave un usai.
J'aïn ma maregrand, una vielli cancorna,
Que m'aduzit de michi, un pâtie, una corna;
Et ma sieu quauque véy me fézit de rutiat,
Je ne voulin jamais l'y-en douna la métiat.
A ma chamisi, un jour, y cousuront de pointes
Que me curiant lou déys quand j'aïnt le mo jointes
Un aglant au bounet, fat d'un bout de riban;
Lou vizin diziant tous: mon Dio, qu'un bel effant!
Véiquiat couma passio toujours dins l'allegressa
Jusqu'à cinq ou séys ans lou tion de ma joüénessa.
Saïn courdre tou sou, je saïn bien parla,
Tantequant coumencio à me savez gala
La méynat de mon tion ériant pleins de galorou,
Y se mettavont tous aussi néys que de morou.
Et de vrai quand je pensou-au plus biaux de mou jour,
Je plourarin inquo mou fiolai, mon tambour.
Mon pare m'aït fat un violon que charmave,
Et vous falit adonc véyre couma-ô l'allave.
Quand j'entendis touchie *Jean de vès Monsoson*,
Couma je me campava-et que j'allava au son.
Tous vez chie met riant: incoure j'essoublava

Una geùta trompeta-avoüai que trompetava,
Et un tambour de bascou-avoüai un viroulet,
Oh que je gambadava, oh que j'era guelet!
Uu jour vez Vaufluria lou vizins me pourteront,
Y l'ayant quauque liard avoüai qu'émacheteront
Pompillons et tambours, et chantres et fioliaux,
Et de tous lous galas; je n'adusio de fiaux.

  Quand fio un po plus grand, je prenio de courageou;
L'hardiessa dabord se vit sur mon visageou;
De tous lous jeux d'adonc j'era lou bai parméy,
N'essoublava jamais de faire mon devéy.
Je saïnt mio que tous joüie la ranchifranchi,
Que marquava tout sou avoüai de créa blanchi.
Et quand de véy ai-jou demoura de goûta,
Par jouie à la groula, à farran, à bouta?
A pinsiricoutin, ou à barinbarally,
J'era lou coulounel de touta la marmailly.
A la piera mouliat, ou à la motta-préy,
Sus tout à pied coupet n'êra pas lou darréy.
Ma vou me fallit véyre en joüant à la pauma.
Je la fazin voula plus vitou qu'una tauna;
Couma j'êra hardi, et toujours lou cœur gay
Au jeu de guelinlin et de sauta chapay.
Tous lous jours de vêz séy joüavons au gendarme,
Onte éiquai qu'êre préy passave par les arme.
Tout l'itio sen manqua voüere lou chatrelet,
A la picci empourta j'êra lou plus adret.
Quand Caréyma venit, zet la moüéiny virave;
Au peçon, au bezouar, Dio sat couma vou-allave.
Peusen à chaton rat, peu à la mitatu,
Onte ó falit repondre, à: Qui demande-tu?
Quand éy m'ayant nouma courin couma una liora.
Quan fio un po plus fort je joüava-à la chiora,
Au jeu de batalanou-et de picaronió;
Voüère de tous lous jeux iquai saïn mio.

Nous nous gâlavons bien, fazions bien la poulici,
Mais la méynat d'adonc naït pas grand malici.
Rarament lou garçons se galavont tous sous,
Le filles do vizins joüavont avoüai nous.
N'éssoublarez jamais qu'un séy qu'o fazit luna,
La Liauda avoüai me joüave à sauta mula,
Son pare m'attrapet couma fazin lou saut,
Et met a decampa et coudre couma ô faut :
Tous lous autrous riant, et la Liauda plourave :
M'ensovio ; au Montdor ma mare me charchave,
Fio lou long de le cos chârchie ma pora via ;
Vouéy la parméri véy que j'essa fuyata.
Je n'ai jamais ren eu que lou galorou-en têta ;
Je fuïnt lou travouay couma-y fuyont la pesta.
J'êra lou grand prevo au jeu do présounier ;
D'una lia lou garçons veniant tous me charchier.
Lour zapprenint lou jeu que dit : Bon jour mon maître ;
Onte vous repondit : d'o métier qu'o vo être.
Je me souventou-inquo, d'avez si bien drugit.
Mais d'empeu iquai lion, couma vou-a tout changit.
N'êriont quauque vez cent, je menava la banda,
N'allavont véz Montaud nous battre à co de franda ;
L'hiver, fallit coula, et l'itio se bagnie,
La fruti ayt mau tion dins lou porou vargie.
Mon pare quauque véy dizit : Te vouai-jou carre ?
Et peu sen au venit rire au na de ma mare.
J'êra lou capitaine et toujours lou parméy
Par habilie le gens ou de blogi ou de néy.

Un jour au me dizit : Avouai tous tous galorou
Vo tu toujours menas iquela via de porou ?
Counussou ton talent, t'iamarie mai glana
Ou ben siore le vogue à la tour, à viala,
T'iamarie mai de not alla dins le truféyre
Ou dins lou beu faro charchie de zuzeléyre ;
Laissi met tout iquen, et coumenci-à sungie

Que quand vou se fat grand ne faut plus tant drugie.
Tu coumence d'avèz un po de barba folla,
Vou sarit tanto tion que t'y-allesse à l'écola.
Je mettqu-à ploura par la parméyri véy,
Mais maugra met fallit l'ai demoura tréy méy :
La ferula, lou foüet, iquen n'ère pas sadou.
Par un bonheur de Dio je devenio maladou ;
Vou fallit me sourtir ; mon pare lou parméy
Counussit tantequant que j'aint tout appréy.
Au voulit pas de met, apres tout, faïre un prêtre :
O l'allet me charchie lou memou jour un maître.
Pour sarvir de temoin au sounet lou vizin,
Lou noutairou venit, y beuviront lou vin.
Lou maître sus lou chant me mettit à l'ouvrageou ;
Quand je veyo l'avit, helas ! pardio courageou.
N'aïnt pas coumenci un moument de travoüay,
La rampa me séyzit, et prenio mâ de coüay.
Den dépeu iquai jour j'ai toujours eü le pelles,
Et sen chouqua lengun y sont de le plus belles.

Enfin un certain jour, par me désonnouyer,
Descendant do Montdor passio par lour bouchier,
J'allio vèz lou Gambéy, l'ai trouvio una filli,
Qu'ère ben couma met, que tréinave la pelli,
Lou curit nous mariet tout par l'amour de Dio ;
Vou n'éy pas, par ma féy, ce qu'au l'a fat de mio.
La gaupa va chata dins tout lou vizinageou,
Et me fat des effans que n'en pas mon visageou ;
Et met que veyou-iquen, la frettou quauque véy,
Et l'envoyou couchie dessous lous échaléy.
Peu, par faire l'accord, ma charmanta ey bien aisi
D'entra dins la méyson avoüai pot ou sourmaisi,
Chacun l'y beut à tai, y n'en beut la méitia ;
Veiquia couma passons noutra petita via.
N'ai jamais fat d'habits par met ni par ma fena,
Vou lou faudrit souras, iquen n'éy que de pena,

Mon pare que retrat de mou réi-paregrand,
A seu, sen tant rama, devenir gro et grand:
O l'allave de not apia quauque jelena
Qu'au venit peu mingie entre lu et sa fena.
Par ici, par ilai, vou-attrape ben de pen,
Et sen tant s'échina lengun crève de fen.
Ma gaupa que retrat de sa réina-grand'mare,
Ame-inquo mio que met lou cambins, le coumare ;
Et peu tant travaillie vou n'éy que putafin,
N'ai jamais eu l'envéy de passas Echevin.
Mou garçons en pension dins toute le charrèire,
M'adusont quauque liards grand éy me venont véire
Ce que me fat pléisir, vouéy que mous quatrou-effant,
Eleva couma met, un jour me semblarant.

✶✶

ACTE DE CONTRITION D'UN FÉNÉANT.

GRAND DIO, maitre de l'univers,
Prenez en grâ mous petits vers,
Que j'ai fat à voutra loüangi,
Sus ma misera bien étrangi.
Je vous promettous en janou
Que jamais farez plus lou fou ;
Voü-éy fat, je voüai me rendre sageou,
Et regla mon petit ménageou ;
Lou vin, tant se-t-ai bon marchi,
Je ne sarez plus débochi.
  Helas! par ma grauda paressa,
J'ai mâl empley ma jouénessa :
N'ayn ni pare ni paren,
Ma que d'amis que valiant ren.
Quand ma fena me conseillave,
Un grand souflet l'accompagnave ;
Zet, je quittava mon travouai,

Par gambada sur un chavoüai.
Avoüai de zau, de bas de tiala,
Sarvin de bouffon à la viala;
J'ai mingi mon pen blanc parméy,
Ores souai sot couma-un panéy.
J'entendou brama ma conscienci,
Que dit: faut faire penitenci.
Car j'ai fat pis qu'un abada:
Jamais je n'ai apprehenda
Le maladie que nous avenont,
Et bien souvent que nous emmenont.
Je n'ai que de regret au tion
De tant de matruë tentation;
Voüéy parque devint prendre garda
Avant d'être gris par la barba;
Car quand vous n'a ren amassa
Sus sous vio jours faut prendre un sac,
Et de la mo douna l'obada
A noutrous anciens camarada,
A noutrous compagnons de jeux,
Qui, couma nous sont venu gueux.
Quand la misèra vous talonne,
Vous ne trove lengun que donne,
Ma que lou gros mouts de *couquin*,
Et de *maraud* et de *faquin*,
Alla, vou diont-y, chin d'yvrogni,
Si vou-aïa fat voutra besogni,
Vou u'oria pas état redut
A la figura d'un pendut.
Vou fazia toujours lou maladou,
Vou plaigna, vou pardia courageou,
Mais vou-êria gai et vigouret
Qaund vou couchia au cabaret;
Faut que de semblabla canalli
Grevéise sur un cleu de palli,

Car lou métier de sac à vin
Mêne toujours à putafin;
Et l'hopita n'a rai de placi,
Par de *vilains* de voutra raci,

    Mon Dio! véiquiat en m'ant lougi,
Iquelou que m'ant ménagi;
N'ai ni feu, ni lieu, ni retraiti:
Mais ma resolution éy faiti;
Je voüai viore couma-un reclus,
Et lou mondou me véyra plus.
Sarez din mon petit ménageou
Couma-un rat din son harmitageou.
Mais avant de faire iquai cot,
Je devou payer mon écot,
Qu'éy d'avartir mon camarada
De prendre garda à la salada,
Que lous attend sus lour vio jours:
Je lour dirai par tout discours:
Méynat, quitta vitou la traci
Que m'a redut à la besaci;
J'ai pena de trouva mon pen,
Et je crevoude mal afen.

    Mais, mon Dio, que vou-ai-je entreprendre?
Sintou que j'ai pena-à me rendre;
Et par zo dire tout de bon,
Je dotou de ma conversion.
Car par avez veu un maladou
Je souái devenu son semblablou,
J'ai lou mêmou mal qu'ô l'aït:
Car quand je veyou mon avit,
M'éy-t-évire que je décorou,
Et vou diria que l'ai tracolou.
Mon avit semble d'empouéson,
Et me fat fure la méison.
Tous lous jours iquai mâl s'ogmente

Pis que jamais ô me tourmente.

N'esperant pas n'en véyre fin,
Un jour j'aillio au medecin.
Quand l'y-aguio conta ce qu'o n'ere,
Au demandet si pouïn bêre,
De vèz-séy, ou de vèz matin,
Ou à méjour, un po de vin.
Monsieur, faut pas conta mesongi,
Fio-jou, beuvou couma un épongi;
Dormou fermou couma un rouchier,
Et ren me demore au gouzier.
Lestou couma-una marioneta,
Sus tout quand j'ai beu ma foulieta,
Je soüaï toujours pret à drugier,
Et marchou couma un messagier.
Foüai mon devéz à la cusina,
Et j'ai, Dio marci, bouna mina;
J'ai de forci couma un chavoüai,
Mais je valou ren au travoüai.
Faide m'un remedou tout ore,
Que sen travaillie pocha viore;
Je vou quittou de m'habillie,
Ma que pocha bêre et mingie.

Lou medecin, plein de coulera,
Me dit : Bourge, marchi en galera,
Et peu je vérez si ton ma
Te pot empachie de rama.
Tu m'as l'air d'etre de la troupa
De fenéaus et de galoupa,
Iqu'en ne det pas m'étouna;
Mais par te pas abandouna;
Je vouai te faire una ordonnanci,
De vouédie din tréy jours la Franci,
D'alla ogmenta la recrüa,
Do Nègres dins lou Canada.

Un po mai d'iquela varmina
S'ai mettrit biento la famina :
Si t'y-ame mai, prend ton parti,
Tout dret vèz lou Mississipi.
Quand ô me parlet de la sorta,
Tout jolamen gagnio la porta,
En modissant l'infirmita,
Et quai que me l'art metta.

Que faire sen liards, sen ressoursa,
Éréz-jou coupa quauque boursa ?
Iquen éy ma fey lou vrai la
Par s'alla faire pendoula.
O modita fenéantisi !
Que me fat alla sen chamisi ;
Modit mâl, pis qu'un empouéson,
Onte o n'y-a rai de garnison ;
Pis qu'una pesta din la viala,
Et que rampley le men de gala,
Mâl que m'a metta ma méison
A n'y léssie que lou travon,
Que n'éy venu que par ma fauta,
Et que me tint la créipi hauta,
Mal que se prend sen se gratta,
Et que ne pot plus se quitta.
Chin de mâl, runo de famille ;
Iquelou que baillon lour fille
Aux garçons ferus d'iquai mâ,
Fariant mio de les assouma.
Vou n'y-a tant dins iqueta viala
Partisans d'iquela cabala,
Que s'en vant tous l'échina nua
Par pas vouléy gagnie lour via.

TESTAMEN

DE TOURRAN LOU RACORD.

ADIO pléisirs trop courts ; adio mondou fragilou :
Par viore en iquai tion faut etre bien habilou,
Sus tout vèz Santetieve où dempeu po de tion
Chacun se veut privât de tous sous passation,
La jouai nous a quitta depeu la mort fatala,
De *Tourran* lou racord, support de noutra viala.

Quand ô se vit bien mâl, et prochou de sa fin,
Do signou de la crouéy au s'arme en capucin :
Par la parméri véy vou l'esse fallu véyre
Couma dévoutamant ô fazit se priéyre,
Et quand, en po de tion, son éxamen fut fat,
Au penset à son ben, et l'inventoriat.

D'abord au donne et lêgue à *Pinéy* se zaneille,
Son baril, son flascon, sou verou, se bouteille,
A *Jean Roux*, dit l'*Aligre*, ô donne son mousquet
A *l'Avala* sa piqua-avouai son darréy pet.
Au garçon do *Gro Rat* au donne son épéa
Et son bodrier garni tout de frangeons de séya ;
A *Saint-Amour* son flascou, à *Bartaud* son ronday (1),
A *Grand Jacques*, se botte et son matru chavouay.
L'hallebarda-à *Coulon*, *Vidau*, la partusana,
Jacquemy, son fuzil, et *Coulombet*, sa canna.
Dupon, son coutelar, *Liaudou*, son éperon,
Et la lanci furiousa éy par *Jean Counourton*.
Le madine qu'au l'at par fare se priéyre,
Et quauque livrou vio ente ô ne sat pas léyre,

---

(1) Couteau de chasse.

O lou donne aux surgens autant jouainous que vio,
Par lour apprendre à viore et à counutre Dio.
O soupire et geméy d'avéz vicut en baiti.
O n'éy pas ren lou sou que bat ma sa retraiti.

Item, son patricole ey par son grand garçon,
Au cadet son offiçou, au joüanou-una pension
De douze francs par an ; dix écus à sa fena ,
Par lou louaux sarvissou-et par touta la pena
Qu'éy l'at eû avoüay set durant sa malady ,
Outra-éiquen ô l'y laisse un ménageou garny :
Un tounay avinat qu'au craint que se peréyse ,
A chargi-et condition qu'éy ne se remariéyse ;
Sa salla tapissia de mourciau de papier ;
Crainti d'impourtuna ni frauda l'heretier :
Si-éy ne s'accorde pas en bonna ménagéyri
Y ne pot qu'empourta l'ogment et sa varchéyri ;
Sa roba de burai , son lingeou , sou lencio ,
Et quitta la méyson par alla charchier mio.

O vo que sou legats se payant sen malici ,
Par évita l'entrat de dama la Justici ;
Apres l'avez fêtat ô vo , en bon racord ,
La passa par toujours defo apres sa mort.

Couma ô se sint bien mal, au cas qu'ô n'en meréyse,
O vo que son filiat de son bein heretéyse ,
Mouyenant de paye à sous autrou méynat.
La souma et la peusion ci-dessus dénoumat.

Davant la grand'iglési-au vo sa sepultura,
Dedins un vas (1) qu'au l'a vis-à-vis de la cura ,
Un chanta de dix francs , autant de sounari ,
Au nouma *Jean Dofau* que l'y sarant paï :
Vingt-so par son chançai couma que qu'au seyèze
Bien ou mal ajusta m'a qu'o lou cuerseléyze ;
Par sa fossa cinq so , tréy par la confrary,

_____

(1) Tombeau.

Lou Manelie béyrant si-éy l'ant bien travaly :
Au Pourto , Semouno , un dina résounablou,
Tous sous autrou légats au bout de l'an payáblou :
A tous sous bons amis dit adio avoüai joüay,
Ma qu'un jour par hazard son ama seye en pay,
En sortant de son corps , avant qu'éy s'égaréyze,
Que l'ange do surgens tout dret la conduzéize
Dins lou mondou nouvai au rouyaumou prouméy ;
Près de l'ama do *Rat* , *Pinguet* et *Chandaléy* ,
La Ligua , *la Causi* , *Pampalon* et *Barally* ,
De *Frécon* , *Maitre Gras* , *la Rosa* et *Batailly* ,
Clament , *Cournet* , *Marmi* , *Larigot* et *Véyron* ,
La Fourtuna , *Couéynar* , *Zacharie* et *Velon* ,
Lou vio *Cluzet* , *Poncet* , lou gro l'*Eymat* , *Fonviala* ,
Qu'ant éta din lour tion piliers d'iqueta viala,
Tous de gens magnanimou, illustrous, impourtans,
Qu'ayant toujours lour zau débriguats et puans ;
La saqua bien garnia , bien aplechis en fenes,
Et tous si bien adrets qu'éy n'ayant rai de menes;
De bravous qu'ayant tous de bien bons ratelie,
Lour épeye et lour dent êriant souvent rulie.

Par counutre un surgent avisa-me sa mina,
Vou véyri tantequant couma-va sa cusina.
Qu'éy devenu lou tion ente un simplou surgent
Vous orit fat trembla un regiment de gent :
Mais ore vet ou dix n'osont pas entreprendre,
Un chetif paysan que charche à se defendre ;
Si-ô ly montre le dent, au diantre si-o n'y a un
Qu'oséyse avouai lu faire lou cot de pun.
Vou n'y-aït qu'un *Tourran* par être bouna torchi,
Quand ô tenit qu'auqu'un ô criave : tua, écorchi,
Massacra , pilli , prend , ravagi , emporta tout,
Estropia sen marci , n'en faut véyre lou bout.

Que l'y soriont bon grá si-o l'aït eu l'odaci
De faire déguarpir noutra modita raci !

Avouye que jamai s'éy veu tau vilani,
Tant d'escrots, de pillards, ni tant de mingeari.
Vou ne veut que biaux draps, galons, tiala d'Hollande;
Qui-étou que porte iquen ma que de sanichambe :
Tau que porte la seya et lou boutons d'argent,
Demanda l'y qu'au l'ey, ô dit : je souai surgent,
Huissier de cabaret, huissier garda cuisina,
Huissier de tiri-tiri, huissier porta famina.
O *Tourran*, grand *Tourran* ! t'y ère un ange do cie,
Par tenir tout en ordre et s'ai tout poulicie;
Salamon en sagessa, et *Mars* par etre hardit,
Un *Sanson* par la forci, et *Platon* par l'esprit.
Vou n'y a qu'ant admira *Augustou* qu'ère ingambe,
Tourran l'orit passa si-o n'esse éta se chambe;
Mais lou destin fatal que ne l'amave pas,
L'y mettet douéy zaneille una sous chaque bras.
Aneille précieuse, ô sutin respectablou,
Qu'ant pourtat un guarrier si fier, si redoutablou;
Y l'ant tant estima jusqu'enqueu *Scipion*,
Au respect de *Tourran* vou n'ère qu'un couyon.
    Enfin ô l'éy-t-alla, plein d'houuou et d'estimou
Dins lou cie do surgens au rang le plus sublimou,
Sus un trônou asseta, vis-à-vis de *Pyran*,
Au dessus de *Blanchi*, *San-Just* et *Bonnevan*,
Joignant lo *gro Duplon*, et de *Pounot* lou rustrou,
Prés do poëte *Manchot*, et *Lancelot* l'illustrou,
Grand *Garat*, *Digoundy*, heraut de l'univer,
Sa teta courouna d'un lorier toujour ver.
La Franci, l'Italie et touta l'Allemagni,
Parlarant mai de lu que non pas do gro *Sagni*.
Finalament ô l'éy din lou cie do racord,
Invouqua do surgens par faire bouna mort.

FIN *de la* Collection *complète des* Œuvres *de*
    MM. CHAPELON.

PIÈCES DIVERSES
DE M. BOIRON.

CHANSON.

Air : *Regardez en passant ce joli Pont Morand.*

> ME voudrin bion maria.
> J'ai po de m'attrapa,
> De deveni bâna,
> De prondre quoqua filli
> Que seyse ina chanilli,
> Que me donne de co
> Su me gâres de quio.

> Mais si ey me batti tant
> Iquelou brave efant,
> Me prondrant su lou chanp ;
> Me passariant su l'anou
> Couma in pourou Blazou,
> Me fariant onfiola ;
> J'aurin l'ai d'in bava.

> Par ne pas m'agoura,
> J'i me mariarai pa
> Ne serai pas bâna,
> J'érai par le ziglèse,
> Charchie le ziranière,
> J'i me farai passa
> Par in bravou bea.

28

CHANSOUN

DE LA CHARREIRE DE LOU MOYNOUS.

Air connu.

LA coumpani d'o boussu *Jean Michie*,
Iqueta not devount pas se couchie,
Y devount alla reglana vai Janou,
Ou marauda à dire, ontre nou,
chossi lestou couma de vrai minou.

Marcan, jy te fouai majo couma mé
Placi n'on sey au vargie de *Thamé*,
Faide ina vorta chie moussue *Picoun*,
Véquia lou tien de la bouna saisoun,
Pillie lou zues, le poules et lou bacoun.

La lista on mo et le lunettes o na,
Par voutroun noum, jy vou vouai tous souna :
Onte ètes vou *Courla*, *Rapay*, *Chasso*,
Pété, *Birot*, *Gueule-Fraiche* et *Suzo*;
Repoundey me, messue lou zonsacho.

In bel agnai que fit fat présounie
Avouai sa mare, par lou canounie,
Tout lou gibie qu'o lyaura-ó repa,
Dites pas ron qu'o la éta rouba.
-- Tu, tu, vouey bion, prenouns in po de taba.

Chie *Turlurette* bailloun in bal digeo,
Y volouns pas passa par de grugeo,
Y l'en mingi d'in de boune mesoun,
Qu'an prey lo titrou de sus lou blasoun;
Zo volouns rondre ainsi que de raisoun.

Vou n'ia trey chats et trey chattes on civé ,
Ponsa d'o moundou qu'o l'y det avé ,
Et trey gros dindou qu'an éta estroupia
A la batailli de moussue l'harpia
Près d'o doumainou de vai la Batia.

La *Verdura* frenira tout lou vin ;
Demanda pas de queuna cava o vin :
Vouey t'in luroun que sat bien soun métie ;
O la de caves d'in tous lou quartie ;
O non sat mai que tous lou gabelie.

Vouey damageou qu'o coummonce à passa ,
Si o l'ère jouainou o culliri la sa ,
Qu'ant ey tindrian l'o granie bion sarra ,
chie *Girardoun* se trouvarian agoura ;
Vouey t'in ovrie qu'a in talent doura.

J'eyssoublave la marquisa *Cancer* ,
Que dë sarvi tous lou plats d'o desser ;
La geonta *Barba* et la bella *Pété* ,
Dessous l'o bras chacuna a soun tété (1) ,
Devont sarvi lou café et lou té.

Si lou rey *Piaffa* vouli m'accorda
La permissioun de vére sou souda ,
J'y l'y dirin : Avisa, noutroun rey ,
Voutrou souda que n'an pas la diarrey ;
Vouey de margots par grimpa le parey.

Lou réy *Corla* louza veu l'an passa
D'in zina revua ayant chacun lo sa ,
La rena lyère avouai touta sa coue ,
Que l'y o teni lou plus noblou discoue ,
Disant n'ey pas de souda de piotcoue.

_____

(1) Sa bouteille.

Devons tous preye Dio par noutroun rey,
Que n'aille pas ontre quatrou parey :
Recoummanda d'in toutes le mésoun
Pendant in mey de dire l'orézoun,
Que n'aille pas fuma vai Montbrezoun.

~~~~~~~~~~~~~~~~~~~~~~~~~~~~~~~~~

LOU POUVEY DE L'IMAGINATIOUN.

COUNTOU.

IQUAI que d'in soun jouén'ageou
S'ey mouqua d'o prêtres de Dio,
Ne pourra, quand o sera vio,
Sans miraclou deveni sageou.
J'ai par vou prouva iquon
In histoirou véritabla,
Ne la treta pas de fabla,
Ni d'in countou de Feron.

In habitant d'o Panassa,
Renouma d'in lou visinageou,
S'amourachet d'in visageou
D'ina filli d'o Bessa.
O la priet tant de vey
De la jeonta bagatella,
Que noutra jouéna pucella
Auri laissi soun devey ;
Mais graci lou boun counsey
De la fena de Fouillousa,
Jamai ron ne fit parmey
Par iquela paur' ontousa.

In joue la *Dana* l'y dit :
Fai dounc semblant de lou creire,

Et praita me tous habit,
Peu vai lû j'érai me géire.

Ménot allave souna,
La *Dana* pron sou soula
A la mau, par ne pas brure.
Fouillousa dor que d'in zio;
O l'aï tua lou crizio,
Par ne ron faire tralure.
La *Dana* coum'in mey de mouai,
Veiquia la fena qu'ontrave,
Fouillousa l'y saute o couai,
Et sus ley se demenave.

« Vous m'étévis moun efant
» Que d'in iquetou moumant
» Je retrovou ma joueinessa,
» Ne sintou plus la vieillessa.
» Ah moun Dio ! parla me d'iquai
» Geonti, charmant petit mourai,
» Et noun pas de ma grossa vieilli,
» Touta sourda, touta guerli. »

La *Dana* a n'iquai parpo
Que l'y fasit mâ de co,
L'y dit : « Moun ami, courageou.
» Vio paillard et vio couquin;
« Counus-tu bion moun visageou,
« Vouey ta guerli que t'y tin. »

FIN.

TABLE

DES MATIÈRES

CONTENUES DANS CE VOLUME.

~~~~~~~~~~~~~~~~~~~~~~~~~~~

OUVRAGES DE M. ANTOINE CHAPELON,

PÈRE DU PRÊTRE.

OUVRAGES DE M. JACQUES CHAPELON,

AYEUL DU PRÊTRE.

Fin de la Table des Matières.

ERRATA.

Page 148, ligne 4, au lieu de olus, lisez : *lous.*

Page 150, après la troisième ligne, lisez ce vers oublié : *Vouère farci d'iquen parméy le compagnie.*

Page 151, ligne 26, au lieu de ganet, lisez : *gagnet.*

www.ingramcontent.com/pod-product-compliance
Lightning Source LLC
Chambersburg PA
CBHW071855020726
47502CB00003B/753